お毒見探偵②

ジャンクフードは罪の味

チェルシー・フィールド　箸本すみれ 訳

The Hunger Pains

by Chelsea Field

コージーブックス

THE HUNGER PAINS
by
Chelsea Field

挿画／北村みなみ

わたしの知るかぎり、もっともワンコらしくない我が家のグレイハウンド、
アーシャへ

謝辞

はじめに、何の見返りもないのに原稿段階で読んでくれたみんな——ジェームズ、テス、ジョン、ロージー、ベック、メル、そしてママに、心からありがとうと言いたいです（今回ママに読んでもらったのは、母親というのは世界で一番、我が子を客観的に見られる人間だからです）。あなたたちがいなかったら、この作品は仕上げられなかったでしょう。

〈ヴィクトリー・エディティング〉の校正者とパスエディターのみなさんにも感謝いたします。文章の誤りや、内容の思い違いをいちいち指摘してくれて、本当に助かりました。自分が未熟者だと気づかされるのは、そんなに悪いことではありません。おかげで少なくとも、タイプミスや、コンマが多いせいで、読者がこの本を放り投げることはないだろうと自信が持てました。

〝未熟者〟と言えば、わたしはときどき、一日じゅうチョコばっかり食べていて、ベッドから出るのは、新たにチョコを取りにいくときだけということもあります。そんなわたしを見捨てず、どんなときも愛情いっぱいに見守ってくれる神さま、そして愛しいだんなさまにも、この場を借りてあふれんばかりの感謝を捧げます。

ジャンクフードは罪の味

主な登場人物

イソベル（イジー）・エイヴェリー……〈テイスト・ソサエティ〉の毒見役
コナー・スタイルズ……〈テイスト・ソサエティ〉の調査員
レヴィ・エドアルド・レイス……〈テイスト・ソサエティ〉の医者
アーネスト・ダンスト……イソベルのクライアント
ミセス・ダンスト……アーネストの母親
ジェイ・マッセイ……アーネストの親友
ハンフリー・フィエロ……アーネストの隣人
ミスター・コールマン……〈アプテック〉社のCEO
エレン・マッカーシー……〈アプテック〉社の秘書
ハント……ロサンゼルス市警の署長
オリヴァー……イソベルのルームメイト
エッタ・ハミルトン……イソベルの隣人
アブラハム・ブラック……イソベルの借金取立人
アリス・スローン……イソベルのおば
ヘンリエッタ・スローン……イソベルのいとこ

1

こんなたぷたぷのお肉なんかに、負けるもんですか。わたしは大きく息を吸ってから、デニムの生地を力いっぱい引っ張った。両手の指の関節が白くなる。やっぱり無理かな？ ううん、大丈夫。いける、いける。いつもどおりのポジティブ思考のもと、息を止めたまま、ウエストボタンを無理やり留めた。よし、やったわ！

背筋をぐっと伸ばし、鏡を横目でちらりと見る。コッパーブラウンのショートヘア。ブルーの瞳。そして酸素不足のせいで真っ赤に染まった顔……。とその瞬間、渾身の力で留めたボタンはジーンズからポンとはじけ、ベッドの下へと転がっていった。するとその音が聞こえたのか、ミャオ——ルームメイトのオリヴァーの飼い猫だ——がいきなり跳び起きて、ころころと転がるボタンを追いかけ始めた。今の今まで、わたしの枕の上でぐっすり眠っていたくせに。どうやら大好きな獲物、ゴキブリだと勘違いをしたようだ。

うれしそうなミャオとは反対に、わたしはがっくりと肩を落とした。ジーンズとイジーの死闘の結末は、ジーンズの勝ち、イジーの負け。悔しさに顔をゆがめながら、ジーンズを床に脱ぎ捨てる。しかたがない。新しいクライアントのアーネストは、スナック菓子をひっきりなしにぽりぽりとかじり、根が生えたようにパソコンの前から動かないのだから。ようするに、彼の毒見役——通称シェイズ——であるわたしも同じく、彼の口にするスナックを食べながら、ほぼ一日中座っているだけなのだ。彼のほうは代謝機能が特別にすぐれているのか、うらやましいことに、この怠惰な暮らしの報いをすこしも受けずに済んでいる。でもわたしはそうはいかない。こうした生活が三カ月近くつづいた結果が、あのはじけ飛んだジーンズのボタンなのだ。とはいえ、今はボタンからのメッセージをじっくりと考えているひまはなかった。すでに家を出るはずの時刻を過ぎているから、大急ぎで用意をしなくてはいけない。アーネスト・ダンストはある意味、シェイズにとって世界で一番楽ちんなクライアントと言ってもよかった。だが少しでもふだんと違うことが起きると、パニックになってしまうタイプなのだ。

携帯がメッセージの着信音を発した。

『今日のきみの服は文句なしだよ。最高にキマッてる。だからほら、今すぐ家を出るんだ』

わたしは自分の格好を見下ろし、盛大に鼻を鳴らした。色あせた赤いショーツと白いスポーツブラ、かかとに穴のあいたグレーのソックス。ロスの朝の大渋滞に参戦するのにふさわしい戦闘服とは、とても思えない。

だがメッセージを送ってきたのはアーネストではなく、彼が開発したわたし専用の〝遅刻防止アプリ〟だった。しょっちゅう遅刻をするわたしを見て、ITのプロである彼のオタク魂に火がついたらしい。このアプリは、わたしが自宅を出たことを携帯のGPSが証明するまで、さまざまなメッセージを繰り返し送ってくる。これまで同じパターンで送られてきたことがないのは、ある種のアルゴリズムにより、メッセージの順序が選択されているからだそうだ。そのほとんどが笑える内容ということもあって、次はどんなメッセージが来るかと楽しみでもあった。だが残念ながら、本来の目的である遅刻防止には、どれもまったく役に立っていなかった。

さてっと……。部屋をぐるりと見回し、床に落ちていたジャージの黒いパンツを拾い上げた。これは身体にフィットして結構見栄えがするから、よっぽど近づいて見ない限り、お出かけ用パンツとして充分にとおる。それにウエスト部分がゴム仕様になっているのも、今のわたしにはありがたかった。あれれ。ミャオの白やグレーの毛がいっぱいくっついている。まあいいか。案外お洒落な柄に見えるかもしれないし。両足を勢いよくジャージにつっこんだあと、裾をひもで調節できるふんわりしたトップスをかぶった。うん、これで以前より数センチは広がったお腹まわりをいい感じに隠せた。バッグと鍵をひっつかみ、携帯で時間を確認する。

アーネストの家に定刻通りに着くには、どうやら四分前に家を出なければいけなかったらしい。ふつうに考えればたいした遅刻ではないが、ルーチン通りに予定が進まないと不安になる彼にとっては、大幅な遅れとなってしまう。とそのとき、ミャオミャオという、悲しげな鳴き声が聞こえてきた。ジーンズのボタンがまだ見つからないのだろう。急がなければと思いつつも、わたしはベッドの下に手を伸ばし、にっくきボタンを拾ってミャオのほうへと転がしてやった。

そのボタンにミャオが飛びつくと同時に、携帯が鳴った。

『きみの歯は、毛を刈ったばかりの羊の群れみたいに真っ白だ(聖書から借用した賛辞だよ)。だから今朝は歯を磨かなくてもいいから、とにかく急いで家を出るんだ』

わたしはキッチンへ走ると、ラックの上で冷ましておいたホワイトチョコレート&ラズベリーマフィンをタッパーに詰めはじめた。そのとき、また携帯が鳴った。今度は電話だ。この急いでいるときに、いったい誰よ。わたしは相手を確認もせずに、通話ボタンを押した。

「はい、もしもし?」

「ああ良かった。まだ出かけていなかったのね」かけてきたのは、同じアパートメントに住むエッタだった。歳はすでに七十を超えているが、優雅な暮らしぶりでも、セックス・パートナーに不自由しないという点でも、わたしのはるかに上をいく女性だ。彼女にとっては、どちらもそれほど難しいことではないらしい。「ねえイジー。わたしたち、友だちだったわよね?」

「あ、ええ。もちろんよ」エッタを情緒不安定だと言う人はいないから、何か問題が起きたにちがいない。

「それにあなた、たしかわたしに借りがあったわよね? ほら、このあいだ自分だけ冒険を楽しんできたじゃない」

わたしは言葉に詰まった。「そ、それってもしかして、わたしが太ももを撃たれたときのことを言ってるの?」ぞっとするような思い出がよみがえってきた。そういえばあれが、今みたいなおデブになるきっかけになったんだっけ。なにしろしばらくの間、ほとんど歩かない生活を強いられたのだから。といってもまあ、クッキーを四六時中食べるよう、誰かに強いられたわけではないんだけど。

「そうそう、それのこと」エッタがさらりと言った。

「あれって冒険とは言えないと思うけど。まあいいわ。で、わたしに何をしてほしいの?」

「ちょっとね、運ぶのを手伝ってもらいたいのよ。地べたに転がったまま、ぴくりとも動かないから」

地べた？　動かない？　なんだかいやな予感がする。それに今は、そんなことに関わっている時間なんてないのに。わたしは最後のマフィンをタッパーに押しこむと、玄関のデッドボルト錠とチェーンを外した。以前、ストーカーもどきの男に押し入られて以来、セキュリティ強化のために、鍵を新しく追加していた。「今、どこにいるの？」

「階段の下よ」

わたしの住む三階建てのアパートメントは、ロスのパームズという町にある。六〇年代に建てられたコンクリートのボックス型で、ようするに、味もそっけもない建物だ。三階にいても、外階段の手すりにもたれれば、一番下までのぞくことはできる。だが臆病者のわたしには、エッタが言う、〝ぴくりとも動かないモノ〟に向き合う覚悟はまだできていなかった。

そこでまずは、エッタを手伝ったあとアーネストの家に直行できるよう、バッグを持って玄関の鍵をしっかりとかけた。クリスマスまであと九日。ルームメイトのオリヴァーは、玄関のドアにリースを飾る代わりに、ポスターを貼っていた。どんなポスターかって？　後ろ向きのサンタが肩越しに振り返り、ばら色の頬を見せている……と、ここまではいい。だが腰をかがめてズボンを下ろし、ばら色のお尻をさらしているのはどうなんだろう。一番上に、メリー・クリスマイアス（ぼくのケツ）という文字が躍っているから、クリスマス用のポスターであることはまちがいないんだろうけど。まったくもう。お下品なんだから。

とはいえ、出入りをするたびについ笑いがこみあげてしまう。今回もまた、ドアを閉めてにやりと笑ったあと、エッタに尋ねた。できれば訊きたくなかった質問だ。

「その地べたに転がっているのって、生きてるの？　それとも死んでるの？」

「馬鹿ね。生きてるに決まってるじゃない」

なあんだ、良かった。がちがちにこわばっていた肩から、一気に力が抜けた。「すぐに行くわ」携帯をしまう前に、アーネストのアプリから最後に送られてきたメッセージをちらりと見た。

『ぼくのことはおかまいなく。朝食はいらないよ。だってロボットだもんね』

あらあら、すねちゃった。頭を振って急ぎ足で階段をおりていくと、エッタが手すりにもたれて待っていた。今日もまたばっちりキマッている。まるでファッション誌の撮影用に、ポーズをとるモデルのようだ。やわらかなシルバーヘアは、いつものシニヨンではなく、肩までおろしている。ゆるいカールが顔周りを縁取って、レフ板代わりにもなっているそのホワイトカラーを、オーバーサイズの白いシルクのシャツが繰り返している。チャコールグレーのレギンスに、足もとはヌードカラーのアンクルブーツ。アクセサリーが真珠のネックレスなのは、ここでもまた白の効果を狙ったのだろう。心優しい天使のようにも見えるが、ブルーの瞳は鋭く、小柄な身体もアスリートのように引き締まっている。それに天使だったら、こんなふうにタバコをくゆらせているはずがない。

エッタの足もとには、やせこけた大きな犬がだらりと横たわっていた。つやつやとした黒い毛並みで、グレーの鼻には白いラインが入っている。脚の先は三本が白く、一本だけが黒い。

「あら、グレイハウンドかしら?」わたしは訊いた。

「そう、わたしの新しいパートナーよ。名前はダドリー。ちょっと早いけど、自分へのクリスマスプレゼントなの」

なるほど。たしかに十二月のロスの街は、どこを歩いてもクリスマスムード一色だ。きらきら輝くイルミネーション、通りを闊歩するおデブなサンタたち、街角の大型ビジョンから流れるクリスマス・プレゼントのコマーシャル。人工的に凍らせたスケートリンクまで街中に出現し、ショーウィンドウをのぞけば、発泡スチロール製の雪がホワイトクリスマスを演出している。一年をとおして温暖なカリフォルニアとはいえ、最低気温はそれなりに下がっていて、南半球生まれのわたしにとっては人生で初の冬のクリスマスだ。故郷のアデレードでのクリスマスと言えば、四十度近い暑さのなか、短パンにビーチサンダルという格好で祝う真夏のイベントだった。メイン料理はやっぱりターキーの丸焼きだったが、デザートはケーキではなく、アイスクリームが定番だった。

グレイハウンドのダドリーは、お助け要員として駆けつけたわたしを見ても、ほとんど反応しなかった。大きな茶色の瞳でわたしを見上げ、コンクリートの地面にしっぽを一度、だらんと打ちつけただけだ。

「ダドリーはどこか悪いの？」心配になって訊いてみた。

エッタはブーツの先でダドリーを小突いた。「いいえ。体調は問題ないわ。ただちょっと、階段におじけづいているみたいなの」

しゃがんで背中を撫でてやると、ダドリーは鼻をひくつかせ、もう一度だらんとしっぽを振った。「それで、運ぶってどこへ？」

「ああ、それなんだけどね。三階のわたしの部屋まで連れていってほしいのよ。この子ったらかわいそうに、ケージとドッグレースの競技場以外は見たことがないらしくってね。そりゃあもちろん、階段の上り下りはそのうち教えるつもりよ。だけど今日のところは、しつけよりも、部屋のなかでリラックスさせてやりたいのよ」

わたしはダドリーをしげしげとながめた。硬いコンクリートに寝そべったまま、頭すら上げようとしない。「わたしにはもうすでに、すっごくリラックスしているように見えるけど」グレイハウンドだけあって、ダドリーはとんでもなく大きかった。シカとほとんど変わらない。姿かたちもよく似ている。「待って。もしかして、この子を抱えて階段を上れっていうこと？　すっごく重そうに見えるけど、体重はどれくらいあるの？」

「たしか八十ポンドだったかしら」

八十ポンドですって？　めちゃくちゃ重いじゃないの。といってもまあ、わたしよりはずっと軽いけど。だとしても、あっという間に終わる作業とは思えない。そこで、十分ほど遅れるとアーネストに短いメールを送ったあと、もう一度ダドリーに目を向けた。そういえば、お腹のぜい肉を落とさなくてはとちょうど考えていたところだ。だったらこのハードなエクササイズは、今のわたしにはぴったりじゃないの。

「わかったわ。だけどとにかく、この子に立ってもらわないと運びようがないわ」いくらわたしが以前より巨大化したとはいえ、八十ポンドもの重さがあるものを、地面から引きはがすのはさすがに無理だ。

エッタが自分の脚を軽くたたくと、ダドリーがそれに反応し、片耳をぴんと立てた。でもそこまでだった。身体のほうはまったく動かない。「ほら頑張って。やればできるわよ」エッタが元気な声で言って二、三歩下がると、ダドリーは身体を起こしてやおら立ち上がった。「そうそう、ダドリー。いい子ね！」

今度はわたしの番だ。大丈夫。以前働いていたベーカリーで、パンを載せる大きなトレイを何枚も重ねて運んでいたから、あのときのテクニックを使えばいい。ダドリーの胸と後ろ脚を抱え、背中にぐっと力を入れ、大きく開いた足を踏ん張って立ち上がる。つづいてダドリーの身体を胸に押しつけ、腹筋を使いながら階段をゆっくり上り始めた。うん、その調子よ、イジー。

ダドリーが銅像のように微動だにしないおかげで、どうにか二階の踊り場まではたどり着いた。それでも呼吸は荒くなり、両脚も小刻みに震えている。できればいったん床におろして休みたかったが、もう一度抱えあげられる自信がない。そこでダドリーを抱えたまま手すりにもたれ、とりあえず一息ついた。

わたしのぶるぶる震える脚を見ながら、エッタが言った。「ほんとに残念だわ。あなたがコナーと別れさえしなければねえ。彼ならきっと、やすやすとダドリーを運んでくれたんじゃないかしら。ねえ、そうでしょ?」

わたしがコナーと〝破局〟したことを、エッタはまだ許すつもりはないらしい。コナーというのはわたしの最初のクライアントで、女を熱くさせる——ムラムラとムカムカ、どちらの意味でも——ことにかけては、天下一品のセクシーガイだ。実を言うと彼は、わたしの恋人でもクライアントでもなかった。わたしが所属する秘密組織〈テイスト・ソサエティ〉のメンバーで、セレブたちの毒殺事件(未遂を含む)の調査にあたっている。数カ月前の事件では、シェイズのわたしも急遽アシスタントとして、彼と行動を共にした。だがソサエティについてはすべて極秘のため、ルームメイトのオリヴァーや隣人のエッタには、コナーを恋人として紹介していたのだ。けれども事件の解決後は、彼と連絡を取ることもなくなったので、不審に思われないよう、エッタたちには彼と〝破局〟したと伝えてあった。エッタは、頻繁にわたしを訪ねてくるハンサムなコナーを目にするのが楽しみだったのだろう、ときどきこうやって、わたしをちくちくと非難するのだった。

「ご意見ありがとう」わたしはあえぎながら言った。

「気にしないで。ちょっと言ってみただけだから」エッタがフォローした。

「それにしてもこんな大きい子、あの小さな部屋で飼うのは無理なんじゃない？」

「そんなことないわよ。グレイハウンドは我が家にぴったりの犬よ」

「それにグレイハウンドって、もともと狩猟犬でしょ。走るのが大好きなはずよね？なんでこんなにのんびり屋さんなのかしら。ダドリーだってドッグレースではがんがん走ってたんじゃないの？」その片鱗を、ダドリーはちらりとも見せていなかった。まあいいか。今日はリラックス・デーだということだから。だがわたしのほうは、リラックスしている場合ではなかった。アーネストがパニックにならないように、さっさとこの子を運んでしまわなければいけない。そうだそうだと同意をするように、携帯から通知音がした。遅刻防止アプリだろう。わたしは手すりから身体を起こし、もうひと頑張りしようと階段を上り始めた。

「ええ、日に何分かは走るわよ。でもグレイハウンドって、それ以外は寝ているか、だらだらして過ごすんですって。時速四十五マイルのカウチポテトって呼ばれているそうよ」エッタが言った。

知らなかった。そんなに怠け者だったなんて。ダドリーはそのなかでも、かなり筋金入りのポテトにちがいない。わたしは息を切らしながら、ようやく三階に到着し、できるだけそっとダドリーを下におろした。だがすぐには、背筋を伸ばせなかった。重い荷物を運ぶ際の注意点を守ったはずなのに、やはり腰がずきずきと痛みだしたのだ。いっぽうダドリーのほうは、昼寝をしたおかげで元気が出たのか、幸せの旗のようにしてしっぽを振りながら、外廊下を駆けまわっている。

わたしはその様子を見て、いつのまにか笑顔になっていた。「良かったね、ダドリー。新しいおうちに着いたわよ」それからハッと思い出し、ポケットから携帯を取り出して、最後に来たメッセージを確認した。

『たしか遅刻はしたくないと言ってたけど、だったらなぜ、そんなに得意なんだい?』

結局わたしは予定より十一分遅れで、ユニバーシティー・パークに到着した。わたしが送ったメールにアーネスト本人から返事が来なかったところをみると、相当おかんむりにちがいない。

それでもまさか、チャイムを鳴らしても玄関を開けてくれないほど怒っているとは、思ってもみなかった。

アーネストのシェイズになって二カ月半、こんなことは初めてだ。もしかしたら、オンラインゲームに夢中になっているだけなのかもしれない。以前、彼がゲームにあまりにも没頭していたので、その背後でこっそり、リビングの家具の配置を左右対称に変えてみたことがあった。二時間後、トイレに行こうとして彼が振り向いたとき、わたしがいつもと反対向きで紅茶を飲んでいるのを見たときの、そのびっくりした顔といったら。ほんと、今思い出しても、お腹を抱えて笑いたくなるほど見ものだった。

おっと、急いで中に入らなくっちゃ。バッグをひっかきまわし、事前に渡されていた玄関のスペアキーを探した。

すぐ近くから、サイレンの物悲しい音が聞こえてくる。そうだった。ここユニバーシティー・パークは、セントラル・LAのなかではましなほうとはいえ、わたしの住むパームズに比べると、一人当たりの犯罪遭遇率が二倍近いという地域だった（ただし暴力行為がほとんどで、アーネストを守るためにわたしが雇われた毒殺行為——未遂を含む——については、この統計には含まれていない）。

ようやくスペアキーが見つかったが、探していた時間を合わせると十三分の遅刻だ。ちっぽけなリビングルームは、大きなクリスマスツリーのせいでいっそう狭苦しくなっている。「アーネスト、どこにいるの？」

応えはなかったが、別にかまわなかった。彼がいる場所なんて、目をつぶっていてもわかる。「遅れてごめんなさい。お隣のワンちゃんが――」

その先を続けることはできなかった。パソコンの前にアーネストがいなかったからだ。スクリーンセーバーの画面だけが動いている。

いやな予感がして、胸がちくりと痛んだ。ううん、心配はいらない。たぶんトイレにいるのだろう。

さすがにそんな場所まで探しにいくわけにもいかないので、とりあえず朝食を作ろうとキッチンへ向かった。こちらもまた、切手サイズと言ってもいいほどに狭く、傷だらけの食器棚（以前の住人がラヴェンダー色に塗りかえていた）の他には、ケトルを一つ置いたらいっぱいになるカウンターがあるだけだ。あとはおそらく、ゴキブリが一匹か二匹、どこかに潜んでいるとは思うけど。だがアーネストの食事を作るのに、これ以上の広さは必要なかった。目玉焼きを二つ焼いてトーストにのせ、あとは〈ケロッグ〉のフルーツ・ループをボウルに入れればいいだけなのだから。アーネストは一年三百六十五日、朝食にはこの組み合わせと決めている。

そう聞くと、強迫神経症ではないかと疑う人もいるようだが、彼が苦しんでいるのは、広場恐怖症のほうだった。公共の交通機関を利用したり人混みに行ったりすると、恐怖でパニックになってしまう不安障害の一種だ。ただし、よく馴染んだ場所で、いつもと同じルーチンで行動する限りは、安全だと感じて穏やかでいられる。アーネストが自宅にひきこもっているのもそれが理由で、自分でコントロールができない環境には、身をさらしたくないというわけだ。

そのため、わたしのシェイズとしての仕事は、三度の食事を作る以外は、アーネストがパソコンの前にいるのを見ながら、ごろごろと過ごしていればいいだけだった。もちろん、彼が何か食べる前には必ず毒見をするが、食材に毒物が混入していない限り、毒殺のおそれはまずない。前回の仕事では何度も毒を盛られ、こんなに割に合わない仕事はないと憤慨したものだが、最近では自分でも驚いたことに、〈テイスト・ソサエティ〉から給料をもらいすぎているのではと思い始めているところだった。シェイズの報酬は年換算で十万ドルという規定になっているが、こんなふうにアーネストの家でのんびりと過ごしてすでに十週間、そのあいだ、一度として毒殺の企てはないのだ。ありがたいことはもう一つ。この家に毎日通うことが不自然でないよう、わたしは表向き、アーネストの恋人としてふるまっていた。そうなると当然、人目のあるところでは、彼といちゃついたりしなくてはいけない。だが彼はひたすら家にいて、自宅に人を招くこともないため、無理して恋人らしい演技をしなくても済む。わたしのシェイズとしての一番の弱点は、この演技力だった。

こんなに穏やかな日々が続くと、闇金業者への莫大な借金を完済することも夢ではないような気がしてくる。つい最近まで、借金地獄からはもう一生はいあがれないだろうと絶望的になっていたのに。

ほんと、アーネスト以上に最高のクライアントなんているかしら。ああどうか、この任務がなるべく長く続きますように。

わたしは小さくハミングをしながら、トーストの上に目玉焼きを滑らせた。その上に塩と胡椒を振りかけ、端っこを切り落とし、毒見にうつる。卵と食パンはどちらもマイルドな味わいのため、有害物質の混入を見落とすことはまず考えられない。それでも味覚と嗅覚をフルに稼働させ、じっくりと味わった。毒見という仕事では、一瞬の気のゆるみがクライアントの生死にかかわってくるからだ。この大原則は、シェイズになるための過酷な研修中に、いやというほどたたきこまれていた。いくらアーネストの暮らしが平穏無事で、単調な毎日の繰り返しだとしても、油断は許されない。

問題はないと確認したあと、狭いカウンターにスペースを作るため、腕の上にトーストの皿をのせた。続いてボウルにフルーツ・ループとミルクを入れ、こちらも毒見をする。人工調味料や甘味料が入ると見極めが難しくなるが、八カ月に及ぶ研修中、ほぼすべての毒物を口にし――食材に混ざった状態も含め――、それぞれの明確な特徴を記憶しているので、どのあたりに注意すべきかはよくわかっていた。よし、これにも毒物は混入していない。

「アーネスト、お待たせ。朝食の用意ができたわよ！」元気よく声を張り上げた。

だが、どこからも返事はない。たぶんお腹の調子が悪いのだろう。あのスパイシーなチートス・ボリタスを二袋も食べたら、わたしだって同じようになるはずだ。

それとも、トイレの中で携帯ゲームをやっているのかもしれない。便座の座り心地って、たしかに悪くないもの。

ダイニングテーブルに皿を並べて腰を下ろすと、何かトイレから物音がしないかと、耳を澄ませた。だがやはり、しんと静まり返っている。もちろんアーネストが出てくる気配もない。ここまで待たされると、あれだけ必死になって急いだのがなんだか馬鹿らしいようにも思えてくる。そこで、待っているあいだに腹筋のエクササイズをやることにした。ベッドの下に転がったジーンズのボタンを思い出したからだ。ところが床に寝転がったとたん、背中に激しい痛みが走り、全身の細胞がやめてくれと騒ぎ出した。八十ポンドもの大荷物を運んだせいだ。

そういえばダドリーは、新しい住まいを気に入っただろうか。これまでケージとドッグレースの会場しか知らないのなら、カーペットやソファ、鏡を見るのは初めてだろう。掃除機をかける音や、トイレの水を流す音も聞いたことはないはずだ。卵乗せトーストやベーコンだって食べたことはないだろうし。だったら、階段を見て震え上がったのも無理はない。わたしだったら、ベーコンのない人生を考えるだけで震え上がってしまうけど。

しばらくするとトーストは冷め、フルーツ・ループはしんなりしてきた。しかたのないことだが、やっぱり悲しい。そこでわたしは、トイレに突入する覚悟を決めた。神聖な場所であろうがあるまいが、もうかまわない。開けっ放しのドアを通って彼の寝室に入り、その先にあるバスルームのドアをノックした。

返事はない。

「ねえアーネスト。お願いだから返事ぐらいしてよ。もう謝ったじゃない」

それでもやっぱり、返事はない。

「なんか言ってくれないと、開けちゃうわよ」

ここまで言っても、返事はない。

さすがに心配になってきて、ほんのすこしドアを開けてみた。いきなり大きく開けなかったのは、彼に最後のチャンスをあげようと思ったのだ。携帯の画面から顔を上げ、大声でわめくチャンスを。だがその気遣いもむなしく、しんと静まり返っている。

バスルームは空っぽだった。胃袋のなかで、恐怖の塊が翼を広げた。わたしったらどうして、広場恐怖症のクライアントをひとりきりにしてしまったのだろう?
朝食が待ちきれなくて、勝手に何かを食べたのかもしれない。そしてそれに毒が入っていて、どこかに冷たくなって横たわっているのかも。そうだ。そうにちがいない。びくびくしながらも、家じゅうを隅から隅まで確認する。だが彼の姿はどこにも見当たらない。

イジー、パニックになったらだめよ。考えようによっては、安心してもいいということだ。もし彼が毒を口にしたら、その死体が転がっているはずなのだから。ようするにアーネストは、誰か信頼できる人と一緒に外出しているということだ。たとえば母親のミセス・ダンストとか。あるいは親友のジェイ・マッセイとか。めったにないとはいえ、彼らとだったらこれまでも出かけることはあった。たぶん、わたしに伝えるのを忘れただけなんだろう。急遽出かけることになって頭が真っ白になり、連絡するのを忘れてしまったとか。うん、それならわかる。

アーネストの携帯に電話をしてみた。どこか近くから彼の着信メロディ、『スター・ウォーズ』の『帝国のマーチ』が聞こえるのではと思ったのだ。あわてて出かけたせいで家に置き忘れ、そのせいでわたしに連絡ができないのかもしれないと。だがその期待はあっさりと裏切られ、部屋は静まり返っている。発信音が何度か鳴ったあと、留守電メッセージに切り替わった。バッテリーが切れたのかもしれないが、充電するのを忘れるなんて彼らしくない。エッタがグロックを大切にしているのと同じく、アーネストはIT機器に対して、それはそれは深い愛情をもって接しているのだから。

となると、彼の信頼している人間に連絡をするしかない。この家に来てからの二カ月半で、それがふたりしかいないことはわかっていた。まずは、彼の母親に電話をしてみた。「もしもし、ミセス・ダンストですか？　わたしです。イジーです」

「まあ、イジー。ひさしぶりね」ミセス・ダンストのあたたかな声が聞こえた。

「ほんとに。あの、実はアーネストがどこにいるかご存じだったらと思って」

「あら、家にいないの？　ジェイには訊いてみた？」

ジェイか。できればかけたくなかったのだが。「あ、そうですよね。今から電話してみます」

通話を切ってすぐ、ジェイに電話をした。

「やあ、イジー。何の用だい？」嫌いな相手といやいや話しているというのが、受話器を通してでも伝わってきた。五、六歳のころ、アリスおばさんの口紅をつけてみたかったわたしが、「おばちゃん、きれいね」と心にもないことを言ったときの口調とそっくりだったからだ。初めて会ったときから、ジェイがわたしをうさんくさく思っているのには気がついていた。わたしがお金目当てでアーネストに近づいたと思っているのだ。まあたしかに、わたしが彼のそばにいるのはお金のためなんだけど。だが恋愛感情はないにしても、わたしはアーネストが大好きだった。広場恐怖症でちょっぴり困ったちゃんではあるが、やさしくてユーモアがあって、なにより社会正義のために告発サイトを運営する、勇敢な人間なのだから。

「あのね、アーネストがそっちにいるかなと思って。彼、家にいない――」

「いや、ここには来てないよ」

突き放すように否定され、しかたなく礼を言って通話を切った。「そうなんだ。わかったわ。ありがとう」

冷たくなった朝食のそばに、ぐったりと座りこんだ。恐怖で胃袋が締めつけられたが、それを振り払うようなポジティブなシナリオがまったく思いつかない。ひきこもりのアーネストが、煙のように消えてしまった。信頼する人物と一緒にいるわけでもなく、またその誰かに行き先を告げることもしないで。

考えられる理由は二つしかなかった。一つは、薬物依存症が再発してしまったということ。三年前に治療を始め、ここ一年三カ月はいっさい手を出していないと聞いていた。だが以前はドラッグが手放せず、特にひとりで外出するときは、不安を抑えようとヘロインを常用していたそうだ。もう一つの可能性は、意に反して無理やり連れ出されたということ。どちらにしても、まずいことに変わりはない。

しばらくして、ミセス・ダンストから電話があった。「アーネストがどこにいるか、ジェイに訊いてみた？」

やはり心配なのだろう。「ええ。でも知らないそうです。どうしたらいいのか考えているとこなんですけど」

「まあ、きっとまたドラッグに手を出したにちがいないわ。イタチが側転するみたいにして、どこかにふらふらと行っちゃったのね」ミセス・ダンストは大きく息を吸ってから、ため息をついた。「実を言うと、あの子がドラッグの誘惑に負けるのは今回が初めてじゃないのよ。でもこれが最後だって、つい期待しちゃうのよね。ねえイジーお願い、あの子を探すのを手伝ってもらえないかしら」

わたしは一瞬ぼうっとして答えられなかった。イタチが側転する姿を思い浮かべ、その可愛らしさにうっとりしていたのだ。それからハッと我に返った。「ええ、もちろんです。でもまずは、警察に連絡したほうがいいんじゃないですか？　例の告発サイトがらみで、事件に巻きこまれたのかもしれません」

アーネストはこんな貧相なアパートメントに住んでいるが、実を言うと、ＩＴの世界で成功をおさめ、一生遊んで暮らしていける――彼の場合はゲーム三昧で――ほどの大金持ちだった。一時は薬物依存症で苦しんだというが、その後しばらくして、彼の愛するＳＦ映画のヒーローたちと同様、世の中にはびこる巨悪を相手に闘う決意をしたのだ。

だが残念ながら、現実の世界では、戦闘用の宇宙船を手に入れるのは難しい。そこで彼は、〈ビジリークス〉という、不正を告発するウェブサイトを開設した。これは〈ウィキリークス〉によく似たサイトだが、告発のターゲットはアメリカの企業に限っており、不祥事や隠蔽工作に関する情報を、きちんと検証したうえで発表している。この〈ビジリークス〉がどれほど多くの関心を集めているかは、アーネストの最後の投稿に、五百万ものアクセス数があったことからもよくわかるだろう。だが当然ながら、運営者の彼は多くの権力者を敵に回しており、だからこそ毒殺を恐れ、わたしを雇ったというわけだ。

ここで簡単に、アメリカでの毒殺事情を説明しておく。

生まれながらのお金持ちは別にして、いわゆる〝アメリカンドリーム〟を実現させた裕福な有名人たちはセレブと呼ばれ、彼らのサクセスストーリーも併せてよく知られている。だがそれを丸ごと信じたら大まちがいだ。真面目に努力すれば報われるという、小さいころから教えこまれた行動規範はとんでもないそっぱちで、富や名声を得るためには、『ハンガー・ゲーム』もびっくりという、過酷な戦いを勝ち抜かなければいけない。晴れてその勝利者となれるのは、なんの躊躇(ちゅうちょ)もなく、ライバルを消去できる人間だけ。そしてその際に使われる方法が、多くの場合、ドラッグの過剰摂取を隠れみのとした毒殺なのである。

「まあ。あの子と一緒にいるうちに、あなたも妄想性障害(パラノイア)になっちゃったんじゃない？」ミセス・ダンストは言った。「みんなが自分を亡き者にしようとしている、あの子がそう思いこんでいるのは知ってるわ。告発サイトを運営しているせいで、頭のおかしな陰謀野郎に狙われているって」

〝頭のおかしな陰謀野郎〟という言い方は、まったくの的外れでもなかった。セレブたちがドラッグの過剰摂取で亡くなったというニュースの、少なくとも三分の一は、慎重に計画された、つまり陰謀による毒殺だからだ。ただ警察は、そうした手法が世の中に広まるのを嫌い、かなりの割合で真相をもみ消し、事故として発表している。そのため、ミセス・ダンストのような一般人が、アーネストをパラノイアだと思うのも無理はないのだ。

ただ今は、ミセス・ダンストに反論するつもりはなかった。サイトの詳細をアーネストが母親に伝えていないため、このサイトがどれほど多くの危険を引き寄せるものか、彼女には理解できないのだろう。残念だが今回の彼の失踪が、今まさに、その危険性を証明しようとしていた。

二週間前、朝食の目玉焼きの一つが双子の黄身だったのを見て、これは不吉な兆しだとおびえていたアーネスト。勇敢ないっぽうで、そんな心配性のアーネストが、残酷な人間の手によって葬られたとは、考えたくなかった。

わたしは覚悟を決めた。とにかくこれから二時間、アーネストを探してみよう。それでも見つからなければ、わたしの雇用主である〈テイスト・ソサエティ〉に応援を頼めばいい。この組織は、クライアントを守るためなら、手段を選ば――、もとい、ありとあらゆる手立てを講じてくれる。たいていの場合、わたしにはそうした調査に参加する資格はないが、どれも秘密裡に行われ、高い効果をあげていると聞いていた。だがまずはその前に、アーネストが本当に行方不明なのかを確認しなければいけない。

わたしは携帯を耳に押しつけ、ミセス・ダンストに尋ねた。「どこを探したらいいでしょう。彼の行きそうな場所に心当たりはありますか?」

もしアーネストが、最悪の事態に巻きこまれていたらどうしよう。不安の塊が胃袋をぎりぎりとかじりはじめたが、その鋭い歯を鈍化させるには、何かすこしでも行動を起こすしかない。

ミセス・ダンストに教えられた場所は全部で六カ所。どれもドラッグ常用者のたまり場だが、そうした場所がどれほど危険であるかは、頭の片隅にもなかった。わたしがあまりにも世間知らずということもあったが、とにかく、アーネストを見つけたい一心だったのだ。

最初に訪れたのは、雑草の生い茂った廃品置き場の中ほどに建つ、青いペンキの塗られた小さな家だった。あちこちに散らばるタイヤや、切断されたマネキンの頭につまずかないよう、慎重に、だが急ぎ足で歩いていく。ようやく玄関までたどりつき、ドアをノックしようと手を上げたところで、たたくべき対象がないことに気づいた。家の内外を仕切るのは網戸だけで、それもところどころフレームから外れ、だらしなくたるんでいる。あたりまえだが、クリスマスの飾りはない。

「こんにちは」おそるおそる声をかけてみた。

何かをひきずるような音が聞こえてくる。怪我をした巨大なトカゲが這ってくるようなその音に、わたしは思わずあとずさった。室内は薄暗く、二メートル以上先は見えない。日よけはどれも間に合わせで作ったようなもので、玄関の脇の窓には、マットレスがたてかけてある。

暗闇からとつぜん、何者かが現れた。頭の上のお団子ヘアが、死んだトカゲをくっつけているようにも見える。だが一応、人間のようだ。やつれた顔と骸骨のような身体のせいで、性別は判断できない。ひきずっていたのはゴリラの足にそっくりのスリッパで、もじゃもじゃの毛の先から、人間の爪先がのぞいている。

「なんか用?」声はひどくしゃがれていて、やはり男か女かはわからない。

「ええっと。アーネストを探してるんですけど」わたしは彼の写真を取り出した。

持っていくようにとミセス・ダンストに言われ、写真立てから抜きとってきたはがきサイズの写真だ。ミセス・ダンストからは、貴重品はすべて車に残しておくようにとも注意されていた。といっても、わたしの一番の貴重品はその車――十二年物のシルバーのコルヴェット――で、しかもそれですら自分の物ではなく、〈ソサエティ〉からの支給品だった。「この人、見たことありますか?」

抜け殻のような瞳は、写真のほうをちらりとも見ない。「いや」

「ほんと? すごく大事なことなんですけど」

相手は一声うめいたあと、足をひきずって暗がりのなかへと消えていった。

ない、ということなんだろう。

ほっとすべきなのかそうでないのかわからないまま、わたしは車に戻り、運転席の冷たいレザーシートに腰をおろした。アーネストがかつて逃れてきたもの――それがどれほど絶望的な恐怖であるかを、ほんの一部とはいえ、今はじめて目にしたように思った。ヘロインで正気を失ったアーネストをこんな場所で見つけるくらいなら、見つからないほうがましかもしれない。

ううん、そんなわけはない。胃袋をかじる歯が鋭くなった。やっぱり今すぐ、〈ソサエティ〉に連絡したほうがいいだろうか? だがそのときの気分で方針を変えていたら、どこにもたどり着くことはできない。とにかく、ミセス・ダンストに教えられた場所に全部行ってみてからだ。

コルヴェットを走らせ、つぎの候補地へ向かった。遠くから見る限りでは、建物も庭も、ある程度は手入れがされているから、さっきの場所よりは期待が持てそうだ。ヘヴィメタルの音楽が窓から大音量で流れているし、誰かがいるのはまちがいない。驚いたことに、前庭の芝生の上には、等身大のプラスティック製の雪だるまが置かれていた(といっても、その手に持たされているのは、マリファナ用の水ギセルだった)。

玄関のドアをノックすると、上半身裸の若い男が出てきた。びっくりするほどムキムキの筋肉をしている。その胸をわたしがじっと見つめているのに気づいて、男はにやりと笑った。

さっきのトカゲ人間とはちがい、愛想はよさそうだ。「こんにちは。わたしはイジー、イソベル・エイヴェリーよ。あのね、アーニーのガールフレンドなんだけどぉ」いつもより高い声で、語尾を上げ気味に言った。

面白くなさそうに、男がうなる。

そこでわたしは人さし指に髪をまきつけ、おずおずという感じでたくましい胸に視線をやった。「えっと、彼がね、きのう家に帰ってきてないの。もしかして彼を見てないかなって。どう?」

男もわたしの胸に視線を移した。そこですかさず、胸の前にアーネストの写真を掲げた。

「いいや。見たことないな」そう言ってわたしの目を見つめる。「でもベイビー、そいつの代わりに、おれがいい思いをさせてやってもいいけど?」

うわ、そう来たか。ひるんじゃだめよ、イジー。「まあ、すてき。だけどやっぱり、彼を見つけなくっちゃ」

男は大胸筋をぴくぴくと動かした。「そいつのことなんて、このおれが忘れさせてやるぜ」

わたしは走って逃げだしたい思いをこらえながら、ゆっくりとあとずさった。「また今度ね。ぜひ」未練たらしくしておいたほうがいい。こんなにフレンドリーな男なら、これからも役に立つかもしれない。それに筋肉を自由自在に動かせるテクニックは、なかなか感動モノだ。

車に戻ると、ミセス・ダンストに教えられた場所へさらに二カ所行ってみたが、結果は同じだった。つまり、アーネストは昔のたまり場でヘロインを買ってはいない、あるいは、その場にいた誰とも話をしてはいないということだ。とはいえ、ドラッグ常用者たちの焦点の定まらない瞳を考えると、たとえアーネストと話をしたとしても、五分もしたら、その記憶が頭から吹き飛んでしまったのかもしれない。以前働いていたカフェに、毎週火曜日になると欠かさずやってきたミスター・ジレッピみたいに。

八十代の彼は、来店するたびに、孫娘が生まれたと教えてくれたが、十週間後、わたしはふと考えた。ミスター・ジレッピはものすごく子だくさんで、しかもその子どもたちが、同時期に生殖行為をすると示し合わせたのだろうか。さもなくば、ミスター・ジレッピ本人の記憶が曖昧になっているのかと。

今日、話をしたドラッグ常用者たちとアーネストが変わらないと考えただけで、とても悲しかった。アーネストは知性がとびきり高く、世の中の不正をただしたいという、あふれるほどの情熱を持っている。だがドラッグ常用者たちは人格が崩壊し、何に対しても情熱など持っていないし、その人生のどこにも笑いはない。ドラッグへの依存によって、すべてがのみこまれてしまったのだ。アーネストが見つからないのは、もちろん怖い。だがそれと同じくらい、こうした場所で彼を見つけるのが怖くなっていた。

アーネストが行きそうな場所として教えられたのはあと二カ所。その一つ、エクスポジション・パークの中にある建物の前に、コルヴェットを止めた。もしここが空振りだったら、ミセス・ダンストと〈ソサエティ〉の担当者に、さすがに連絡を入れたほうがいいだろう。

下見板張りの古い建物の前には、『取り壊し予定』という表示が出ていた。ゆがんだ木製のドアはがたつきがひどく、ちょっと強く押しただけでもはずれてしまいそうだ。どの窓にも板が打ち付けられ、電気はずいぶん前に止められているようで、内部はトカゲ人間の家よりもさらに薄暗い。わたしは携帯のライトをつけてから、中へ足を踏み入れた。

その瞬間、首の後ろの毛が逆立った。なぜだろう、特に怪しいものがあるわけでもないのに。ありとあらゆるものが、厚いほこりにおおわれている。けれども、奥の部屋へと続く足跡だけは例外だった。部屋の四隅に張られたクモの巣や、いたるところにあるネズミの小さな足跡は見ないようにしながら、先へと進んでいく。つんと鼻をつく、いやな臭いがした。腐りかけた生ごみと、汚物の臭いだ。

奥の部屋の戸口を通り抜けたところで、足が止まった。

携帯のライトを浴びて、ねずみたちが一斉に逃げ出す。するとその先に、ひとかたまりになった衣類が見えた。気味が悪いほど、よく見慣れた服だ。なにしろここ二カ月半、毎日同じものを見ていたのだから。

お願いよ。違うと言って。

そのかたまりに、一歩近づいてみた。顔の一部はすでにねずみたちにかじられている。だがそれでも、見まちがうわけがなかった。わたしの大好きなアーネストだ。やさしくて、オタク青年のアーネスト。わたしの最高のクライアント。

彼が生きているか死んでいるか、脈をとって確認するまでもなかった。

2

呆然としながら壁をたどっていくうち、いつのまにか日光の下に出ていた。まぶしさに目をすがめながら、イチゴツナギの葉の上に、胃の中のものを吐き出す。地面に涙がぽたぽたと落ちるのを見て、ようやく自分が泣いていることに気づいた。それも声を上げて、おいおいと泣いていた。

こんな馬鹿なことがあっていいのだろうか。アーネストが死ぬなんて。まだ二十九歳で、わたしと同い年だというのに。『禁断の惑星』（SF映画の金字塔的作品）のテーマの重要性を伝えようと、自作のへんてこな歌をがなりたてる彼。Xbox Oneのコントローラーの使い方を知らないとわたしが言ったとき、世にも恐ろしいものでも見るように、ハシバミ色の目を見開いた彼。そのあとで、わたしが使い方を教えてほしいと頼むと、ぱっと顔を輝かせた無邪気な彼。あのちっぽけな部屋のソファに座り、そんな彼を見ながら、これからも何度も大笑いをしたいのに。悪夢を見ているのではないかと、思いきり頬をつねってみる。けれどもその激しい痛みに、やはりこれは夢ではない、現実なのだと思い知らされただけだった。

どれくらいの時間が経っただろう、やっと自分を取り戻し、〈ソサエティ〉の担当者に電話をかけた。

「IDナンバーを」すぐにジムが応えた。

ジムとの関係は、彼と親しくなろうと質問攻めにした最初の電話から、すこしも進展していなかった。ジムは控えめなタイプが好きなのか、いつもそっけない反応しか返ってこない。そこでわたしは、電話をするたびにちょっと刺激的なことを言っては、彼のあたふたする様子を楽しむことにしていた。

だが今は気が動転していて、彼をからかって楽しむ余裕などなかった。そこで規定通り、IDナンバーだけを答えた。「こちらシェイズ２２７０３。クライアントの死亡を報告するため、電話をしています」

「自然死かね、それとも不審死かね？」

「わかりません」

「そうか。では死因に、毒物が関係している可能性はあるのか？」

「わかりません」

「そもそも、死んでいるのは確かなのかね？」

アーネストの、うつろなハシバミ色の瞳が思い浮かんだ。「はい、まちがいありません」

ジムが低くうめいた。「わかった。何よりも大事なのはそこだからな。それでは、きみのいる場所から一番近くにいる調査員を急行させよう。動かないで待つように」

電話を切った瞬間、足もとにひろがっている嘔吐物のせいで、またも喉にすっぱいものがこみあげてきた。あわててその場をあとにして、コルヴェットに向かう。なんでこんなことになっちゃったんだろう。〈ビジリークス〉という告発サイトを運営している以上、アーネストには、それに伴うリスクは当然ある。だがアーネストは、自分の身を守るために、ありとあらゆることをしていた。サイトに載せる情報については、一般に公開する前に必ず三度は確認をとっていたし、わたしという毒見役も雇っていた。また自宅のアパートメントから出ることはめったになく、家に出入りをさせる人間にも、すごく用心していた。それ以上、いったい何をすべきだったのだろう。

もちろん、ひきこもりの生活にうんざりして、広場恐怖症を克服するためにヘロインに手を出したのなら、話は別だが。今の状況からは、たしかにそんなふうにも見える。けれども、そうやって事故に見せかけるのは、セレブ殺人の常套手段でもあるのだ。

もしアーネストが殺されたのなら、この廃屋で命を絶たれたのだろうか。それとも別の場所で殺され、ここまで運ばれて遺棄されたのだろうか。わたしは室内に残っていた足跡を思い浮かべた。部屋の真ん中に、埃の積もっていない通り道があったから、何かを、つまり彼の遺体をひきずった跡だとも考えられる。だが、たくさんの人が歩いた跡かもしれない。もう一度見れば確認できるだろうが、まもなく〈ソサエティ〉の調査員が来るというから、そのあたりは任せたほうがいいだろう。

勝手な想像をするよりも、まずはこの事件がどういうからくりになっているのかを、考えたほうがいい。悲しみを忘れるためにも、それが一番いい方法のはずだ。

とそのとき、運転席の窓をたたく音がして、思考がとぎれた。なによ、今せっかく……。悪態をつこうとして顔を上げたとたん、口の中の水分が一気に蒸発した。冷たいグレーの瞳と、一文字に引き結んだ唇。見覚えのある端整な顔に、見覚えのある渋い表情が浮かんでいる。わたしはのろのろと、車の外へ出た。

「またきみか」コナー・スタイルズが言った。

あらまあ、ずいぶんとご挨拶じゃないの。彼はわたしの初めてのクライアントであり、また前回の事件を調査したときのパートナー――パートナーはちょっと言いすぎかしら。彼がほとんどひとりで調査して、わたしはただ後ろにくっついて、的外れの質問ばかりしていたのだから――でもあった。彼の顔を見るのはあのとき以来だから、三カ月ぶりだ。だが実を言うと、夢の中にはごく最近、出てきたばかりだった。

彼の冷たい〝ご挨拶〟にがっかりしたのを悟られないよう、とにかく唾液を出し、口蓋にはりついた舌を解放した。「ひさしぶりね。メリークリスマス」コナーは記憶どおり、心臓が止まるほどハンサムだった。「あなたに会えなくなって、エッタが寂しがってるわ」

引き結んだ唇をわずかにゆるませ、彼が身を寄せてきた。顎には無精ひげがうっすらと生え、短く刈りこんだ髪もすこし伸びて、先端がカールしはじめている。コナーの基準から言ったら、〝とんでもなくむさくるしい〟レベルだ。

「エッタだけなのかい？」彼が訊いた。「ぼくに会えなくて寂しいと思っていたのは」

彼の柔らかな表情を見て、思わず頬がゆるんだ。だがその直後、雲に覆われた空のように、アイスグレーの瞳がかげりを帯びた。いやだ、わたしの息がゲロ臭いんだわ。あわてて口に手を当てた。「そうね、いないと思う」

コナーの顔はいきなりビジネスライクなものになった。「で、きみのクライアントはどこにいるんだ？」

ああ、そうだった。アーネストが汚物まみれで横たわっているというのに、コナーに見惚れたり、口臭を気にしたりするなんて、薄情にもほどがある。わたしは今にもくずれ落ちそうなドアを指さした。

コナーは自分の黒いＳＵＶに頭をつっこみ、懐中電灯を取り出した。「案内してくれ」

ふたたび室内に足を踏み入れたとたん、罪悪感が胸に押し寄せ、その場にへたりこみそうになった。ネズミの足跡がいたるところについている。どうしてアーネストのそばについていなかったのだろう。そうすれば、今さらとはいえ、食い意地のはったネズミたちをすこしでも追い払うことができたのに。

コナーはわたしの足が止まったのに気づき、すぐ脇を無言で通り抜けていった。チュウチュウという鳴き声と、カサコソと逃げていく足音が聞こえる。だがネズミたちの凶暴な姿は、彼の広い肩幅がさえぎってくれた。

「外で待っていてもいいんだぞ」

わたしはこみ上げる胆汁を飲み下した。「ううん。二カ月以上も毎日彼と一緒に過ごしたんだもの。現場を見れば、きっと何か役に立てるはずだわ」わたしのほうがコナーよりも、アーネストのことをよく知っている。大事に思っている。それはきっと強みにもなるはずで、彼を初めて見る人間なら見逃してしまうようなささいなことでも、気づけるのではないだろうか。ヘロインによる事故死か、それとも殺人か。アーネストの名誉がかかっているときに、おじけづいて逃げ出すわけにはいかない。

それなのにどうしてだか、足を前に踏み出せなかった。

コナーが遺体のそばにしゃがみこんで、手袋をはめた。「腕に注射針のあとがあるが、その周囲に組織の損傷がある。それに、死の直前にできたようなあざもあるから、してくり返している。「財布や携帯がなくなっているから、強盗の線もあるな。だが殺人犯がそのように見せかけた可能性もある。もちろん、まったく別の人間が死体から奪ったのかもしれない」アーネストのズボンのポケットから、一枚の紙を取り出した。「レシートか……。時刻は昨夜の一時半すこし前。ん？　チートス・ボリタス？」

「彼の大好物よ」わたしは言った。メキシコの市場向けに作られたスパイシーな風味のチートスで、この近辺では二、三軒の店でしか売られていない。「きのうの夜、最後の一袋を食べちゃって、わたしが今朝買っていくと約束していたの。でも彼の家に着くのが予定より遅れて……」

アーネストはもう二度と、チートス・ボリタスを食べることはできないのだ。

「彼はたしか広場恐怖症だったよな？　だったら、わざわざ真夜中に買いに出るのはおかしくないか？　いくら大好物とはいっても」

さすがはコナーだ。大事な情報はちゃんと頭に入っている。ここに駆けつける途中、〈ソサエティ〉の調査チームから電話で簡単に報告を受けたのだろう。この調査チームには、ＩＴの専門家が多数所属していて、クライアントの個人情報はもちろん、調査に必要なあらゆる情報を入手してくれる。また警察の科学捜査官にあたるような専門家たちがスタンバイし、事件現場で採取した証拠の分析業務も行っていた。

「なあ、どう思う?」コナーの声に、ハッと我に返った。たしかにそうだ。あの怖がり屋のアーネストが、夜中にひとりで出歩くなんておかしい。いったい昨夜、何があったのだろう。

コナーが立ち上がった。「これ以上現場を荒らしたくはない。あとは調査チームに任せ、徹底的に調べてもらおう。アーネストが自分の意思でドラッグを過剰摂取した可能性はあるが、気になる点がいくつかあるからな」

コナーはわたしを引っ張って外に出ると、何本か電話をかけた。

待っているあいだ、胃の中のものを吐かないことに神経を集中させた。気分が悪いのは、アーネストの遺体をまた見たからだろうか? それとも、もっと近くでじっくり観察すべきだったのに、それができなかった臆病な自分に我慢がならないから?

コナーが電話を終えて言った。「ロス市警のハント署長がこちらに向かっている。遺体の第一発見者であるきみと話がしたいそうだ。それにおそらく、生きている彼を最後に見た人間だろうからと」

「ハント署長? 警察の? ということは、〈ソサエティ〉はこの事件を調べられないってこと?」

「いや、そうじゃない。だが独自に調べるのではなく、ロス市警の捜査に協力する形になる。死者が出た場合は、そういう取り決めになっているんだ。前回みたいに殺人未遂の場合は、あとからの報告でも構わないんだが。ただ警察の場合、検死の結果、不審死だと断定されるまでは捜査を始められない。つまり、ぼくたちのほうが先に調査を始められるというわけだ」

コナーは警察に協力すると言ったが、今の言い方だと、なんだか警察と張り合っているような気がする。そう指摘しようとしたとき、わたしの携帯が鳴った。

「あ、まずい！」心臓がパラシュートのように急降下した。ミセス・ダンストからだ。「アーネストのお母さんからだわ。彼が見つかったか、心配でかけてきたのね。どうしよう。なんて言ったらいいかしら」

コナーはわたしから携帯を奪い、いきなり電源を切った。「アーネストが死んだことは警察から伝えてもらう。署長はまもなく到着するはずだ」

「だけど電話を切ったせいで、かえって不安になっているかもしれない。わたしを探しに来るんじゃないかしら。そもそも、この場所に行ってみるよう教えてくれたのは彼女だから」

「そのときはそのときだな」

ふたたび吐き気がこみあげてきたが、胃の中にはもう何も残っていなかった。「そうなる前に……知らせるべきだわ」声がかすれていた。ミセス・ダンストは二十九年間、ずっとアーネストの面倒を見てきたのだ。彼女に比べたら、わたしの悲しみなんて何ものでもない。彼女は今すぐにでも、知る権利がある。

コナーに頰の涙をぬぐわれ、泣いていたことに気づいた。「大丈夫だ。すぐに知ることになる。こんなつらい知らせをきみが伝える必要はない。電話に出るのを警察に止められたと言えばいい」もう一度、わたしの頰を指でぬぐった。「ハンカチを車から取ってくるよ」

彼はすぐに戻ってきて、アイロンのきいたハンカチを差し出した。汚すのが申し訳ないほど真っ白だったが、遠慮なく涙をふき、大きな音をたてて洟をかんだ。

「花粉症かな」コナーが言った。「クリスマスの季節にも発症するとは知らなかったよ」

わたしはハンカチをポケットにしまった。洟や涙のくっついた状態で返すわけにはいかない。「それ、冗談のつもりなの?」

「さあね。それはきみが判断することだろ」

やっぱり冗談のつもりだったのだ。あまり冴えているとは言えないが、努力は認めてあげないと。「もしかして、元気づけようとしてくれたの?」

コナーはわたしの肩をポンとたたいた。「ハント署長に会うんだから、〈ソサエティ〉の一員として恥ずかしくない格好でいてもらいたいんだ。洟垂れ小僧を紹介するわけにはいかないだろ」

コナーの気遣いのかいもなく、ロス市警のハント署長はわたしを気に入らなかった。彼はカウボーイと軍人を足して二で割ったような男で、スポーツ刈りにした鋼色の髪に、日光に長年さらされた顔、そしてうっかり近づいたら刺されてしまいそうなツンツンに立った口ひげを生やしていた。まばたき一つしないで人を殺し、朝食には必ず牛の生皮(ローハイド)でも食べているようなタイプだ。彼は偉そうに腰を反らして歩いてくると、値踏みをするような目つきでわたしをじろじろとながめまわした。

「たいていの人間は、死体を発見したら、まずは警察に通報するもんなんだがな」いやみったらしくわたしをにらみつける。「ようするになんだ、あんたはあの〈くそったれテイスト・ソサエティ〉の、くそったれ新入社員というわけか」苦虫をかみつぶしたような顔を見れば、〈ソサエティ〉のことを日ごろからどう思っているのかはよくわかった。

「署長、〈テイスト・ソサエティ〉です。くそったれはつきません」コナーが訂正した。

「おや、そうだったかな。そんなことより、いったい全体、ここで何があったというんだ？」

「それはご自分の目で見ていただいたほうがいいと思います。イソベル、きみは外にいてかまわないよ」

なんなの、この署長は。なんだかくちゃくちゃと何回もかんだあと、ペッと吐き出されたローハイドになったような気分だ。これ以上一秒でも、こんな感じの悪い男とは一緒にいたくない。コナーからお許しも出たことだし、愛車のコルヴェットに戻って待つことにした。コナーが携帯を返してくれないのは、ミセス・ダンストに電話をかけさせたくないからだろう。だがそんな心配は無用だ。わたしには、彼女にアーネストの死を伝える勇気はない。それどころか、今日という日をやり直せたらどんなにいいだろうかと、ただぼんやりと宙を見つめているだけだった。いや、今日の朝からではだめだ。やり直すなら、きのうからでないと。きのうの午後、今夜は夜更かしをして『スター・ウォーズ』の最新作を一緒に見ようと、アーネストが誘ってくれたからだ。それだけじゃない、わたしが寒い日には布団にくるまるのが好きなのを知っていて、自分の羽根布団と枕を貸してあげるよとまで言ってくれた。あのとき、わたしがその提案を受け入れていたら。とても疲れていたから、途中で眠ってしまったかもしれないが。だとしても、わたしが一緒にいたら、彼はまだ今も生きていたのではないだろうか。

わたしはまた、コナーのハンカチで顔を覆った。

十分後、コナーとハント署長が廃屋から出てきた。あわてて車からおり、自分でも知らぬ間に気をつけの姿勢を取る。

ハントがわたしに目を向けた。「ロス市警としては、ドラッグ常用者がヘロインの過剰摂取によって亡くなったと考える。実際には、検視官が見てからの判断にはなるがな。あんたには今日のうちに、署まで来てもらいたい。調書を取らなきゃならん。なんといっても死体の第一発見者だし、生前の彼を見た最後の人間の可能性が高いからな」

「調書なら、今ここで取ったらいいんじゃないですか？」コナーが口をはさんだ。

ハントはそれを無視して、わたしに向かって続けた。「なるべく遅くならないよう、そうだな、今日の午後あたりがいいだろう。下手に時間をやって、証拠を隠蔽されてはかなわないからな」

悲しみで頭がいっぱいだったので、どういう意味か一瞬わからなかった。「何を――」それからハッと気づいて、必死で頭を振った。「ちがいます、ミスター・ハント。わたしは何も――」

「ミスターじゃない、警察署長（コマンダー）だ。よく覚えておくように。さて、これからあの男の母親に悲しい知らせを伝えねばならん。いいか、その間くれぐれも、面倒なことは起こすんじゃないぞ」今度はコナーをにらみつけた。「あんたもだ、スタイルズ。何か調査をするにしても、しばらくは民間の探偵として動いてもらう。われわれが正式に捜査を始めるまでは、警察の顧問(コンサルタント)と名乗ることは許されない。わかっているだろうな？」

コナーはうなずいた。「わかってますよ、署長。ぼくだって、これが初めてのロデオというわけじゃありませんから」

やっぱり。ハントをカウボーイみたいだと思っていたのは、わたしだけではなかったのだ。

署長は覆面パトカーに戻り、後ろをちらりとも振り返ることなく、車を出した。パトカーが馬で、夕陽が射していれば、完璧に西部劇のラストシーンだ。いや、完璧なエンディングを迎えるには、アーネストの死が正しく解明され、彼の名誉が守られなければいけない。

「なあ、ロス市警との極秘の協力関係については覚えているよな？」コナーが訊いた。

協力関係というのは、毒殺事件を隠蔽するため、警察が長年〈ソサエティ〉と結託してきた件だろう。これについては、警察内部でもごくわずかの人間にしか知らされていない。ロス市警の場合、ハント署長がそのひとりなのだろう。そのため、〈ソサエティ〉が独自に事件を調査するのはしかたがないとはわかっていても、あまり勝手なことはするなと釘を刺したのだ。コナーがわざわざ〝極秘〟という言葉を使ったのは、わたしもそのあたりをわきまえて余計なことは言うなと、あらためて念を押したのだろう。

「大丈夫、心配しないで」わたしは言った。「それにしてもあなた、あの署長にずいぶん気に入られているみたいじゃない。彼、〝ぼくのやんちゃな子ネコちゃん〟っていう顔をしてたわよ。いったい何をしたの？」

「別に。〈テイスト・ソサエティ〉のために働いて、ときには警察にも協力しているだけだよ」一呼吸おいて続けた。「まあほとんどの場合、ハントよりも先に事件を解決しているけどね」

わたしはまたも、胸が苦しくなった。無意味な意地の張り合いや、政治的な争いには近づきたくない。とはいえ、ふたりが張り合うことで、事件の解決が早まるかもしれない。もちろん、アーネスト本人が自分の死を招いたのなら、それも意味はないが。でもそれは、信じたくなかった。彼の死が、いっそう惨めなものになるような気がするからだ。こみあげる涙を、まばたきをしてこらえた。「じゃあ早速、調査に向かいましょうか。ハントに先を越されるわけにいかないものね」

コナーはわたしをじっと見つめた。冷たいと思っていたアイスグレーの瞳も、ハントに比べると、ずっとあたたかい。「もしかして、きみも調査に加わるつもりなのかい？」

「あたりまえでしょ。やることはいくらでもあるんだから。今はまだ、アーネストが殺されたのかどうかすらはっきりしていないのよ。だったら検死や毒物検査の結果をのんびり待っていないで、彼が自分の意思で自宅から出たのか、それとも拉致されたのかを解明すべきじゃない？」そこで息をついだ。「となると、まずは彼の家から調べるのがいいと思うの。で、その場合、彼の家を熟知している人間がいると役に立つんじゃないかしら。なんだか不自然だ、いつもとどこか違うと気づけるでしょ？」

「うん、たしかにそのとおりだ」コナーは感心したようにわたしを見た。「これまでの数カ月、無駄に過ごしていたわけではないようだな」

思いがけずほめられて、すこし恥ずかしくなった。アーネストがパソコンにひっついている間、暇をもてあまし、いつもより本を読んでいたのはたしかだ。だがどういうわけか、探偵の活躍する推理小説ばかりを読むようになっていた。そしてその理由が、コナーにひさしぶりに会ったことでわかったのだ。恥ずかしながら、シェイズとしての腕を磨くためではなく、フロイトの理論に関係しているということが。

「のみこみが早いって、前にあなた、ほめてくれたじゃない」わたしは言葉を濁した。

「そうだったかな。よし、じゃあまずは、アーネストの自宅に行く前に、彼がチートスを買ったコンビニに行ってみよう。ただし彼の自宅の調査が終わったら、きみの役目は終わりだ」彼はわたしの全身をながめた。ひさしぶりに見るわたしがあんまりクールなんで、びっくりしているのかしら。「きみとペアを組むのがこれからも続くんじゃ、たまらないからな」

黒いＳＵＶにもたれているコナーは、相変わらず息をのむほどカッコよかった。ついさっきまで、ネズミやクモがうじゃうじゃいる廃屋にいたとは信じられない。それも、腐敗の進みはじめた死体や、不機嫌な警察署長と一緒にいたというのに。完全無欠という言葉は、彼のためにあるのだろう。そばにいると、ここ数カ月感じたことのなかった激しい胸の鼓動を感じ、自意識もやけに過剰になっていた。

「ええ、わたしだってそうよ」

同意はしたが、本当にそう思っているのかは自分でもよくわからなかった。

3

コンビニエンスストア〈ディエゴ〉のレジカウンターにいたのは、昨日の深夜一時半に勤務していた店員ではなかった。だが監視カメラの映像を見せてほしいと頼むと、こころよく承知して、奥の小部屋に案内してくれた。店内に繰り返し流れる『メリー・リトル・クリスマス』を聞きながら、カメラの映像をコナーが早送りする。チートスのレシートに刻印された時刻のすこし前まできたところで、再生ボタンを押した。

粒子の粗い映像ではあるが、店内に入ってきた人物がアーネストだということは確認できる。ただ画面からでは、おどおどした態度が、ドラッグの影響なのかはわからない。アーネストは家を出るといつもこんなふうだから、特別おかしいとも言えなかった。ただ一つ、ひとりで来たという点については、すごく違和感を覚える。

彼を拉致した人間がカメラに映ることを嫌い、ひとりで行ってこいと指示を出したのだろうか。でもなぜ、わざわざ証拠に残る危険を冒してまで、チートス・ボリタスを買いに行かせる必要がある？　意味が分からない。それにレシートを受け取ったとき、アーネストは一瞬、うれしさをかみしめているような表情をした。ようやくチートスを食べられる喜びに、思わず笑みをもらしたのでは？　もちろんドラッグでハイになっていて、レジの男性店員が彼の好みにドンピシャの、SF映画の巨乳美女に見えた可能性もあるけれど。残念ながら、彼が死んでしまった今となっては、どちらなのか判断のしようがない。

コナーは念のために映像をこっそりコピーしてから、レジカウンターに戻った。

「きのうの深夜（グレイブヤード）シフトのスタッフは、つぎはいつ店にいるかな？」コナーは親切な店員に訊いた。

わたしは顔をしかめた。墓地（グレイブヤード）って。何もこんなときにそんな言葉を使わなくたって。

「ああ、彼なら今夜来ますよ。深夜零時からのシフトだから」店員が言った。

わたしたちは礼を言うと、それぞれの車に乗りこみ、二ブロック先にあるアーネストのアパートメントに向かった。パンツのウエストバンドがお腹に食いこみ、これぐらいの距離なら歩くべきだと訴えてくる。まったくもってその通りなのだが、二ブロックぐらい歩いたところで、どうせこのぜい肉は減りやしないだろう。そういうのが、ダイエットに失敗する言い訳の一つだとは、よくわかってるんだけど。

とつぜん、前を走るコナーの車が右に曲がった。本来のルートからそれている。道が違うとパッシングをして合図を送ったが、そのまま走り続けている。やがて、あるベーカリーの前で車を止めた。

その後ろにコルヴェットをつけると、彼が運転席の窓までやってきた。「きみ、〈ベイカーズ・ブリス〉で働いていたんだろ？　だったらひさしぶりに、ジャム入りドーナツはどうだい。それとも他の店のほうがいいかな？」

わたしは何とも言いようがなく、いったん開けた口をすぐに閉じた。

「今朝は大変だっただろ。たしかきみは、こういうときは花よりダンゴだったよな。違ったかい？」

湖に落としたロールパンのように心臓が膨張し――ふつうはその前に、アヒルに食べられてしまうだろうが――、感動のあまり、涙が頬をひとすじつたい落ちた。ようするに、それほどまでに最悪の一日だったということだ。ドーナツを食べに行こうと誘われたくらいで、泣きたくなるほどの。

「ジャムドーナツ以上に食べたいものなんてないわ。ありがとう」

店の前にテーブルが二つ置かれていたので、その一つに座った。外は肌寒かったが、窮屈な店内にはいたくない。コナーが自分のぶんまでドーナツを買ってきたのには驚いたが、パウダーシュガーをまきちらすこともなく、上手に食べている。彼はあっという間に食べ終えると、砂糖まみれの指をわたしが意地汚くなめ終えるのを待ってから、やおら口を開いた。

「今朝起きたことを詳しく教えてくれ」

わたしは大きくうなずいて、順を追って話し始めた。

コナーは注意深く耳を傾けながら、ぼろぼろのリングノートに、解読不能な文字を書き留めている。前から不思議だったが、コナーはなぜ、こんなみすぼらしいノートを持ち歩いているのだろう。どんなことにも気を抜かない彼らしくない。ゴージャスな革張りのノートのほうがずっと似合うのに。

やがて、ドラッグ常用者のたまり場に向かったと話しはじめたところで、彼が険しい顔でテーブルにノートを置いた。そのまま持っていたら、握りつぶしてしまうと思ったようだ。「頼むから、ひとりでのりこんだなんて言わないでくれよ」

「えっと……」

「せめて、催涙スプレーを持っていったと言ってくれ。ドラッグ常用者にテーザーは効かないからな」

「へえ、そうなんだ……」

「おい、エイヴェリー。ちゃんと教えてあったはずだぞ」

コナーは本気で怒っているようだった。めったなことでは怒らないのに。

「ごめんなさい」世間知らずと言われればそのとおりなのだが、まさかあれほど危険な場所だとは思ってもみなかったのだ。なにしろ実際にドラッグを見たのは一度きり、それもパーティでマリファナを吸っている程度だったのだから。それにとにかくアーネストのことが心配で、そういうお遊びとはまったくレベルが違うと、立ち止まって考える余裕すらなかったのだ。

コナーは片手で顔を覆った。「おい。きみが死んだらエッタやオリヴァーに伝えるのは、このぼくなんだぞ。もちろん、きみの両親にも」しばらく沈黙が続いたが、やがて彼の顔は、いつもどおり無表情に戻った。「まあいい。続きを話してくれ」

そのあとは中断されることもなく、最後まで話し終えた。帰りがけにドーナツを買っていくかとコナーが言ったが、胸の内にしまっていたことを思い出して断った。それでもドーナツを食べ、ウエストバンドの必死の訴えを誰かに聞いてもらったおかげで、すこしパワーが戻ってきたような気がする。いつまでもめそめそしていては、アーネストの死の解明などできるわけがない。

白い煉瓦造りの、アーネストのアパートメントが見えてきた。彼が亡くなったことなど知るよしもなく、いつもと同じたたずまいで建っている。コナーがわたしにラテックス製の手袋を渡した。「何か場違いな感じがするものはないか、見落としのないように頼むぞ」

スペアキーを使って鍵を開け、ドアをひらく。

その瞬間、アーネストの部屋の慣れ親しんだにおいに包まれ、思わずあとずさった。しょっぱくて、いかにも人工調味料漬けといったジャンクフードのにおい。ただ今日は少なくとも、どこか隅のほうに、ゴキブリやネズミの死骸が転がっていることはなさそうだ。実はこれまでにそういうことがたびたびあって、どちらがその処理をするかで、アーネストと口げんかをしたことが何度かあった。考えてみれば、アーネストはもう二度と、そうした片づけをしなくてもいいのだ。この家に戻ってくることは、もうけっしてないのだから。ああ、だめだ。また涙があふれてきそうだ。こみあげてきた熱い塊をのみくだし、狭い玄関を見渡した。ゲスト用のコート掛けには、何も掛かっていない。壁には、SFドラマ『ファイヤーフライ宇宙大戦争』と、ビデオゲーム『スタークラフト2』のポスターが貼ってある。いつもどおりの光景だ。隅っこに立てかけてある黒い傘は、おそらく何年も使われていないだろう。ロスの街ではごくたまにしか雨は降らないし、アーネストが外出するのは、それよりもっとめずらしいことなのだから。

奥に進み、アーネストのベッドルームに向かった。背後にコナーがいるのは心強いが、気が散ってしかたがない。彼とは前回の事件の際、長い時間行動を共にして、それなりに絆が強まったように感じていた。だが事件が解決してしまうと、彼はわたしの前からさっさと姿を消し、それ以来音信不通になっていた。もう一度会えたらとひそかに期待はしていたが、よりによってこんなつらいときに実現するとは思ってもみなかった。だが今は、どぎまぎしている場合ではない。アーネストが三年近くひきこもっていたアパートメントから、何でもいい、とにかく手がかりを見つけなければいけないのだ。

それにしてもあらためて見ると、ずいぶんちっぽけで古びた部屋だ。これを見て、アーネストが大金持ちだと思う人間はまずいないだろう。せいぜい年収三万ドルといった階層にふさわしい住まいで、家具もほとんどない。しかも彼はこの部屋を所有しているわけでもなく、賃貸で住んでいた。

ただし、いったい何千ドルするのかわからないような高価なＩＴ機器はいくつもあった。もともと彼はプログラマーで、ストレスは多いながらも、収入はとても多かったらしい。そのうち、片手間にやっていたｉＰｈｏｎｅのアプリの開発が大成功し、いつしかそれが本業になったという。だが同じころに不安神経症を、ひいては広場恐怖症を発症し、それがきっかけで薬物依存症に陥ったと聞いていた。

もしわたしが彼ほどの大金持ちだったら、もっとずっと豪華な家に住むところだけど。きちんとローストされ、抽出したばかりのエスプレッソが淹れられる最高級のコーヒーメーカーが似合うような。

アーネストのベッドルームに足を踏み入れ、大きなクイーンサイズのベッドを目にしたとたん、わたしは胸がつぶれそうになった。きれいにカバーがかかっているのは、昨晩、わたしに羽根布団を貸すためにはがす必要がなかったからだ。つまり、わたしが彼と一緒に映画を見るのを断って、さっさと家に帰ってしまったからだ。つまりつまり、わたしがこの家に彼をひとり、置き去りにしてしまったからだ。彼が昨夜このベッドで寝ていないことは、誰が見てもあきらかだった。

ベッド脇のサイドテーブルには、たくさんのIT機器を充電するためのコード以外には何もなかった。これまで気に留めたことはなかったが、特にいつもと違うところはない。四方の壁いっぱいに、SF関連のポスターが貼られている。小さな書棚には、コンピューターのコードやハッキング関連の本が並んでいるが、タイトルを見たところで、わたしには何がなんだかさっぱりわからなかった。

クロゼットも開けてみた。まったく同じ黒のTシャツが、金属製のハンガーに何枚もぶらさがっている。別に驚きはしなかった。このTシャツ以外の服を彼が着ていたのは、見たことがない。棚の上には、これも黒の短パンが積まれ、その横にジーンズが二、三枚重ねてある。下着だけはあざやかな色の、SFチックな柄物だった。おそらくミセス・ダンストが買ったのだろう。いくらSFファンとはいえ、彼がアイアンマンの下着を選ぶとは思えない。真っ赤な〝装甲の〟下着に、彼の青白いがりがりの身体が包まれているのを思い浮かべ、思わず笑みが浮かんだ。

クロゼットの一番奥には、スーツが一着だけ掛かっていた。最後に着てからどれくらい経つのだろう。もしかして、自分の葬儀にこれを着ることになるのだろうか。そう思った瞬間、胸がはりさけそうになった。あわててクロゼットの扉を閉め、その馬鹿げた考えを封じこめる。

「今のところは、特におかしな点はないわ」すぐ後ろで見守っていたコナーに伝えた。背中に手を添えて支えてくれているのは、わたしが傷つきやすいことを知っているから？　それとも、わたしに再会してすこしはうれしいと思っているから？　彼の脇をすり抜け、バスルームへ向かった。ドアを開ける前に、目を閉じてそっとつぶやく。

どうかこのドアを開けたら、便座にアーネストが座っていますように。

これまでに、こんなにも欲しいと思ったクリスマスプレゼントがあっただろうか。

だがその願いはかなうはずもなく、アーネストはもちろん、手がかりひとつ残されてはいなかった。

続いてキッチンや洗面室、ダイニングルームを回ったが、いつもと違うところは一つもない。パントリーからあわてて逃げ出すネズミを見て、ふとミャオを思い出した。ふわふわの白い毛や喉をゴロゴロ鳴らす音、ゴキブリを追いかけるうれしそうな姿――こんな息の詰まるような部屋から逃げ出し、愛くるしいミャオをのんびりながめていたい……。いや、だめだ。アーネストの汚名をそそぐことができるのはこのわたししかいないのだから。

最後に、リビングルームを確認した。たぶん無意識のうちに、もっとも可能性のありそうな部屋を残しておいたのだろう。リビングはアーネストの仕事場兼ゲーム部屋であり、昨夜ベッドで寝ていないとしたら、出かけるか、拉致されるまではここで過ごしていたはずだ。わたしもまた彼と同様、ほとんどの時間をこの部屋で過ごしていた。料理を作ったり食事をするとき以外は、パソコンにはりつくアーネストを見ながら、ソファでぼうっとしたり、本や雑誌を読んだりしたものだ。あらためて、部屋全体をじっくりながめてみた。どこか不自然なところはないだろうか。日頃からもうすこし注意を払っていたら、あるいはスパイの訓練でも受けていたら、雑然と置かれた物でも、一つ残らず覚えていたのだろうけど。

二台のコンピューターと三つの大きなモニターは、いつもどおりデスクを囲むように置かれていた。デスクの下にバックアップ電源があるのは、ブレーカーがたびたび落ちるからで、どうもこのアパートメントは、電気配線のどこかに問題があるらしい。ここ二カ月半の間だけでも、修理の依頼を二回もしているほどだった。部屋の隅には、可愛らしくラッピングされたいくつものクリスマスプレゼントと、赤白ストライプの杖形のキャンディ(キャンディケイン)が山盛りになったボウルが置かれている。殺風景な部屋にすこしでも潤いをと、ミセス・ダンストが贈ってくれたものだ。このキャンディはアーネストの大好物でもあった。

切なさに涙がこみあげ、こらえようとして喉の奥が痛んだ。

アーネストは神経質と言ってもいいほどきれい好きだが、スナック菓子の袋や包み紙に関しては例外で、いつもそこらじゅうに散乱していた。今日もやはり、チートス・ボリタスの空の袋が三つと、キャンディケインの包み紙が四枚、パソコンの周りに無造作に放置されている。それを見て、きのうの午後、チートスをふたりで全部食べてしまったことを思い出した。いくら毒見をしなければいけないとはいえ、わたしがもうすこし量を控えていれば、アーネストがチートスを買いに出ることもなかったかもしれない。罪悪感にかられ、またしても胸が痛んだ。

そのときふと、パソコンのマウスがマウスパッドからはみ出しているのに気づいた。

「ねえ」わたしはデスクを指さした。「マウスがパッドから落ちそうなのが気になるわ。アーネストはいつもきちんと、パッドの上に置いているのに」

コナーは疑わしそうな目で、スナックの袋が散らかっているデスクを見た。「それはたしかなのか？　ざっと見た感じでは、彼はルーズな印象だけどな。誰かさんみたいに」

「ええ。ふだんは必ず」誰かさんて誰よ。

「今朝来たときはどうだったんだ？」

どうだっただろう。やっぱりスパイの訓練を受けておけばよかった。「覚えてないわ」

「そうか。まあ大きな手がかりとは言えないが、探ってみる価値はありそうだな。それと調査チームに連絡し、アーネストのパソコンを徹底的に調べさせよう。告発サイトのことを考えれば、その線が最も可能性が高いのはまちがいない」

「そうね。彼の外界との接点はそれぐらいしかないものね」

「外の世界と言えば、きみはこれからミセス・ダンストを訪ねたほうがいい。悲しみに暮れる恋人が会いに行かないのはおかしいからな」

彼女のことを思うと、胸が苦しくなってくる。「わかったわ。で、そのあとはどうする？」

「事件についてはぼくに任せろ。きみは事件解決まで、アーネストの恋人としてふるまってくれればいい」コナーの顔はいつもどおり無表情で、さっき見せてくれた思いやりのかけらもない。

「でもわたしは役に立つわよ。アーネストのことをよく知ってるもの。何か大事なことに気づくかも――」

「きみの電話番号はわかってるから、必要なら連絡するよ」彼は即座にわたしの申し出をはねつけ、自分の車へと歩き出した。

それならこれまでだって、いつでも連絡できたんじゃないの。だが、そう口にする勇気はなかった。それにアーネストのことをよく知っているとは言ったものの、それくらいで本当に殺人犯を探す役に立てるのだろうか。無理やりそう思いこむことで、悲しみをすこしでもやわらげようとしているだけなのでは？　あるいは心の奥底で、コナーと一緒に過ごすための口実にしているとか。まさか。

わたしは顔をしかめたが、アパートメントの小さな前庭に誰かがいるのを見て、急いで笑みを貼りつけた。お向かいに住む一階の住人だ。彼とは二、三度話をしたことがあった。二つの仕事をかけもちし、年老いた母親の世話に通っていると聞いている。そのせいもあるのだろう、早朝や深夜に、よく出たり入ったりしている。もしかしたら、昨夜も何か目撃したかもしれない。「こんにちは、ハンフリー。アーネストを探してるんだけど。まさか見かけてないわよね？」

ハンフリーは今にもくずれそうな花の苗を、掘り返した土にそっと植えている。わたしは立ち止まってその様子をながめた。ゆっくりと、また整然とした動きは、ふだんあわただしく家を出たり入ったりしている彼とはずいぶん違う。年齢はちょっと見ただけではよくわからない。五十代にも見えるが、それにしては顔にしわが多く、八十歳と言ってもおかしくないほど肩が前に湾曲している。気の毒に、何か重い物でも背負っているようだ。仕事の忙しさ、母親の世話、さらに時間のやりくりの難しさという三重苦のせいだろうか。またこれまでは気づかなかったが、しゃがんでいる姿を見て、頭頂部が薄くなりかけていることもわかった。

「彼なら見かけたよ。きのうの夜ね」苗を植えたあと、周りの土を手のひらで軽くたたき、つぎの苗を手に取った。「一時前だったから、けさ早くと言ったほうがいいかな」顔を上げ、はにかんだような笑みを浮かべた。「悪いけど、作業を続けていてもいいかな？　あと三十分で出かけないといけないんだ」

「もちろんよ。で、アーネストはそんな時間に何をしていたのかしら？」答えが知りたくてうずうずしていたが、できるだけさりげなく訊いてみた。

ハンフリーはまた新しい苗をポットから取り出した。「どこかに出かけるところみたいだったよ。訊いたわけじゃないけど」

「誰かと一緒に？」

「いや、ひとりだったな。ぼくが見た限りではね」

ひとり？　ちょっと信じられない。でもドラッグでハイになっていたのならおかしくはない。残念だが、やっぱり死因はドラッグの過剰摂取ということだろうか。「それって絶対？　本当にアーネストだった？」

「まあたしかに暗かったし、母さんを支えていたからしっかり見たわけじゃないけど。

でもやっぱりまちがいないよ。すごくびっくりしたのを覚えてるから」わたしと目を合わせた。「アーネストがここに越してきてから、もう三年経つかな？　でも彼が外出するのを見たのは数えるほどだったし、それもひとりでというのは初めてだったから」

わたしはまた、顔に笑みを貼りつけた。「ほんと、そうよね。ありがとう、話が聞けてすごく助かったわ。もうすこし探してみるわね」

ハンフリーが土で汚れた手を振るのを見ながら、この情報をコナーに伝えようかどうか迷った。事件から締め出された腹いせに、知らんぷりをする手もある。彼が自分で聞きこみにまわればいいんだから。

それにしても、疑問は増えるばかりだった。アーネストはなぜ、一年以上も断っていたヘロインに手を出さずにはいられなかったのか。もしヘロインを吸っていないのなら、これまでの習慣をやぶってまで、ひとりで出かけた先はどこだったのか。

わたしは結局、ハンフリーに聞いたことをコナーにメールで送った。やっぱりアーネストのためだから。それから覚悟を決め、ミセス・ダンストの家に車を走らせた。彼女の家には、アーネストに頼まれた物を取りに、何度か行ったことはある。薬物依存症の過去を持ち、その後はひきこもり気味の息子が心配でたまらなかったのだろう、離れて暮らしてはいても、ミセス・ダンストはしょっちゅうアーネストの面倒をみにやってきていた。だがけっして子離れができないわけではなく、その証拠に、彼の恋人として現れたわたしを見て心から喜び、また安心したようでもあった。けれども〝アーネストの恋人〟というのは、シェイズだと知られないための仮の姿だ。それを思うと、彼女のうれしそうな笑顔を前にして、自分がひどいペテン師のように感じられるのだった。

途中でユリの花束を買い求め、ステンドグラスのはめこまれた木製の玄関をノックする。ミセス・ダンストはすぐにドアを開けた。

「ああ、イジー。来てくれたのね」両手を広げ、わたしを抱き寄せる。「あなたが見つけたって聞いたわ。かわいそうに」それからわっと泣き出した。「あの子がもういないなんて、どうしても信じられないの」しゃくりあげるのに合わせ、豊かな胸が大きく波打った。

「わたしもです」彼女の背中に腕をまわし、ふくよかな身体を抱きしめた。「いったいどうしてこんなことに」

ミセス・ダンストはしばらくむせび泣いていたが、やがて身体をひいて涙をふいた。「まあ、お花を持ってきてくれたのね。なんてやさしいんでしょう。さあさあ、入って。花瓶を探すわ」

「いいえ、お悔やみを言いたくてお寄りしただけなんです。こんなときにおじゃまするつもりはありません」

「何を言うの。じゃまなわけがないでしょう？　あの子を愛してくれた人と一緒にいたいのよ」

その言葉を聞いて、いっそう後ろめたい気分になった。だがそう言われて、ひとりにはしておけない。彼女はまた涙を手でぬぐっている。こんなとき、コナーみたいにきれいなハンカチをさっと差し出せればよかったのに。まあコナーは、無口で愛想がないから、慰める際のツールとして、いつも持ち歩いているんだろうけど。それとも、しょっちゅう人を泣かせているから、彼にとっては必需品なのだろうか。

「花瓶を探している間に、お茶を淹れましょうか？」わたしは尋ねた。

「え、ええ。そうね、ありがとう」ミセス・ダンストは玄関ホールのサイドテーブルからティッシュを一枚とり、洟をかんだ。「それにしても、これから毎日何をしたらいいのかしら。あの子がいなくなったらすることがないわ」

その気持ちは、痛いほどよくわかった。彼女の暮らしはこれまでずっと、アーネストを中心にまわっていたのだから。わたしがもうすこしアーネストの世話をして、ミセス・ダンストにのんびりする時間をあげたいと彼に話したのは、つい昨日のことだったのに。今となっては、それが遠い昔のことのように感じられる。

はちみつ色の飾り棚を開け、マグカップとティーバッグを探した。あたたかみのある木製の棚は、こんな悲しい日にはそぐわない。食器がきちんと並んだ棚も整然としすぎているし、砂糖壺の取っ手についた楽しそうなリスたちも、見ているだけでいらいらしてしまう。

ミセス・ダンストは、うわの空でわたしを見つめていた。「なぜあの子がまたドラッグに手を出したのか、どうしても理解できないの。あなたというすばらしい人にめぐりあえて、以前みたいに不安におそわれることはずいぶん減っていたはずなのに」

わたしのおかげで、ある程度彼の不安が解消されたのはたしかだ。彼女が思っているよりもずっと、味気ない理由ではあるが。「仕事で何かあったんでしょうか？」自分でもその場しのぎだとは思いながら、とりあえずそう言ってみた。アーネストは自ら死を招いたのではない、何か犯罪がからんでいるはずだと言いたかったが、確固とした証拠を警察がつかむまではそうもいかない。

ミセス・ダンストは顔をゆがめた。「仕事って、あの子が運営しているウェブサイトのことね。なんであんなのを始めたのかしら。不安神経症だっていうのに、陰謀やら詐欺やらを暴こうだなんて」

わたしはマグカップを手渡すと、空いた手で彼女から花束を受け取った。強く握りしめていたのだろう、ユリの長い茎にはへこみができている。

「彼は世の中のまちがった部分を変えたかったんだと思います。ああいうサイトで暴くことが、彼なりのやり方だったんじゃないでしょうか。たとえ彼自身は、社会に深く関われないとしても」花瓶が見つからないので、水差しに花束をつっこんだ。「座りませんか?」

ミセス・ダンストを促し、ガラス製のテーブルに移動して椅子をひいた。

「短い間だったのに、あの子のことがよくわかっていたのね」彼女が言った。「たぶんわたしにはできない方法で、あの子を理解してくれていたんでしょう」わたしの顔をのぞきこむ。「ねえ、もし良かったら、葬儀の準備を手伝ってくれないかしら?」

罪悪感がちくりと胸を刺した。「まあミセス・ダンスト、それはできません。あ、つまり、わたしなんて彼と知り合って二カ月ちょっとですもの。長いあいだ愛情たっぷりに育ててきたお母さんとは比べものになりません。それなのに大事な葬儀に関わるなんて、自分がとんでもない食わせ者のような気がしてしまいます」心からの言葉だった。とくに、最後の部分は。

「なに言ってるのよ。あなたはそんな人じゃないわ。わたしはとても感謝してるし、アーネストもそれを望んでいると思うの」

どうしよう。

ミセス・ダンストは腕を伸ばし、わたしの手をつかんだ。「ねえ、お願いよ。イジー」

「わかりました。本当にそれでよろしいのなら、喜んでお手伝いさせていただきます」

彼女の顔がぱっと輝くのを見て、心臓が縮み上がった。いつかきっと、地獄に落ちるに違いない。

4

こんなみじめな気分では、あの嫌味なハント署長と、まともに向き合えるとはとても思えなかった。事情聴取を受けに行くのは明日にしよう。コルヴェットに乗りこむと、自宅へ向かった。今はとにかく、アーネストのことも、ミセス・ダンストのことも、葬儀のことも考えないほうがいい。

車からおり、アパートメントを見上げた。六〇年代に建てられ、リフォームもされていないから、近隣の建物の中でもひときわみすぼらしい。けれどもどこか懐かしく、くたびれてはいても手放せないお気に入りのセーターのように、包みこまれるような安らぎを与えてくれる。ああ、早く部屋に入って癒やされたい。

重い足どりで階段を上りながら、バッグから鍵を取り出して握りしめた。部屋に入ったらすぐに、熱いシャワーを浴びよう。丸くなったミャオを膝にのせ、現実逃避できそうなロマンチックな小説でも読もう……。とそのとき、エッタの家からグワッハッハという低い笑い声が聞こえた。あ、あの声は。外廊下を踏みしめる足が、とつぜん筋力を失った。その場にへたりこみそうになるのを必死でこらえ、窓からエッタの家の中をのぞく。

やっぱり。思ったとおりだ。わたしの借金取立人であるハルク――本名はミスター・ブラックだが、超人ハルクにそっくりなので――が、ひじ掛け椅子に座ってくつろいでいる。

目を疑うほどの巨体の下で、椅子の縫い目が今にも裂けてしまいそうだ。といってもわたしには、彼を非難する資格はこれっぽっちもなかった。自分だってジーンズのウエストボタンを、その安住の地から弾き飛ばしたのだから。しかもハルクの身体は、わたしと違ってぜい肉はほとんどなく、筋肉の塊だった。そっと窓から離れ、壁にもたれて心を落ち着ける。

ハルクがどういう仕事をしているか、エッタにはまだ話していなかった。彼がこのアパートメントに来ることはもうないだろうと思っていたからだ。何度か大きく深呼吸をしてから、自分に言い聞かせた。落ち着くのよ、イジー。前回ほど状況がひっ迫しているわけではない。彼がここで何をしているのかは知らないが、わたしの膝のお皿を砕くつもりでないことだけはたしかだ。

わたしの借金返済については、もっとも緊急性の高い延滞金に関しては、全額払い終わっていた。〈ソサエティ〉の上層部にコナーが交渉し、二カ月分の前払い金を受けられたおかげだ。またアーネストという、あまり面倒のかからないクライアントにめぐりあえたおかげで、シェイズの報酬も定期的に振りこまれ、今後の返済についても明るい見通しがたっていた。

そうだ、何も心配はいらない。とにかく部屋に戻り、シャワー、膝の上のミャオ、ロマンス小説という三本立ての癒やしプランを実行しよう。だがその自分本位の考え方に、心の片隅にあった良心が待ったをかけた。エッタがハルクの本当の姿を知るまで、わたしには彼女を見守る義務があるはずだ。何がどうなるとまずいのか、またそうなったところで、わたしごときに止められるのか——そのあたりは正確にはわからなかったが、そんなことは問題ではない。どう転んでも、責任はわたしにある。

壁によりかかったまま、バッグの中を探った。最近は催涙スプレーを身につけて——胸の谷間に差しこんで——はいないが、テーザー銃ともども、どんなときにもバッグには入れてある。いざというとき、取り出すのが間に合わない可能性もあるが、今回みたいに、自ら危険に飛びこむような場合は、こうして事前に取り出して武装することはできる。

それにしても思い返すと、今朝は本当に軽率だった。ドラッグの取引所やたまり場がそれほど危険だとは思わず、スプレーもテーザー銃も持っていかなかったのだから。

エッタの部屋のドアをノックすると、彼女がすぐに開けてくれた。頬が上気して、ばら色に染まっている。背後には、左右対称ではあるものの、わたしの部屋とまったく同じ造りの空間が広がっていた。それなのに、どう見ても同じアパートメントとは思えない。リフォームされていることもあるが、やはりエッタの抜群のセンスに負うところが大きいだろう。全体に白とグレー、ターコイズブルーの色調でエレガントにまとめられ、キッチンのカウンターとテーブルは光沢のある白、電気製品はすべてステンレス製に統一されている。リビングの壁紙は、モノクロの抽象柄。クリスマスツリーは本物のマツの木で、お洒落なオーナメントがぶら下がり、すがすがしい香りを部屋いっぱいに漂わせている。

驚いたことに、わたしのルームメイトのオリヴァーまでもが、チャコールグレーの麻のソファに座り、ダドリーの頭を膝に乗せてくつろいでいた。その場の全員が、ハルクでさえ、わたしに向かってにこやかにほほえんでいる。ノックをする前に、心の準備をしておいて本当に良かった。でなければ予想外の展開に、その場でおもらしをしてしまったことだろう。

「イジー、ちょうどいいところに来てくれたわ！」エッタが甲高い声で言った。「今ね、ダドリーの歓迎パーティをやっていたとこなの。もちろん、大げさなものじゃないわよ。この子のストレスになったらいけないものね」

パーティの主役のダドリーは、まだオリヴァーの膝を枕にしてくつろいでいる。わたしの登場で他のみんながざわめいているというのに、片目を開け、ほんの形ばかりしっぽを振っただけだ。大物というか、のんびり屋というか。けれども、そんなところも可愛らしく、わたしは背中を撫でてやろうと近づいていった。ハルクと言葉を交わすのを、なるべく先延ばしにしたいという思惑もあった。「そうね。この子はマイペースだから、あんまり刺激を与えるのはよくないわね。ハァイ、ダドリー、ご機嫌いかが」やさしく撫でてやると、ダドリーは満足げにため息をついた。

オリヴァーは、わたしを見てにやにやしている。彼がときどき見せるこうした表情は、どこか永遠の少年ピーターパンを思わせた。ブロンドの髪はいつものように両目にかかっていて、すでに三十代半ばだというのに、お酒を飲んでいたら叱られそうな歳にも見える。だがそんな彼は、〈フォックス〉というパブのバーテンダー兼雇われマスターなのだ。

「今朝、きみがダドリーを三階まで運んだって聞いたけど」格調高いイギリス英語で、彼が言った。そのせいで、どんなにくだらないことを言っても、なぜか知的で高貴なことを言っているように感じてしまう。彼は生粋の英国人だが、旅行で立ち寄ったロスが気に入って、そのままいついてしまったという。「すごいな。その雄姿をぜひ見たかったよ」

わたしはうめいて、背中をさすった。「わたしはもう結構。あなたこそ雄姿を披露するチャンスよ」

「いやいや。今日はずっと、ミスター・ブラックがその役を引き受けてくれてるんだ。わざわざ駆けつけてくれたんだよ」

んもう、オリヴァーったら。なんでハルクを話題に持ち出すのよ。わたしはしかたなく、ハルクに視線を移した。ひさしぶりに近くで見ると、そのあまりの巨大さに、初めてでもないのにショックを受けてしまう。だめだめ、落ち着かなくては。今日はわたしを痛めつけるために来ているわけじゃないんだから。

日に焼けた肌、ふくよかな唇、うるんだ瞳を持つハルクことミスター・ブラックは、それなりに魅力的な男性かもしれない。もし彼が、どういう仕事をしているのか知らなければ。もし左の頬にぎざぎざの傷跡を持ち、頭のてかてか光った大男がタイプであれば。どうやらエッタはそれに該当するらしい。

ハルクがわたしに会釈した。「元気そうでうれしいよ。ミズ・エイヴェリー」

申し訳ないが、わたしは彼に対して口が裂けても同じことは言えなかった。でも何か応えなくてはいけない。「奥さんとお嬢ちゃんは元気かしら?」どちらにも会ったことはないが、〝お嬢ちゃん〟には個人的にすごく感謝していた。彼女のディズニープリンセスの腕時計のおかげで、ハルクの拷問を免れた経緯があるからだ。

「ああ、ふたりともすごく元気だよ。気にかけてくれてありがとう」

「それに今日一日、ダドリーをかついで階段を上り下りしたんでしょ？　助かったわ。わたしは二度と無理かもしれない。まだ背中が痛むもの」

「お安い御用だよ。エッタみたいにやさしいグランマのためなら、いつだって喜んで駆けつけるよ」

視界の隅で、エッタの顔がこわばった。「あ、あら。エッタみたいにセクシーなマダムってことかしら？」わたしは急いでフォローした。

エッタはハルクを初めて見かけたときから、三十以上は年下だというのに、よだれが出るほど彼にメロメロなのだ。実を言うと、ふたりはすでに深い関係になっているのではと、内心疑っていた。というのも数カ月前、ハルクが彼女の部屋から出てきたとき、シャツのボタンをかけ違えていたからだ。彼が水槽の水をかけられたのでシャワーを貸してあげたのだ、とエッタはごまかしていたが、本当のところは知りようがない。

ハルクが頭をかいた。「おっと、そうだった」

ワオ。やっぱりあの水槽の話は本当だったんだ。ハルクが奥さんに誠実だったとわかって、胸をなでおろした。でもそうだとしたら、グランマと言われてショックを受けているエッタを、どうやって慰めたらいいのだろう。彼女の顔はまだこわばり、身体も小刻みに震えている。

オリヴァーが割って入った。「イジー、さっきね、ミャオをダドリーに紹介したいなって話してたんだよ。これからお隣さんになるわけだからね。で、悪いんだけど、ミャオを連れてきてほしいんだよ。ぼくはほら、これだから」彼の膝を枕代わりに、気持ちよさそうにしているダドリーを指さした。

わたしはエッタのほうを振り向いた。「エッタはそれでいいの？　今日のところはダドリーにのんびりさせてやりたいって言ってたけど」ミャオを連れてくるのは、あまりいい考えとは思えなかった。さりげなく相性を見極めてからのほうがいい。

くつろいでいるダドリーを見て、エッタの表情がやわらいだ。「ええ。あなたも今朝言ってたけど、この子、ずいぶんリラックスしてるみたいじゃない？　ミャオと会わせても平気じゃないかしら。ダドリーはおっとりしてるから、ミャオも怖がらないと思うわ。ただやっぱり、大きさが全然違うでしょ？　だからミャオがいるときは、当分この子にリードをつけておこうとは思ってるの」

「ああ、あの可愛いニャンコか。ぼくも会いたいな」ハルクが口をはさんだ。「エッタの靴にうんちをしないならね」

エッタとオリヴァーが同時に顔を向けてきたので、急いで唇に指を押し当てた。ハルクは部屋を見回し、エッタの靴を探している。以前、わたしがハルクに、ミャオが靴の中にうんちをする癖があると言ったのを覚えていたのだろう。もちろん、ミャオがそんなことをしたことは一度もない。でもあのときはしかたがなかったのだ。借金の返済を待ってもらう担保として、ハルクがミャオを連れ去ろうとしたのだから。

「わかったわ。じゃあ、ミャオを連れてくるわね」

数分後、わたしはミャオを抱えて戻ってきた。すると驚いたことに、さっきはわたしに見向きもしなかったダドリーが、いきなり頭を上げた。

ダドリーのリードを握った手に、エッタがぐっと力を入れる。

ミャオはわたしの腕からもがいて抜け出し、ハルクの座るひじ掛け椅子のてっぺんに飛びのった。感電でもしたかのように毛並みを逆立て、シャーッと鋭いうなり声をあげている。わたしが昔乗っていたおんぼろ車から、冷却水が漏れ出したときのような音だ。

一瞬、ハルクの存在に対してミャオが抗議したのかと思った。さすがミャオだわ。なんてすばらしい洞察力。エッタもオリヴァーも、ハルクが危険人物だとまったく気づいていないというのに。だがミャオがにらみつけている先をたどると、そこにはダドリーがいた。エッタの脚の後ろで、ぶるぶると震えている。ミャオが動いた瞬間に、オリヴァーの膝から飛びおりたにちがいない。

「やだ。ねえオリヴァー、ミャオは昔、どこかのワンちゃんとトラブルでもあったの？」

「いや、ミャオは保護ネコ……うわっ（クラップ）イジー、腕から血が出ているよ！」

うんち（クラップ）？　オリヴァーのイギリス英語だと、こんな言葉まで威厳があるように聞こえてしまう。

自分の腕を見下ろすと、たしかにじわじわと血がにじんでいた。ミャオが腕から抜け出したときにひっかいたのだろう。たいした量ではないが、二本の傷は浅いとは言えない。

「あらあら、お医者に診てもらったほうがいいわ」エッタが言った。「ネコのひっかき傷はけっこう危ないのよ。どんな細菌に感染するかわからないの」震えているダドリーを、安心させるようにたたいている。ダドリーのしっぽは前脚に達しそうなほど深く、身体の下にたくしこまれていた。「どっちも相当動揺しているわね。ダドリーはしばらく別の部屋に連れていくわ。あなたはミャオを連れて帰ってちょうだい」

ラッキー！　ハルクから逃げられる。

エッタの後についてダドリーが姿を消すと、ミャオはいつものいい子ちゃんのネコに戻った。グレーがかった白い毛に黒の縞模様ということもあって、ホワイトタイガーの赤ちゃんによく似ている。さっきの鋭いひっかき傷を見ると、ミャオならインドの草原で暮らすことになっても、問題なくやっていけそうだ。

「ごめんよイジー。ミャオはぼくが連れてくよ」オリヴァーがさっと立ち上がった。

用心深く撫でてやると、ミャオは喉をゴロゴロと鳴らしはじめた。抱っこをしてもいいよと言っているのだろう。「ううん、平気よ。ミャオを連れ帰って、わたしも傷を洗って消毒しておくわ」

それでもオリヴァーは寄ってきて、ミャオを抱き上げた。「うん、消毒はしたほうがいいな。でもやっぱりぼくが連れていくよ」わたしの傷を自分の責任だと思っているようだ。いや、もしかしたら、わたしの血で大事なミャオを汚したくなかったとか？

十分後、ミャオは夕食のおかわりを満足そうに食べていた。オリヴァーが仕事に行く準備を始めたので、わたしはエッタの部屋に戻ることにした。腕に塗った消毒薬のにおいがぷんぷんしている。

玄関を出ると、階段の踊り場でエッタがたばこを吸っていた。「なんでこんなところにひとりでいるの？」

エッタは煙をぶわっと吐きだした。「これからは外で吸うことにしたの。受動喫煙でダドリーを危険にさらすわけにいかないもの」火をもみ消す前に、最後にもう一度、タバコをおいしそうに吸いこんだ。「中に入りましょうか」

ダドリーはソファの上でくつろいでいた。ハルクの巨体はどこにも見あたらない。「ミスター・ブラックはどこ？」過去のトラウマのせいで、必要以上に身構えてしまう。

「彼なら帰ったわよ。なんだか急に気分が悪いとか言って。たぶん、あなたの傷のせいね。ほら、血が出ていたじゃない」

わたしは顎がはずれそうになった。「冗談はやめてよ！」

エッタは目を見開いた。「なに言ってるのよ。血を見るのが苦手な人って結構いるのよ」

んもう、エッタったら何にもわかってないのね。ハルクの正体をいつかは教えなければいけないのなら、今がそのときだろう。でないとハルクは、このアパートメントに入り浸るようになってしまう。実を言うと、ハルクがエッタをうっかり〝グランマ〟と呼んだとき、心の中でブラヴォーと叫んでいた。エッタが今後、彼を出入り禁止にするのではと思ったからだ。だがエッタはそれ以前に、今まで彼の正体を隠していたことで、わたしを許してくれないかもしれない。

「あなた、おかしいわよ。何をそんなにそわそわしているの？　ひっかき傷のせいでおかしな病気に感染してなきゃいいけど」

しまった。動揺がもろに見えていたのね。あわてて腰をおろし、咳払いをした。

「あのね、エッタ。ミスター・ブラックのことで言っておかなきゃいけないことがあるの。あの人は本当は……エッタが思っているような、わたしのパーソナル・トレーナーなんかじゃなく――」

「えっ。まさかあなた、コナーを裏切っていたわけ？」

「なんですって？　違うわ」あわてて首を振った。「実はわたし、かなりの借金があるのよ。それもあんまり評判がいいとは言えない人たちから。だけどここに引越してきたころは仕事がなくて、しばらく返済できなかったの。そのせいで、ミスター・ブラックがうちに現れたというわけ。借金を早く返すよう、わたしを励ますために」

「つまりあの人は、借金の取立人ってこと？」エッタは納得したようにうなずいた。

「なるほどね。よくわかったわ」

わたしは彼女の顔色をうかがった。わかったと言うわりには、たいしてびくついているようには見えない。「そういうわけだから、彼には近づかないほうがいいと思うのよ」

「どういうこと？　言ってる意味がよくわからないけど」

「だから、彼は危険な人物なのよ。人の骨をばきばきと折るのが仕事なんだから」

「それ、本気で言ってるの？　だったらなに、あなたはこれまでずっと、胸を張れるような仕事にしかついたことがないわけ？」エッタの目がいつも以上に鋭くなっている。「だいたい、人間の価値は職業で決まるものじゃないわ。それにあなた、骨の一本でもエイブに折られたことなんてないんでしょ？　だったらなぜ、彼をそんなふうに非難するのかわからないわ。しかも借金を取り立てに来ているわりには、あなたにすごく親切じゃないの。わたしにだっていつもやさしいわよ」

「待って。今エイブって言った?」

「ええ、そうよ、エイブ。アブラハムの愛称よ。まさかあなたったら、彼のファーストネームすら知らなかったの? それなのによくも偉そうに、わたしに言えたもんだわね。彼に近づくのはやめておけだなんて」

「でも——」

「それに」彼女はにやりと笑った。「ほんのちょっと血を見ただけであんなに怖がってるのよ。とても危険な人物とは思えないわ」

わたしはうなだれた。思っていたのとは全然違う展開になっている。それどころかエッタのペースになって、わたしのほうがお説教されているじゃない。冗談じゃないわ。ハルクとの恐怖の出会いは、どんなに忘れたくても忘れられるものではなかった。今でさえ、夢に出てくることがあるくらいなのだ。そこでわたしは、ちょっと汚い手を使うことにした。「だけど彼、エッタのことを〝やさしいグランマ〟って言ってなかった?」

エッタがものすごい顔でわたしをにらみつけた。「イジー、その言い方はないんじゃないの。いくらあなたでも」

「ごめんなさい。だけどわたし、ほんとにエッタのことが心配なのよ」

「ふん、なに言ってんだか。わたしはね、このクレージーな地球で四分の三世紀近くも生き延びてきたのよ。あんなマイホームパパに、びくびくなんてするもんですか。だいたいね、あの人はやさしすぎるのよ。よくあんなんで借金取立人が務まるもんだわ。それに言っとくけど、わたしが面白くなかったのは、〝グランマ〟と言われたからじゃないの。馬鹿ね、自分が年寄りだってことぐらいよくわかってるし、そもそもそれを恥じるどころか、誇りに思ってるわ。そりゃあときどき、以前ほど元気に動けないときはいらっとするけど。でも年を取るのは、必ずしも悪いことばかりじゃない。やりたいことは遠慮なんてしないで堂々と言えるし、言ったところで、自分より若い子たちに意見されることもないしね」そこで言葉を切り、意味ありげな視線をわたしに向けた。「わたしがいらっときたのはね、彼の言った〝やさしい〟って言葉よ。これってあまりにも……面白みのない、ほら、退屈な言葉じゃない。わたしはちっとも退屈な女じゃないのに」

「ほんとだわ。退屈って、たしかにエッタに一番似合わない言葉ね」わたしはうなずいた。「でもさっきエッタだって、ミスター・ブラックのことをやさしいって言ってなかった?」いくらファーストネームを知ったところで、彼をエイブと呼ぶ気にはなれなかった。

エッタは一蹴するように手を振った。「それはかまわないわ。男と女では、〝やさしい〟の意味がまったく違うもの」

そ、そうかしら？　だけどまさか、若輩者のわたしごときが、〝グランマ〟に意見するわけにはいかなかった。

ソファで寄り添うエッタとダドリーに別れを告げ、自分の部屋に戻った。今日は本当にさんざんな一日だった。このままベッドに直行して、眠ってしまおう。だがそのとき、傷からの感染予防に抗生剤をと、エッタにしつこく言われていたことを思い出した。ここは素直に従っておいたほうがいい。ワニ・ハンティングが楽しそうだとか、ハルクみたいな巨人にやさしさを見出すような人間のアドバイスは、どうしてだか、ないがしろにしてはいけないような気がするからだ。

〈ソサエティ〉の担当者であるジムに電話を入れ、規定通りにＩＤナンバーで名乗ったあと、本題に移った。「お医者に診てもらうにはどうすればいいのかと思って。あの……毒物とは関係ないんだけど」

「電話を受けた以上、わたしが責任をもって手配する。金曜の夜といっても、特別な予定は入っていないのでね」

「あら、そうなの。てっきりはねつけられるかと思っていたわ」

り切れた。

ジムが鼻を鳴らした。「きみに頼まれたら、いやとは言えんからな」電話がいきな

なんだ、案外いい人じゃないの。

わたしは一度伸びをしてから、オリヴァーの本棚をあさり、デイヴィッド・セダリスのエッセイ集を手に取った。読みかけていた推理小説もあったが、とてもじゃないが、名探偵と一緒に殺人事件の謎解きをする気にはなれない。

一時間後、カテーテルを娯楽目的で使用する方法を熟読しているとき、玄関にノックの音がした。いったい誰よ。もうすでにパジャマを着て、寝る態勢に入っているというのに。足をひきずりながらドアへ向かい、デッドボルト錠をはずす。するとそこには、ドクター・レヴィ・エドアルド・レイスが立っていた。彼は〈ソサエティ〉に所属するドクターで、これまでに何度か、毒を盛られたり、銃で撃たれたときに治療を受けている。タフィー色の肌、チョコレート色のきらめく瞳、両頬に浮かぶえくぼ。コナーにまさるとも劣らない美貌の持ち主だ。

ああもう。どうしていつもいつも、ひどい格好をしているときに会うんだろう。

彼はパジャマ姿のわたしに、ざっと視線を走らせた。例のえくぼを一瞬浮かべたあと、うやうやしくお辞儀をする。「マダム、このわたくしが馳せ参じましたからには、もう何も心配はいりません」ヒスパニック特有のアクセントをごくかすかに感じるが、

それがかえって魅力的でもある。彼は身体を起こすと、玄関のドアに貼ってあるポスターを指した。「だけどサンタのお尻にキスをするのは勘弁してくれよ。で、いったいどうしたのかな?」

「安心して、キスは必要ないわ。ごめんなさい。こんな遅い時間に来てもらうつもりはなかったのに。ジム……じゃなくて担当スタッフに、緊急じゃないとはっきり言うべきだったわね」

「いや、全然かまわないよ。部屋に入れてもらえればの話だけど」彼はむきだしの腕をさすった。「外はすごく冷えてるからね」

わたしはあわてて脇に寄った。「どうぞ入って。でも外だって十五度はあるんじゃない? それで寒いなんて、本当にロスの人たちって贅沢よね。じゃあ、あたたかい紅茶でもいかが?」

「そいつはうれしいな」キッチンへ向かうわたしに、後ろから声をかけてくる。「ところでさ、前回会ったときにこんなふうにして会うのはやめてくれよと言ったと思うけど。ほら、きみが太ももを撃たれたときさ。でも正直言うと、そろそろきみが毒を盛られたり、怪我をしたりしないかなって期待してたんだよ」

その言葉にドキリとして振り返ると、チョコレート色の瞳がいたずらっぽくきらめいている。反射的にクッキーを投げつけてしまったのは、オリヴァーとの子どもっぽいバトルがくせになっているからだろう。「そんな気味の悪いセリフ、ひさしぶりに聞いたわ」

レヴィは飛んできたクッキーを上手にキャッチして、ひと口かじった。「そうかな。ロマンチックだと思ったんだけど。胸キュンっていうかさ」

「もうちょっと女心を勉強したほうがいいわよ」クッキーの皿を腕にのせ、ほかほかと湯気のたつマグカップとミルク、砂糖を持ってダイニングテーブルに運んだ。「どうぞ座って」

「一度にたくさん運ぶのが上手だね。以前はウェイトレスだったのかい」

「あら、今度はいい線いってるわ。実はね、バリスタだったの」というよりも、バリスタも兼ねるカフェのオーナーだったのだ。幼いころからコーヒーと料理が大好きで、いつかは自分の店を持ちたいという夢がかなって、二年前、念願のおしゃれなカフェをオープンした。だがその直後に株式市場が暴落し、そのせいで夫が多額の借金を抱え——結果的にわたしもその半分を押しつけられ——、同時に結婚生活も破綻してしまったのだ。当然カフェの経営も火の車となり、ふたりの愛と同じく、燃え尽きてしまったというわけだった。「あなたは？　〈ソサエティ〉に来る前はどこに？」

彼は紅茶を一口飲んで椅子の背にもたれ、目をつむった。長いまつ毛が頬に影を落としている。「うん、あったまるな。ありがとう」マグカップをゆっくりテーブルに戻した。「ぼくはね、軍医だったんだ」

わたしは彼のぼさぼさの髪と、今にもえくぼが浮かびそうな頰をじっと見つめた。

「えっ、意外だわ。あなたが軍にいたなんて」

「まあ、すぐにやめたけどね。あそこには、ぼくの冴えてるウィットを理解できる人間がいなかったから」

わたしはにっこりほほえんだ。「わかるような気がするわ」

レヴィは紅茶をすこし飲んでから、わたしをまじまじと見た。「で、ぼくがここに呼ばれた理由は？」

「ええっと……」あわててマグカップの中を調べるふりをした。

「遠慮はいらないよ。医者というのはね、何を言われても驚かないんだ」

口調にはユーモアを感じたが、負傷兵を治療していたと知ったあとで、ネコのひっかき傷なんかで呼びつけたとは言い出しにくい。「たいしたことないの」わたしは顔を上げた。「ドクターに診てもらう必要なんてないと思うんだけど」

彼はまた紅茶を飲んだが、マグカップの脇から、目のまわりの笑いじわがのぞいている。「必要かどうかは、ドクターのぼくが判断しよう」

恥ずかしさと気まずさで顔が赤くなったが、わざわざ来てもらってなんでもないではすまされない。しかたなく、パジャマの袖をまくりあげた。「ルームメイトの飼い猫にひっかかれたの。隣に住む友人が、抗生剤をもらったほうがいいとしつこく言うから」

「そのネコも治療が必要なのかな？」

「いいえ。あの子は元気よ。夕食をおかわりしてお腹がいっぱいになったのか、わたしの枕で丸くなって眠っているわ」

レヴィは唇をかんだ。笑いをこらえているのだろう。「恥ずかしがることなんてないよ。そういうちょっとした傷のほうが、ぼくとしてはうれしいな。命にかかわるような傷よりもね」

どうかしら。ついさっき、毒を盛られたり撃たれたりするのを待っていたと言ってたくせに。

「それにきみのお隣さんは正しいよ。ひっかき傷でもけっこう深くて、きちんと消毒しきれないものもある。ネコの爪は、他の武器に比べても衛生的とは言えないからね。細菌感染をなめてかかってはいけないんだ」

「わたしに気を使って言ってくれてるんじゃないの？」

「違うよ。以前診た患者なんだけど、娘から預かったやんちゃなネコにひっかかれてね。たいしたことはないだろうとほうっておいたら、翌日、曲げることもできないほど腕がはれ上がっていたんだ。高熱が出て、結局ペニシリンの点滴を受けるはめになったんだよ」

わたしは頭を振った。「そういうことなら、やっぱり抗生剤をお願いしたいわ」

レヴィの頰にえくぼが現れた。「よし。今すぐ取ってくるよ。車に積んであるから」

「すごいわね。ありとあらゆる薬が積んであるの？」

「まさか車を襲って、盗んだ薬を街角で売ろうっていうんじゃないよね？」

「ううん、そのつもりよ。よくわかったわね」

「そうなると、少なくとも数千ドルのもうけにはなるな」

ふたりで顔を見合わせて笑ったあと、レヴィは外に出ていき、まもなく薬を持って戻ってきた。階段を上り下りしても、まったく息を切らしていない。片方の足を、すこしひきずっているはずなのに。

彼がシート状の薬を差し出した。「一日二回、二錠ずつだよ。五日間続けて。ぜったい途中でやめてはだめだからね」

「一日二回、二錠も？」

「きみみたいに特殊な遺伝子変異をもつ人間は、一般人と同じ効果を得るには、多めにのむ必要があるんだ」シェイズに特有の遺伝子変異ＰＳＨ３３７ＰＲＳのことを言っているのだろう。この遺伝子変異を持っていると、普通の人より毒物に対しての抵抗力が強いとされており、それがシェイズとして採用される第一条件となっていた。

「これまで、鎮痛剤があまり効かないと感じたことはないかい？　それか、思ったより短時間しか効かないとか」

「いやだ、そんなこと思ってもみなかったわ」自分の鈍さに、頬が熱くなる。

「気にしないで。誰だってみんな、自分が普通だと思っているもんだからね。だからこそ、他の人とは違うと知ったときに驚くんだ」

「あなたも普通じゃないの？」

「〈ソサエティ〉の人間で、普通のやつがいると思うかい？」彼が鋭く切り返した。

「ほんと、そのとおりだわ」

レヴィは飲み終えたマグカップをシンクに置き、玄関へ向かった。だがドアを開ける前に、立ち止まって振り向いた。「そうだ、ひとつ言い忘れたことがあった」

「なあに？」

「今度、ぼくとデートしないか？」Tシャツの裾を、もじもじといじっている。彼のことをよく知らなかったら、緊張していると思っただろう。

「ええ？　なんで？」

レヴィはゴージャスな眉をひそめた。「なんでって？」

「だから、なぜわたしを誘うの？　それもなぜ今さら？」

彼はにやりと笑った。「最初に会ったときから誘いたかったんだ。ほら、きみが目を覚まして、解毒剤が効いてないと言ったときだよ。それでぼくが名刺を渡したじゃないか。忘れたのかい？」

「そうだったわ。でも……」彼が言ったのは、わたしがレイプドラッグを盛られ、解毒剤をのんだあとに目が覚めたときのことだ。思い出すだけでもぞっとするが、あのドラッグは、相手がどんな男でも身をまかせたいと思うほど、効き目が強力だった。そのせいもあって、目の前の彼があまりにもハンサムだったので、解毒剤がちゃんと効いていない、レイプドラッグが体内にまだ残っているのではと思ったのだ。実際にはそうではなく、彼がもともとハンサムというだけのことだった。

あのとき、連絡を待っているよと名刺をもらったのはたしかだ。でもあれは、わたしのきまり悪さをやわらげるための、彼なりのやさしさだと思っていた。

「それに、きみが〈ソサエティ〉のクリニックに運ばれてきたときも、たぶんデートに誘ったと思うけど」レヴィは言い足した。

わたしが銃で撃たれたときのことね。よく覚えてる。だけど彼は、隣のベッドの、ずいぶん年配の女性患者にも軽口をたたいていた。だからわたしへのお誘いも、てっきり冗談だと思ったのだ。

「でも真面目にきみを誘えたのは、今回が初めてだな」彼はTシャツの裾をまたいじくった。「今日はさすがに、きみの判断力は曇っていないだろ？　ドラッグや鎮痛剤の影響はないはずだから」

この二年、自分なんてデートの対象になるわけがないと思いこんでいた。同じ立場だったら誰でもそうだと思う。なにしろわたしは、人生に失敗した人間なのだ。とにかく一日一日を、経済的にも精神的にも持ちこたえるので精一杯だった。正直言って、彼が今回わたしを覚えていたことさえ驚いていた。最後に会ったのは、三カ月近くも前なのだ。

わたしの心を読みとったかのように、彼はほほえんだ。「きみは自分がどんなにきれいかわかってないんだよ。まあ、そこがきみの魅力でもあるんだけどね」

魅力ですって？　自分とはまったく無縁の言葉を聞いてびっくりした。「あなたはわたしのことをよく知らないのよ」

彼の両頬にえくぼが現れた。「じゃあ、よく知りたいな」

つまりデートしたいってことね。考えてみれば、夫に裏切られ、どん底に突き落とされたあの日からすでに二年。いろいろあったとはいえ、気持ちにもすこしはゆとりが生まれ、将来にも希望が持てるようになっていた。それに、わたしが命をはって守るべきクライアントはもういないし、その事件の調査からも、コナーに締め出されてしまった。だからデートをする時間は、充分にある。だったらユーモアがあってやさしくて、おまけに目を奪われるほどゴージャスなドクターとつきあってみたって、何が困るというの？

ああ、でもやっぱりそれはできない。「離婚して以来、デートはしていないの。それに今は生活も精神状態も、何かとややこしくて。だから、せっかくだけど」

レヴィはまたほほえんだ。よかった。チョコレート色の瞳はまだきらきらしている。

「わかった。またそのうち誘わせてもらうよ。そうだ。そのネコからはしばらく離れて過ごしたほうがいいな。じゃあ、良いクリスマスを」

レヴィがさわやかに帰っていくのを見ながら、自分はどこかおかしいのではないかと思った。

5

アラームをセットしていなかったので、翌朝はずいぶん遅くまで寝ていた。だけど別にかまわない。わたしを待っている人はもういないのだから。

その非情な事実に、あらためて打ちのめされた。一晩眠ったぐらいで、胸の痛みがやわらぐわけもない。それどころか、胃袋にまで大きな穴があいたような気分だった。携帯には、遅刻防止アプリからのメッセージがたくさん残っている。最後に送られてきたのは何だっただろう。

『〝ひどい格好で駆けつけるより、きちんと支度して遅れたほうがいいよね〟って言う人がいるけど、これは完璧にまちがってるから。そこんとこよろしく』

これを見て、笑うべきなのか泣くべきなのかわからなかった。このアプリを消去するべきか、残しておくべきかも決められない。わたしは途方にくれていた。コナーにまで拒絶され、もうこの事件に関わることすらできない。今日は何をしたらいいんだろう。

思いつくまま、頭の中で〝やるべきことリスト〟を作ってみた。その一、警察に出向いて、ハント署長の事情聴取を受ける。その二、ダドリーを抱えて階段を上り下りする。その三、ミセス・ダンストを手伝ってアーネストの葬儀の準備をする。わたしは顔の上に枕をのせた。どれも全部、気が進まない。

だが枕をのせても、玄関のドアをノックする音はしっかり聞こえた。んもう。いったい誰よ。カップケーキの柄のパジャマ姿のまま、玄関へ向かった。いつもの寝起きどおり、ヘアスタイルは〝感電死をしたゾンビふう〟だ。

のぞき穴を見ることもなく、鍵をはずしてドアを……。っと、開けてびっくり、パンドラの箱！　そう、ありとあらゆる不幸の源がいきなり登場したのだ。

「まあ、アリスおばさんじゃない！　ヘンリエッタも。いったいどうして――」

「ロスにいるのって言いたいのね」おばさんはわたしのひどい格好をじろりと見た。ああ、なんて懐かしい軽蔑の眼差し。教会の献金皿からお金を盗む人間や、連続殺人犯、そしてわたしのためにとってある特別のバージョンだ。

わたしたちの瞳は同じ色合いのブルーだが、似ているのはそれだけだった。おばさんの栗色の髪は上品な夜会巻き（フレンチツイスト）で、ほつれ髪はゼロ。ブラウスとスラックスは、ボトックスを愛するセレブたちの顔と同じくらい、どこにもしわがない。飛行機に長時間乗ってきたはずなのに。ただし、入念にメイクアップはしているものの、顔は歳相応に年月を重ねていた。唇は一文字に結ばれ、瞳と同じく、はっきりと軽蔑を表している。

そして、おばさんの長女であるヘンリエッタ。わたしが一番苦手にしているいとこだが、やはり年季が違うのだろう、おばさんほどわたしを圧倒する威力はない。それでも、母親の表情を真似ることにかけては卓越していて、苦虫をかみつぶしたような顔をしている。

「その顔からすると、どうやらわたしのメールを受け取っていないみたいね」アリスおばさんが言った。「三回も送ったのに。二週間前と先週、それにきのうも送ったのよ」

そういえばここ一カ月ほど、メールをチェックしていなかった。オーストラリアの家族や親友とは、いつもスカイプで話をしている。メールが来るとしたら借金の催促か、別れた夫からのうっとうしい繰り言ぐらいしかない。だから受信メールをうっかりチェックし忘れたのではなく、あえて開かないようにしていたのだ。

「そのメール、何かのミスで届かなかったみたいですね」わたしは見え透いた言い訳をした。

アリスおばさんは、わたしのだらしない格好にとげのある視線を投げた。「まあいいわ。そんな恰好でいるんだから、どっちにしろこの週末は特に予定はないみたいね。

じゃあ予定通り、ロスの観光地めぐりをお願いしようかしら」

わたしは自分の運命をのろった。ううん、負けやしない。うまく言い抜けてやる。

「あの、実は――」

「でもまずは、何か飲みながら予定をたてましょうよ。中に入れてもらってもいいかしら？」おばさんが言った。

怒りで歯ぎしりするのをどうにかこらえ、脇によけてふたりを招き入れた。

「それにしてもイソベル、このドアに貼られた化け物はいったい何？　聞いていた住所をまちがえたのかと思ったわよ」

「ああ。ルームメイトがちょっと変わったユーモアのセンスの持ち主で」もごもごとつぶやいたあと、紅茶を淹れようと、キッチンへそそくさとひっこんだ。このつましい家に対するふたりの反応は、これ以上見たくない。お湯をわかしながら、いつものようにほんのすこし開いている――ミャオの出入りのためだ――オリヴァーの部屋のドアをきっちり閉めようと思った。おばさんのおしゃべりで、彼を起こしたくはない。いや、待てよ。どうせ彼は眠りが深い。それに彼が目を覚まして起きてきたら、わたしはこの状況からすこしは救われるじゃないの。ミャオだけでも、ドアの隙間から出てくるかもしれないし。

ティーカップを並べながら、無理にでも楽しそうな表情を作った。「それにしても、ヨーロッパへ行く途中にロスに寄るなんて知りませんでした。こっちにはどれくらい滞在する予定なんですか？」

テーブルの隅に貼ってある忍者タートルズのステッカーに、ヘンリエッタの視線が留まった。ひどくとまどっているようだ。わざわざ楽しいふりをしなくても、なんだか楽しくなってきた。

「メールで書いたとおり」アリスおばさんが言った。「六日間の予定よ」

わたしは紅茶でむせそうになった。こらえようとしたのがかえっていけなかったのか、息ができなくなり、涙まであふれてくる。く、苦しい。あわてて息を吸いこんだせいで、喉を通過中の紅茶を噴き出し、ヘンリエッタのパステルピンクのニットに危うくかかりそうになった。良かった、ぎりぎりセーフ。ちょっと残念な気がしないでもないけれど。「わあ、ごめんなさい」

「イソベルったら」アリスおばさんがたしなめた。「相変わらずね。三十年も生きてきたんだから、さすがにお茶を飲むスキルぐらいは、マスターしたと思ってたけど」

「あの、まだ二十九です。あと一年できっとマスターしますから」わたしは弱々しく笑ったが、おばさんもヘンリエッタもにこりともしなかった。「ふきんを取ってきます」

立ち上がったわたしに、おばさんが新たな話題をふった。「そうそう、新しい仕事というのはどんな感じなの？　あなたのママから、機密を扱う仕事だとは聞いてるけど」馬鹿にしたように鼻を鳴らした。「機密というのが、なんかうさんくさいのよね。そういうので、まともな仕事があるとは思えないけど」

「あら、そんなことありませんよ。すっごくいい仕事です」少なくとも、きのうまでは。

　おばさんは部屋を見回し、両手を広げた。かびくさい緑色のカーペット、ガラクタ同然の家具、六〇年代に大流行したパイナップルの柄のけばけばしい壁紙。しかもオリヴァーがパイナップルの一つ一つに目玉を描いたから、うさんくさいことこの上ない。「それで、ここは仮住まいということかしら？」

「今は節約中ですから」それについては、おばさんでさえ反論できなかった。わたしが貯金をするどころか、借金取りに追われていることは、重々承知のはずなのだから。

「そうだわ、この前偶然、あなたの前のだんなさんに会ったのよ。スティーヴだったっけ？　新しくつきあっている人がいるんですって」おばさんが続けた。「あなたのほうはどうなの。誰かいい男(ひと)は見つかったの？」

　なあに、わざわざスティーヴの話を持ち出すなんて。どこまで根性が曲がっているのかしら。ロスに来て二年、ときどきアデレードが無性に懐かしくなって、帰りたくなることがある。だけど別れた夫スティーヴが懐かしくなることは、一度もなかった。

彼はハンサムなイタリア人で、セクシーな肢体にエプロンだけをつけ、実家に伝わる秘伝のレシピを使って、絶品のパスタをたびたび作ってくれた。あのころはその姿を見ながら、食後の愛の交歓を妄想したものだ。だが今は、次に彼と会う機会があったら、キッチンナイフで何ができるかを妄想する日々だ。

わたしは歯を食いしばり、おばさんの質問に答えた。「今はまだ誰も。そちらのみなさんは？」

ヘンリエッタが勢いよく顔を上げ、おばさんがまた鼻を鳴らした。だがおばさんが何か言う前に、オリヴァーが自分の部屋からよろよろと出てきた。パジャマ姿ではないが、頭からTシャツをかぶっている途中で、そのすぐ後ろからミャオがついてくる。

アリスおばさんは彼のむきだしの胸を見て、あからさまに顔をゆがめ、すぐに視線をそらした。無理もない。彼の左肩には、十一羽の小さな鳥のタトゥーが施されているのだ。だがヘンリエッタのほうは必要以上に彼を見つめ、そのあとであわてて目をそらした。わたしの気のせいかしら？

オリヴァーはまばたきをして明るい部屋に目を慣らすと、前髪をかき上げ、見慣れない客たちをながめた。「おはようイジー。お客さんかい？」

「ああオリヴァー、紹介するわね。アリスおばさんといとこのヘンリエッタよ」わたしは血のつながったふたりの女性を手ぶりで示した。それからおばさんに向き直り、急いで説明した。「オリヴァーはルームメイトなの」一晩だけ楽しんだゆきずりの男ではないかと、邪推されないようにするためだった。どうもおばさんは、わたしがふしだらなことを平気でするような人間だと誤解しているようなのだ（ちなみに、おばさんがふしだらだと思うことは山ほどある）。もしかしたら、わたしが男性に不自由しない女だと、とんでもない勘違いをしているのかもしれない。

オリヴァーはと言えば、どうやらヘンリエッタに目を奪われているようだった。まあそれもしかたがない。彼女はまだひと言も発していないし、基本的には絶世の美女なのだから。アッシュブロンドのロングヘア、意志の強そうなブルーの瞳、ぽってりと突き出したセクシーな唇。背もすらりと高く、週六日のジム通いでひきしまった身体を、シンプルだが上質な高級ブランドの服で包んでいる。

「やあ、いらっしゃい」オリヴァーが言った。「ロスは初めてですか？」

アリスおばさんは顎を上げただけだったが、ヘンリエッタは素直にうなずいた。

「今が十二月なのが残念だな。他の時期なら、太陽の魅力をふんだんに味わってもらえるんですけどね。それでもイギリスに比べれば最高ですよ」オリヴァーは失恋をしてロスにやってきたのだが、この温暖な気候にノックアウトされ、そのあともこの町にとどまっていた。気持ちはよくわかる。カリフォルニアの冬は、イギリスの夏とほぼ同じ気温なのだ。

「あなたはイギリスのご出身なんですか？」ヘンリエッタが尋ねた。「アクセントがチャーミングだわ」

わたしは危なく、ミャオの大事な朝食、タラのレバーミンチを入れたボウルに顔をつっこみそうになった。というのも、ヘンリエッタが男性の気をひくようなしゃべり方をするのをはじめて聞いたからだ。顔を上げると、彼女が可愛らしく頬を染めていた。なあんだ、そういうことか。だったらこれを利用しない手はない。わたしはおばさんとヘンリエッタに告げた。「ちょっと待っててください」

オリヴァーの腕をつかみ、自分の部屋にひきずっていく。「お願いがあるんだけど」もちろん、すこしは罪悪感を覚えている。オオカミたちの前に、心やさしきオリヴァーを差し出そうとしているのだから。だが彼はバーテンダーということもあって、どんな人間にも上手に対応できるし、他人から何を言われても全然気にしないタイプだ。どっちのスキルも持ち合わせていないわたしにとっては、救世主のように思えた。オオカミに比べれば、あの親子にぱくりとかみつかれたって、それほど不快ではないはずだ。あの人たちがいつも馬鹿丁寧に口腔衛生に励んでいるのは知っている。それにオリヴァーにはあとでお返しに、クッキーをたくさん焼いてあげればいい。

「ちょっと待って。当ててみようか」オリヴァーが言った。「ぼくに子守りをさせたいんだろ」

「さすがはオリヴァー。だってわたし、今日はやることがいっぱいあるんだもの」

彼はパジャマ姿のわたしを、わざとらしくながめた。「うん、そうみたいだね」

「それに、アリスおばさんはわたしが一番苦手な相手なの」

「たしかにそんな感じだな」

「これから一週間、夕食にはなんでも好きなものを作ってあげるし、家の掃除も任せて」

「一週間だけかい？」

「なによ。ヘンリエッタを見ながらよだれを垂らしていたのを知ってるわよ」

「うーん、じゃあ、二週間でどう？」

わたしが手を差し出すと、オリヴァーがそれを力強く握った。「決まりね」

これまで交わした取引のなかでは、最高だったんじゃないかしら。

今日は〝とっても大事な仕事〟が入っていて、案内ができないとおばさんたちに告げ、バスルームに向かった。オリヴァーは約束どおり、その間にふたりを連れ、観光地めぐりへと出発した。気分よくシャワーを浴び、シャンプーを泡立てているところで携帯が鳴った。いやだ、おばさんがさっそく面倒を起こしたのかしら。ぶつぶつ言いながら携帯をのぞくと、コナーからだった。

タオルで手をふき、どうしてまだ彼の番号を残してあるんだろうと思いながら、ハンズフリーに変えた。〈テイスト・ソサエティ〉の規則では、シェイズ同士で個人的に連絡をとりあうのは許されていない。毒殺を企てるような危険な人物に、身元が割れるのを防ぐためだ。それを考えると、調査員のコナーの連絡先を残してあるのもまずいだろう。

「計画が変わった」コナーがいきなり言った。「アーネストの事件を、きみに手伝ってもらうことになった。十五分したら迎えにいく」

答える前に、電話が切れた。んもう、相変わらずジコチューなんだから。今わたしが家にいることだって知らないくせに。もしかして、わたしの居場所がわかるGPSのアプリをまだ消していないのだろうか。それに計画が変わったというのは、どういうことだろう。

何の説明もないのは面白くなかったが、それでも気分は高揚していた。その理由が、フロイトの理論で説明がつくのは、悔しいけれど自分でもわかっていた。

急いで髪を洗い、何を着ようかと考えをめぐらせた。馬鹿ね、そんなことはどうでもいいはずなのに。だがひさしぶりの再会ではジャージ姿だったから、すこしでも名誉を挽回をしたかった。結局は腕の傷を隠すため、アイヴォリーの長袖のワンピースに、レギンスとぺたんこのアンクルブーツを合わせた。マスカラを手早く塗りつけ、ゾンビヘアをムースでなでつける。時間はほとんどなかったが、これだけは必須だ。

そのとき、大事なことに気づいた。コナーが来るのをエッタに見られたら、どう説明したらいいのだろう。ダドリーの〝運び屋〟として使おうと、わたしの動向をうかがっているはずだから、コナーの車を見逃すはずはない。アパートメントの前に車をつけないようにと、コナーにメールを送ろうか。いや、今回限りではないかもしれないし、納得のいくような理由を考えたほうがいい。今後腰痛を発症しないで済むかどうかにもかかっている。

コナーが到着したとき、胃のなかはまだ空っぽだった。せっかくたくさん焼いたマフィンも、アーネストの家に置いてきてしまったからだ。今週はほんと、何から何までついていない。キッチンにあったバナナをつかむと、これで充分だと自分に言い聞かせた。

玄関を出たとたん、エッタがコナーに声をかけているのが聞こえた。さすがだ、並の監視ではない。「まあコナーじゃない！　また会えてすごくうれしいわ」

ラブリーね。そうでしょうとも。今日のコナーは、私立探偵スタイル——オーダーメイドのグレーのシャツ、黒い革靴、ぴったりフィットしたブルージーンズ——でキメていた。わたしに気づいて彼が視線を上げた隙に、そのラブリーな全身をエッタはじっくりとながめている。

「エッタの言葉にだまされちゃダメ」わたしは言った。「ダドリーを抱えて階段をおろしてほしいだけなんだから」実はわたしもエッタと同じ気持ちだったが、それを彼に知られる必要はない。

コナーはいつものように髪を短く刈りこみ、ひげもきれいにそりあげてあった。おかげで自分をいっそうだらしなく感じてしまう。まあ何を着ていても――Tシャツでもスーツでも――彼がカッコいいのはわかっているが。

「ダドリーというのは？」コナーが訊いた。

エッタが玄関のドアを開け放したままだったので、ダドリーがぶらぶらと姿を現した。まずわたしに寄ってきて、それからコナーのもとへ行って鼻をひくつかせる。

「この子がダドリーよ。エッタの新しいパートナー。すごくジェントルマンなの」

コナーはダドリーの耳の後ろをかいてから、抱き上げてやった。「どこまで運べばいいんです？」

「あら、お願いできる？　下までおろしてくれると助かるわ。まだ階段の上り下りを練習中なの。きのうは途中まで上れたんだけど、おりるのは難しいみたいで」

コナーは八十ポンドのカウチポテトを抱え、やすやすと階段をおりはじめた。エッタはわたしに、得意そうな視線を投げてよこし、コナーとダドリーを追いかけていく。

わたしもすぐ後ろに続いた。

「それにしても、また来てくれてうれしいわ。みんなあなたに会えなくて寂しがってたのよ。イジーとの仲が復活したのかしら？」エッタが言った。

「いや、そういうわけじゃないんです」

コナーったら。すこしぐらい口ごもってもいいのに。あら、わたしったら何を言ってるのかしら。もともとつきあっていないのだから、〝復活〟もなにもない。

「今はただの友だちなの」わたしはエッタに言った。「でもほら、新しいプロジェクトが立ち上がって、うちの会社が彼に依頼したのよ。それで一緒に働くことになったの」我ながらうまい口実だ。

「どんなプロジェクト？」

「いつもと同じよ。ようするに極秘なの」わたしは言った。

コナーがダドリーを歩道におろした。エッタはダドリーのリードにクリップを留めると、片手を腰にあて、わたしたちふたりをじろじろと見た。「あなたたちってほんと、つまらない人たちね」

「何言ってんのよ。わたしたちをネタに充分楽しんでいるくせに」わたしは言い返してエッタに背を向けたが、彼女がにやにやしているのはわかった。

ひさしぶりにコナーのSUVのなめし革のシートに乗りこんだとき、彼が尋ねた。

「脚の怪我はもう大丈夫なのかい？」予想もしていなかった質問をされ、わたしはびっくりした。前回の事件で、わたしが銃で太ももを撃たれた件だ。心配していてくれたのだろうか。

彼の失礼な電話に、腹をたてていたのも忘れてしまった。「ええ。傷跡はうっすら残ったけど、ほとんどわからないし、痛みも全然ないわ。そうだ、マリアは元気？」

マリアはコナーの家で料理や掃除をしている女性だ。他にも彼に頼まれ、いくつか秘密の仕事をやっているらしい。おおらかなのにてきぱきとしていて、わたしはひと目で彼女が好きになった。すばらしく料理がうまいというのも、もちろん理由のひとつだ。

「元気だよ。そうだ、これをきみにと言われていた」彼がサーモスの魔法瓶を差し出した。さっきから漂っていたコーヒーの香りの正体はこれだったのだ。受け取って、ふたを開けてみる。

うわあ。本物のエスプレッソだ。

実は車に乗ったときから、あまりに本物のコーヒーが恋しくて、いよいよ幻嗅まで覚えるようになったのかと怖くなっていたのだ。だが目の前にあるのはまちがいなく、正しく抽出された、正真正銘のコーヒーだった。

「これ、どういうこと？」わたしは尋ねた。マリアがわざわざエスプレッソを買って、魔法瓶に詰めたとは思えない。それだったら、コナーがカフェでテイクアウトしてく

ればいいだけのことだ。となると、コナーのキッチンで彼女が淹れたということにな
る。だがわたしがコナーの家に通っていたつい三カ月前、あのキッチンにはろくでも
ないドリップマシンしかなかったはずだ。
コナーも自分用のサーモスを開け、ひと口飲んでから答えた。「ぼくの仕事は新人
シェイズをテストすることだ。喜ばせてやることじゃない」
〈ソサエティ〉での地獄の研修を終え、いよいよシェイズとしてわたしがデビューし
たとき、最初のクライアントとして現れたのがコナーだった。ところがその初日、
シェイズのひとりが意識不明となる事件が起き、彼は自分が〈ソサエティ〉の調査員
だと、正体を明かしたのだ。
シェイズの候補生は研修後、実際のクライアントに派遣される前、最終実地試験と
して、〈ソサエティ〉所属の試験官のもとに派遣される。その試験では、毒物の検知
能力だけでなく、クライアントごとに指定された役（恋人や秘書、パーソナル・ト
レーナーなど）になりきる演技力についても、評価の対象となる。わたしの場合、そ
の試験官がコナーだった。だが候補生にはそのことは知らされず、本物のクライアン
トだと聞かされている。本来なら、試験の存在自体も明かされない。だが緊急事態の
せいで、こうしたことをコナーがわたしに伝えざるを得なくなったのだ。その後もい
ろいろあったが、どうにかコナーがわたしに合格点をつけてもらい、わたしはめでたくシェイ

ズとなった。

そして今ようやく、彼の言った意味がわかった。信じられない。わたしは唇を震わせ、彼を見つめた。「ようするにあなたは、わざといやな奴を演じていたってこと？そのために、あのまずいドリップコーヒーを飲ませていた——わたしの根性だかなんだかをテストするために？」

「そのとおり。〝いやな奴〟を演じるのは案外楽しかったよ」彼はもう一口コーヒーを飲んで、コンソールのホルダーにサーモスを置いた。「だが、あのくそまずいドリップコーヒーを飲むのは死にそうだったな」

わたしは彼の魔法瓶を手に取って、中身をのぞいた。こっちも本物のコーヒーだ。脳みそがなかなか働かない。「あ、あ、ああ……」わたしはようやく言った。あまりのことに、怒りすらうまく表現できなかった。「あなたって本当に、自分の仕事に忠実なのね」ほめていると誤解されないように、もうひと言付け加えた。「そんなふうに陰気くさいのも無理はないわ」

コナーは自分のサーモスをわたしから奪い返した。「さっきも言ったが、いやな奴を演じるのは簡単なんだ」

わたしは怒りをおさえるため、自分のコーヒーをもう一度飲んだ。ああ、まるで天国の飲み物みたいだ。目を閉じて背もたれによりかかり、じっくりと味わう。「大好きよってマリアに伝えておいて」

コナーは静かに鼻を鳴らした。

仕事の話に移る前に、せっかくなのでエスプレッソをゆっくり楽しんだ。前回の事件のあいだずっと、あのコーヒー風味の泥水を、コナーがわたしに、さらには自分にも飲ませていたことが信じられなかった。わたしが彼にエスプレッソを〝試しに〟飲ませたとき、彼は苦痛に顔をゆがめ、途中で飲むのをやめたくらいなのに。仕事のためとはいえ、よくもまあ、あそこまで自己制御ができるものだ。とても人間とは思えない。やっぱりサイボーグなのかしら。

いやだ、わたしったら、今サイボーグって言った？　そんなことを思いつくなんて、アーネストに相当感化されたようだ。頭を振って、ようやく仕事の話に移った。「それで、どうしてわたしをまた調査に加えることにしたの？」

「上からの指示だ。実はアーネストのパソコンの中身はすっかり消去されていた。そのため、どこから調べたらいいのか途方にくれている」

わたしはぽかんと口を開けた。パソコンの中身がすべて消されている？　パソコン上の情報こそが、事件を解明する鍵なのに。殺人犯と彼がやりとりをするとしたら、パソコンしかないのだから。

「でもどうやって消去したのかしら？」わたしは訊いた。消去の方法はたいして重要ではないかもしれない。でも事件を解決するには、どんなにささいに思えることでも考えてみたほうがいい。

「きのうぼくたちがアーネストの家を去ったあと、まもなく調査チームが来て、パソコン関係を全部持ち帰って調べたんだ。だがすでにデータはすべて消去されていて、回復させるのはどうやっても無理だったそうだ。おそらく、消去したのはITのプロだろうな」

「待って。パソコンの中身は、データ以外も完璧に消去されていたの？　設定からなにから全部？」

「そうだ」

「じゃあやっぱり、アーネストが消したんじゃないわ」

「どうしてわかるんだ？」

「だってきのうの朝、彼のパソコンを見たとき、カスタマイズされたスクリーンセーバーが画面に映っていたもの。彼の大好きな宇宙船が次々と飛び出してくるの。ディフォルトであんなのはないわ」はらわたが煮えくり返る思いだった。アーネストは自分で消したのではない。パソコンから足が付くのをおそれ、殺人犯がデータを消したのだ。

「ということは、きみが朝八時半に見たときはいつもどおりだった。そしてアーネストを探しに出たあと、誰かが忍びこんで消去した。きみが戻ってくる十一時までの間に」

「そういうことになるわね」であれば、マウスがパッドから落ちかかっていたことも説明がつく。「まちがいないわ」

6

パソコンのデータが失われたことは、大きな打撃だった。これではふたりとも目隠しをされ、互いの足首をロープで結ばれた状態で敵に立ち向かうようなものだ。まあそれ以前に、実際そんなことになったら、押しつけられたコナーの脚が気になって、事件に集中できないだろうが。

「まずいわね。他に何か手がかりになりそうなものは見つかってないの?」

「アーネストの携帯の通話記録がある」コナーが紙の束を差し出した。「どうかな。何かわかるかい? きみの記憶力だけが頼りなんだ」

うわあ、どうしよう。アーネストが通話をした電話番号やタイムスタンプが並んでいる。やっぱりシェイズも、スパイのトレーニングを受けておいたほうがいい。グッズもいろいろ身に着けて。そうだ、ペン形の麻酔銃なんかもいいかも。特に今は、アリスおばさんも来ているわけだし。

通話記録をいちおうは受け取ったが、すぐにチェックはしなかった。ピンとくるものがなかったらと思うと、怖かったのだ。わたしの記憶力のせいで、せっかくの手がかりをいきなりつぶしたくはなかった。「他にはないの？　アーネストがサイトに公開しようとしていた案件とか。わたしが雇われた理由もそれに関係しているはずよ」

「彼が誰を調べていたのか知ってるのか？」

「いいえ。公開する準備が完璧に整うまでは、彼は絶対に話そうとしなかったわ」

「そういえば、〈ソサエティ〉の申込書にも、具体的なことは何も書かれていなかったな。〈ビジリークス〉というサイトを運営していて、毒殺されるおそれがあるというだけだった。もちろん、過去の告発記事についてはすべてわかっているが、対象になった人間や企業は、失脚したり罪を認めたりして、すでに混乱は収束している。動機としては復讐もありうるが、それよりは未発表の記事を阻止するほうが可能性が高いだろう」

アーネストはいったい何を調べていたのだろう。そして誰を。せめて〈ソサエティ〉にだけでも、伝えておいてくれればよかったのに。こうなると、ほぼお手上げ状態だ。

コナーが左に曲がった。アーネストのアパートメントとは方向が違う。「どこに行くつもり？　アーネストの家にもう一度手がかりを探しに行くんじゃないの？」

「きみにカウンセリングを受けてもらう。予約をとっておいた」

「なんですって。どういうこと?」悲鳴に近い声で訊き返した。

「今回の件を、ロス市警は殺人事件として捜査を始めるらしい。だが正式に動くまでは、まだ半日ほどかかりそうなんだ」

もともと事故とは思っていなかったから、驚きはしなかった。だが実際に殺人と聞くと、やはりつらい。必死で生きている人間の人生をいきなり断ち切るなんて、そんな冷酷なことが許されるのだろうか。

「ハントも言っていたが、捜査が始まるまで、ぼくは警察のコンサルタントだと名乗ることはできない。だから今はまだ、容疑者たちには会いたくないんだ。初めに私立探偵と名乗って、あとから警察関係者だったと明かすのはまずいからね」

そんなことは別にいい。訊きたかったのは、どうしてわたしがカウンセリングを受けなくてはいけないのかということだ。

「言ってることはわかるけど、でも——」

「アーネストが最後に電話をかけた相手は、メンタル・カウンセリングをしているドクター・ケリーだ。それも深夜の零時四十五分、彼が亡くなるすこし前だと思われる。なぜそんな時間に彼が電話をしたのか、きみだって知りたいんだろ? だから予約をとったんだ。恋人に死なれて絶望している、ぜひ相談にのってほしいとね」

「だけど——」

「もちろん、きみには盗聴器をつけてもらう」コナーはグローブボックスを開け、わたしに古臭い腕時計を渡した。前回の事件でも使用した、スパイの小道具のようなやつだ。「十一時の枠だけしか、予約が取れなかった。とつぜんだけど、大丈夫かい?」

大丈夫もなにも、すでに向かっているじゃないの。もともとわたしの答えはどうでもいいのだろう。いやな奴になりきるのは簡単だと、うれしそうに言ってたもの。

十五分後、煉瓦造りの古い二階建ての住宅の前に着いた。リフォームされて、いくつかのオフィスが入っているようだ。すりガラスのドアの一つに、おしゃれな書体で〈ドクター・ケリー〉と書かれている。ノックをするとすぐに開いて、笑顔の女性が現れた。歳は三十代か。肌はキャラメル・フラペチーノの色で、ベリーショートの黒髪に真っ白な歯。思ったよりずっと若く、小粋な女性だ。

「いらっしゃい、ミズ・エイヴェリーね。どうぞ入って。飲み物は何がいいかしら? 紅茶、コーヒー、ソフトドリンク、それともミネラルウォーターにする?」

「ありがとうございます。でも今は結構です」

「本当に? セッションではリラックスするのが大事なんだけど」リラックスという言葉にぴったりの、あたたかく癒やされるような声だった。

「じゃあ、せっかくなのでコーヒーを」どうしてもおどおどしてしまうのは、コーヒーがまだ足りないせいかもしれない。

ドクター・ケリーにうながされ、紺色のアームチェアに座った。コーヒーを運んできたあと、彼女も揃いの椅子に座った。紺色の張地に、赤いジャケットがよく映えている。膝の上で両手を軽く握り、笑顔で尋ねた。「それで、今日はどんなご相談かしら？」

「実はわたし、精神分析を受けに来たんじゃないんです」思いきって言った。

「そりゃそうよね」彼女はうなずいた。「わたしはカウンセリング専門の心理学者で、精神科医じゃないもの」

「あら、そうなんですか」違いはよくわからないが、まあ、どっちでもいいか。「ええと、わたしはアーネスト・ダンストの恋人なんです。いえ、恋人でした」

「なるほど。で、何か困ったことでも？　あなた、すごく神経が高ぶっているみたいだわ」

んもう。いちいちうるさいんだから。「アーネストが亡くなったんです。それで、亡くなる前に最後に電話をしたのが先生だとわかって。だからこちらにうかがったんです」

ドクター・ケリーの顔が真っ青になった。「アーネストが亡くなった？　どうして？　いったい何があったの？」

「わたしが知りたいのもそこなんです。ヘロインの過剰摂取らしいんですが、彼がまたドラッグをやるようになったとは思えなくて。それに警察は、他殺の線も疑っているみたいなんです」聞きこみに来たはずなのに、いつのまにか彼女の質問に答えていた。それに、他殺というのは口にすべきではなかった。カウンセリングだとかセッションだとか聞いて、動揺したせいだろう。「あんな深夜に、アーネストが電話をした理由を教えてください」

ドクター・ケリーは、わたしが急いで記入した問診票に視線を落とした。「イソベル……。ああ、そうだ。思い出した。アーネストがあなたのことを何度か話していたわ。たしかイジーと呼んでいたと思うけど」

今度はわたしが真っ青になる番だった。「わたしのことを？　彼、なんて言ってました？」

彼女はほほえんだ。「残念だけど、患者さんへの守秘義務があるから言えないわ。それが何より大事ということはわかってるわよね」

そう言われては、どうしようもない。軌道修正することにしよう。「ということは、彼はあなたの患者だったんですね？」

彼女はひじ掛けにもたれ、わたしをしげしげと眺めた。どこまで明かしていいものか、考えているのだろう。それとも、わたしの落ち着きのない態度から、何か分析をしているのかしら。あわてて両手の動きを止めた。

「ええ、そうよ。患者だったわ。それくらいなら守秘義務にはあたらないと思う。彼はね、わたしと一緒に広場恐怖症を克服しようとがんばっていたの」

「え？　いやだ、わたしったらなんで気づかなかったのかしら。たぶん、彼のお母さんも知らなかったはずです」

ドクター・ケリーはまたほほえんだ。気味が悪いほど、抑制された笑みだ。わたしを安心させようとしているのだろうが、なんだか不自然で、かえって不安になってしまう。職業柄、喜怒哀楽はなるべく出さないようにしているのだろう。コナーも基本的には無表情だが、ごくたまに笑うときは瞳が生き生きとして、彼女のように口もとだけの笑顔ではない。

「でしょうね。アーネストはセッションを受けていることは秘密にしていたから」彼女が言った。「克服するのに成功して、大好きな人たちを驚かせたいんだと言ってたわ。だけど本当は、失敗したときにがっかりさせるのが怖かったんだと思う」

わたしは大きく息を吐きだした。「まあ」

「彼はすごくがんばっていたわ。木曜の深夜に電話をしてきたのもその一環よ。あれはセッション中の電話なの。はじめのうち、セッションは電話でやっていただけだった。でもしばらくして、ひとりで外に出る練習をはじめたの。ほんとにごく短い距離からだけど、すこしずつ距離を延ばしていって、遠くまで出られるようになって。暴露療法と呼ばれるやり方よ。彼が自分で決めたゴールでわたしが待っていて、リラックスするために、そこで一緒に軽いエクササイズをするの。木曜の夜のゴールは、たしかコンビニの前だったわ。距離も結構あったし、そのあと彼、ひとりでコンビニに入って買い物までしたのよ。できたできたって、すごく興奮していたわ」声を震わせた。「残念としか言いようがないわ。あんなに飛躍的な成果を出したその日に亡くなるなんて」

悲しむべきはそこじゃないのでは、とつっこみたくなったが、彼女にとってはそれもまた、アーネストの死を悼む理由の一つなのだろう。わたしは尋ねた。「どうしてわざわざ真夜中にセッションを?」

ドクター・ケリーはまた冷静な仮面を貼りつけた。「もちろん秘密にするためよ。それに彼にとっては、まわりに人が少ないほうが外出しやすかったんでしょう。環境要因が少ない、つまり予測できないことや、うまく対応できないことに遭遇する可能性はほとんどないわけだから」

なるほど。「そういうおかしな時間に、患者につきあうことはしょっちゅうあるんですか?」

彼女が身を乗り出した。「わたしはね、ミズ・エイヴェリー。患者さんのことを心から応援しているの。もし時間外に会いたいと言われたら、可能な限り合わせるようにしているわ。もちろん追加料金は必要になるけど、アーネストはそんなこと、ちっとも気にしなかった」

なるほどなるほど。アーネストの〝真夜中の外出〟については、チートス・ボリタスを買った事実もふくめ、これですべての謎が解けた。ハンフリーがアーネストを目撃した時間ともぴったり合う。

ただ残念ながら、誰がアーネストを殺したかについては、なんの手がかりも得られなかった。もちろんドクター・ケリーが犯人なら、全部が作り話の可能性もある。だが彼女に動機があるとは思えない。

「その夜のセッションを終えたのは何時ですか？」いちおう確認をとった。

「彼はいつも十二時四十五分から一時間のセッションだったわ。あの日も同じだったと思う」

「そのあと、どこで別れたんですか？　彼を家まで送っていったんですか？」

「いいえ、〈ディエゴ〉っていうコンビニの前で別れたわ。自信がついたからひとりで大丈夫だと彼が言ったの。もし不安になって気が変わっても、わたしが近くにいるとわかっていたからでしょう」

チートス・ボリタスを買ったコンビニね。

「彼、誰かに脅迫されているとか言ってませんでした？」

ドクター・ケリーは怪訝な顔でわたしを見た。まあたしかに、恋人の死を嘆き悲しむ女性が尋ねるような質問ではない。

「ごめんなさい」彼女は言った。「そういうのは、守秘義務のうちだと思うのよね。できれば話してあげたいんだけど」

残念だが、彼女の立場もよくわかる。だがコナーだったら、絶対に引き下がらないはずだ。たぶんロス市警の名前を出して、無理やり言わせるにちがいない。「いいんです、気にしないでください。お話をうかがえてよかったです。お時間をとっていただいてありがとうございました」

ドクター・ケリーがほほえんだ。「いいえ、ミズ・エイヴェリー。こちらこそお話しできてよかったわ。だけどセッションはまだ三十分も残っているし、せっかくだから他の相談にものるわよ。あなた、ここにきてからずっと居心地が悪そうだもの。何か大きな心配事とか、もしかして秘密でも抱えているんじゃない?」

わたしはあわてて立ち上がった。「いいえ、大丈夫です。ありがとうございます」握手をすると、呼び止められないよう、急いでその場をあとにした。

息を切らせて車に戻ると、コナーがにやついた顔で言った。「きみさ、ドクターという人種が苦手なんだろ?」

なかっただけよ」

ドクター・レヴィの顔が頭に浮かんだ。「そんなことないわ。いろいろ探られたく

「何を恐れているんだ？」

あら、いい質問だわ。盗聴器を通してでも、わたしがあたふたしていたのには気づいたのだろう。正直に言うと、ドクター・ケリーに見透かされたくなかったのだ。自分の人生がこの先どうなるのかと不安でたまらず、絶望と希望の間でつねに悶々としていたのに

ているのを。分析だかなんだかをして、治療を受けたほうがいいと言われるのも怖かった。

「そんなことより、事件の話をしましょうよ」わたしは言った。

コナーは一瞬きまり悪そうにして、すぐに平気な顔を装った。わたしに一本取られたと思ったのだろう。プロ中のプロであるコナーが、こんなど素人に注意されちゃったんだものね。

「そうだな」素直なところは大変よろしい。「あのドクターが本当のことを言っているとすれば、殺人犯について、結局何がわかったことになるんだ？」

コナーが前回の事件でも使った手法だ。わたしにいろいろと質問し、その答えから、わたしが自分で結論を導き出すように仕向けるのだ。そんな面倒なことをしなくても、自分で考えればいいのに。それとももしかして、わたしをパートナーとして認めてい

るのだろうか。とりあえず、思いつくままに言ってみた。
「死亡推定時刻はわかったの？」
「ああ。夜中の一時半から三時の間だそうだ」
ドクター・ケリーを信じるのであれば、一時四十五分から三時までということにな
る。「アーネストの家に押し入ったり、争った形跡がないことを考えると、彼はコン
ビニから帰る途中に襲われた――」
「襲われた？　そうとも限らないぞ。犯人が彼の信頼している人間だったら」
「え、ええ」たしかにそうだが、それは考えたくなかった。彼が信頼する人間はごく
わずか、ミセス・ダンストとジェイ・マッセイ、それにわたしだけだ。「でもその人
たちはみんなドクター・ケリーのことを、つまり真夜中のセッションのことは知らな
かったのよ。それなのに待ち伏せをして声をかけるなんて、できるはずがないわ」
コナーはきちんと左右を確認してから、車を発進させた。「その点はきみの言うと
おりだ。だが彼らがもし、セッションの時間を何かの拍子に知ったとしたら？　本来
は知らないことになっているから、あえてその時間を選んでアーネストを殺したのか
もしれない。ドクター・ケリーなんて知らないと言い張れば、疑われないからね」
よくもまあ、そこまでひねくれて考えられるものだ。だけどもし自分が殺されると
したら、犯人は家族や友人より、ゆきずりの相手のほうがいい。死んでしまったら

どっちでも同じかもしれないけど。いや、化けて出るにしてもお互い気まずいし……。

まあとにかく、ミセス・ダンストやジェイがアーネストを殺すなんて、絶対にありえない。彼が行方不明だと知って、ミセス・ダンストはめちゃくちゃ心配していた。あそこまで心配できるのは母親しかいない。ジェイだってわたしが知る限り、アーネストに怒ったのは一度きり、それだって、アーネストが薬物依存症の会のビデオ・ミーティングをサボったときだけだ。それくらい深く、彼のことを想っているということだろう。

「他にわかったことは？」コナーが促した。

「そうねえ。アーネストの遺体が見つかった建物は、彼の帰宅ルートから二マイルほど離れている。歩くにはちょっと距離があるわ。特に彼の場合、無理をして歩いているわけだし。だからたぶん、どこかで車に乗せられて運ばれたんじゃないかしら。となると、犯人は車を持っていた、そしてもちろんヘロインもね。それに過剰摂取に見せかけたということは、アーネストが過去に薬物依存症だったことも知っているはずよ。あ、でもそのことは〈ビジリークス〉で公表されているから、誰が知っていてもおかしくはないけど。だとしても、計画的な犯行なのはまちがいないわ」

「そのとおりだ。すばらしいじゃないか」

「でも動機についてはやっぱり、過去の告発への復讐か、秘密を暴露されるのを阻止するためとしか考えられないわね」

「金の問題はどうだ？」

「どうかしら。彼が遺書をのこしているかはわからないけど、遺産のほとんどはミセス・ダンストにいくはずよ。でも彼女が犯人なわけないわ。心からアーネストを愛してるもの」

これについては、コナーはあまり納得していないようだった。

「言っちゃ悪いけど、あなたはあまりに世間ずれしているのよ」

「いや、きみが世間知らずなんだ」

それはまちがいない。そのせいで、結婚にも商売にも失敗して、どん底まで落ちてしまったのだ。あんなことはもう、二度と繰り返したくない。でもコナーみたいに、自分以外は誰も信じないような俺サマ系の人間にはなりたくなかった。相変わらず、サマになるお尻はキープしているようだけど。

「他にアーネストを愛していた人間は？」コナーが訊いた。「殺してやりたいと思うほど」

「何よそれ。あなたちょっと、危ないんじゃないの。ドクター・ケリーに診てもらったほうがいいわ」実を言うと、ドクター・ケリーのカウンセリングに行かされたことを、まだうらんでいた。

コナーはわざとらしく片方の眉をあげた。「きみからそう言われるとは心外だな。ぼくはトラウマになるような結婚をしたことはないぞ」

わたしは腕を組んだ。「またそれを言うの。ずるいわ。あなたはわたしの過去を知ってるのに、わたしのほうはあなたのことを何にも知らないんだもの」

「すまない。言いすぎた」コナーは謝った。「とにかく、アーネストについての質問に答えてくれよ」

そうだったわ。アーネストを殺したいほど愛していた人間……か。「そうねえ。少なくともここ二年は、わたしの他に恋人と呼べるような人はいなかったと思うわ」それを言ったら、わたしだって同じなんだけど。「それに、彼が現実の世界で連絡を取りあっていたのは、わたしを含めて三人だけよ。ドクター・ケリーを除いてね。ただ、ネット上での友だちがいたかもしれない。わたしは全然知らないけど」

「そうなんだ。ぼくもそこを知りたいんだよ。パソコンのデータさえ残っていれば、簡単にわかったはずなんだが」コナーが言った。「メールも全部消去されているから、ね。調査チームが、彼のアカウントやウェブフォーラムの活動を追っているから、いくらかはわかるだろうが。とりあえずきみには、ジェイ・マッセイに会って話を聞いてもらいたい。アーネストの親友の」

「それはなかなか難しいわ」

「どうしてだ？」

「わたし、彼に嫌われてるのよ。お金目当てでアーネストに近づいたと思いこんでるみたい。うっかりすると、わたしが彼を殺したと思ってるんじゃないかしら」

7

ジェイ・マッセイは、海辺にあるバンガローのような家に住んでいた。といっても、海に近いというわけではなく、アーネストの家から六ブロックほど離れたユニバーシティー・パークにある。彼がわたしを嫌っていることについては、コナーはまったく気にしていなかった。もちろん、わたしが肉体的な危機にさらされたら、すぐに突入するとは約束してくれた。けれども、そうした危険と同じくらい、気づまりな状況がつらいのだということを、まるで理解していなかった。んもう。わたしは彼みたいにサイボーグじゃないんだから。個人的には、ジェイのとげのある言葉よりも、ミャオの鋭い爪のほうが、まだましのように思えた。

どうやらコナーは、ジェイから何か役に立つことが聞き出せると期待しているようだ。あるいは、ロス市警が正式に捜査に入る前の暇つぶしにぴったりだと思っているのかもしれない。わたしが苦しむのを見て、楽しむとか。やっぱり人でなしだわ。

ジェイと会う前に、いつものように自分に言い聞かせた。彼がわたしに敵意をむき出しにするのは、個人的なものではない。大事な親友のアーネストを守りたいという、熱い思いからなのだと。

彼は十年近くもの間ずっと、最前列の席で見守っていたのだから。出世の階段を、アーネストが猛スピードで駆け上がっていく様子を。だがその親友が、しばらくして不安神経症を発症し、それを〝自己治療(セルフメディケーション)〟した結果、薬物依存症に陥って自滅行為に走る様子を。やがてその地獄から這い上がり、人生を一つ一つ、立て直していこうともがく様子を。アーネストに心から寄り添うたった一人の友人として、ジェイが過保護になるのは当然なのだ。

初めて会ったとき、ジェイはわたしをキッチンの隅に追い詰め、こう言って脅した。もしアーネストを傷つけるようなことをしたら、わたしのアカウントをハッキングし、人生をめちゃくちゃにしてやると。

結局はわたしも彼と同様、クライアントという以前に、アーネストを守ってあげたいと思うようになった。やさしすぎるせいだろうか、彼はあまりにも繊細で傷つきやすかったからだ。

それなのに結果として、彼の命を守ることはできなかった。

重い足どりで階段を上り、ブザーを押すと、耳障りな音が鳴りひびいた。しばらく待ったが、反応はない。盗聴器のしこまれた腕時計をいじって、緊張をしずめる。さらに一、二分が過ぎてから、もう一度ブザーを鳴らしたが、やはり返事はない。

本当に留守なのか、それともわたしだと気づいて知らないふりをしているのか。ガレージのシャッターは閉まっているので、出かけているかどうかもわからなかった。もしや、彼もまた行方不明だったりして？ いや、冷静に考えればそれはありそうもない。だがそれでも、不安できりきりと胃が痛んだ。

ようやくドアが開いて彼が現れたとき、うれしさのあまり、思わず抱きつきそうになったくらいだ。

だがジェイの表情を見てすぐ、わたしほど喜んではいないとわかった。正直に言えば、これ以上ないほど不愉快そうにしていた。「きみか。いったい何しに来たんだ？」

両手、顔、服のあちこちに白いペンキがついていて、きつい臭いをぷんぷんさせている。ペンキを塗っている最中で、だから玄関に出て来るまでに時間がかかったのだろう。だが、目の周りだけは白ではなく、赤いペンキで縁取ったように見えた。泣いていたのだろう。それも激しく。

「入ってもいいかしら？」ダメもとで訊いてみる。

驚いたことに、彼はしかたがないというように肩をすくめた。「どうぞ」

彼の家を訪れたのは初めてだった。廊下は細長く、引っ越し用の段ボールが積んであるせいで、いっそう狭くなっている。壁には、アーネストとジェイのツーショット写真が何枚も貼られていた。ずいぶん若い頃のようで、SFファンのイベントだろう、ふたりとも全身コスプレをしている。どれもつい、笑みがこぼれるようなものばかりだ。特に気に入ったのは、アーネストが『スター・ウォーズ』のレイア姫、ジェイが『ファイヤーフライ宇宙大戦争』のゾーイのコスプレをしている写真だった。ふたりとも完璧になりきっていて、しかもうらやましいほどの曲線美だ。この偽物のおっぱいは、いったいどこで調達したのかしら。

ダイニングキッチンに入ると、ペンキの臭いがさらにきつくなった。この部屋で何か飲めるとは思えないから、ジェイは何も考えずに、いつもの習慣で案内したのだろう。

室内は、海辺のバンガローふうの外観からは予想もつかないものだった。黒の天板にクロムメッキの脚のテーブルが象徴するように、クールなインテリアでまとめられている。壁全体のほぼ半分までが白く塗られているが、黒や青の色がうっすらと透けて見えるから、二度塗りが必要だろう。近くに寄ってみると、壁一面に絵が描かれていたことがわかった。「これ、あなたが?」

「顔や服に白ペンキがくっついてるんだから、そういうことだろ」

振り向くと、彼は腕を組んで苦々しい顔をしている。写真に写る満面の笑みとは正反対だ。

「じゃなくて、この下に描かれていた絵のことよ」わたしは言った。

彼の瞳が、そんなことはわかっていると告げていた。それから、重さに耐えられないとでもいうように、組んでいた腕をほどいて脇におろした。「そうだよ」

「すてきね」正直な気持ちだった。

ジェイはダイニングの椅子にぐったりと腰をおろした。彼が座ったのを最後に見たのは、アーネストのソファだった。砂糖に群がるハイエナの鳴き声のように――昔テレビで見たことがある――座面がキイキイと鳴ったっけ。

「まあ大家は、そうは思わないみたいだけどね」彼が言った。「引っ越す前に全部消してくれと言われたんだ」

そういえばアーネストが言っていた。ジェイがYouTubeでやっているオンラインの講座が大人気になって、カルヴァー・シティのもっと高級な家に引っ越すのだと。

わたしも腰を下ろした。「アーネストのこと、まだ信じられないわ」

ジェイの瞳に涙があふれた。「くそっ」小さな子どものように、涙を袖口でぬぐったせいで、顔にべったりとペンキがついた。「ぼくだってそうさ。ここ一年以上、正確に言うと一年と三カ月、ドラッグはいっさいやっていなかったのに。一年と三カ月だぞ！　それなのにとつぜん手を出すなんておかしいじゃないか。それに木曜の夕方、チャットでも話をしたんだ。最高にご機嫌だったよ。だったらなんで、その数時間後に――」ジェイは疑りぶかい目でわたしを見つめた。「もしかして、彼とけんかでもしたのか？」

「いいえ。わたしが帰るときも、いつもと同じでにこにこしていたわ。なんでこんなことになったのか、まったくわからない」

「そうなんだ」彼はまた涙をぬぐった。「そうなんだよ」

しばらく沈黙が続いたあと、彼が口を開いた。「ミセス・ダンストから聞いたよ。きみが彼を見つけたって」

わたしはうなずいて、つらい記憶を押しやった。「ええ、そう」

「ドラッグの過剰摂取だって聞いたけど。きみ、遺体を見たんだろ。やっぱりそんなふうに思ったかい？」

喉にこみあげてくる苦い汁を、無理やり飲み下した。なぜそんなことを訊くのだろう。親友が自殺するとは信じていないからか、それとも、警察の話だけでは納得できないからか。「いいえ、そうは思わなかった。というか、怖くて遺体に近づけなかったの。検死の結果が出れば、きちんとわかるはずよ」

ジェイの顔に何かがよぎった。不安？　怒り？

「アーネストが死んだ理由は、他にあるとでも思ってるの？」わたしは訊いた。

「さあ。ぼくにはわからないよ」彼は肩をさらに落とし、テーブルに向かって顔をしかめた。「これ以上悪いことなんて考えたくもないし」

「もしかしてあなた――」

ジェイは立ち上がり、怒ったような顔で壁を指した。「ペンキが乾くとまずいから、急いで塗らないと。話せてよかったよ」帰ってくれという意味だろう。念押しするように、付け加えた。「送らないけど、玄関の場所はわかるよね」

ぐずぐずしていると、彼が叫んだ。「アーネストは遺書なんて書いてないよ。だから、無駄な期待をするのはやめるんだな！」

玄関に向かいながら、深く息を吸って心を落ち着けようとした。今の言葉は聞かなかったことにしよう。彼は悲しみのあまり、どうかしているのだ。わたしへの個人的なうらみではない。なんとかして自分を見失わないようにしている、それだけのことなのだ。とはいえ、このままでは腹の虫がおさまりそうもなかった。こんな侮辱を受けるいわれはまったくない。わたしはその場で足を止め、リビングに勢いよく駆け戻ると、ペンキと鼻水でぐちゃぐちゃのジェイに向かって叫んだ。「よく聞きなさいよ。わたしは彼のお金を一セントだって欲しいと思ったことはないわ。あなたは彼の親友だって言ってるけど、何にも見えていない大馬鹿者よ。わたしがアーネストを好きだったのは、お金持ちだからじゃない。すばらしい人だったからよ！　あんたなんて地獄に落ちるがいいわ！」

それから足を踏み鳴らし、振り返ることなく、ジェイの家をあとにした。

わたしは身を縮ませて、コナーの車に戻った。彼は盗聴器を通し、ライブ中継を聞いていたはずだ。だが驚いたことに、わたしが最後にキレた件については何も言わなかった。ちくりと皮肉ぐらいは言われるかと思っていたのに。怒鳴り声をいきなり浴びたせいで、まだ耳がガンガンしているわけでもなさそうだ。あの迫力で、自分も怒鳴りつけられたらたまらないとでも思ってるのかしら。

コナーは車を発進させると、しばらくして韓国料理の店に立ち寄った。狭いけれど、いかにも穴場的な雰囲気がある。テーブルや椅子が油で薄汚れているのも、美味しそうな匂いが漂っているのも、条件にぴったりだ。自然と笑みがこみあげてきた。ロスという街では、ゴージャスさが何よりも評価される。でもみんながみんな、フェイスリフトなんかしなくても生き残れるのだ。

朝食はバナナとコーヒーだけだったので、ボリュームたっぷりの豚バラ肉の揚げ物を注文した。ジーンズのボタンが弾け飛んだことを考えると、サラダにしておいたほうがいいのだけど。でもオーダーを変えると、ダイエット中、つまりおデブになったことをコナーに気づかれてしまう。それに、ドクター・ケリーとジェイという気づまりな相手と対決してきたのだ。がっつりした肉料理を食べて、消費したぶんのエネルギーを補給しておいたほうがいい。

コナーはアヒル肉のカレーを頼んだあと、わたしをじろじろと見た。「アーネストのことを相当気に入ってたみたいだな。ということは、きみたちふたりは——」

「違うわ。でも大好きだったのはたしかよ。たとえニセモノの恋人だったとしても、あなたよりずっとすてきだった」

コナーの唇がかすかに動いた。オリヴァーのにやりとした笑いと同じ意味だろう。「まあ、そうだろうな」だがすぐに、心配そうな声になった。「きみは大丈夫なのかい？」紙ナプキンを引き裂いているわたしの手もとを、見とがめたようだ。

しかたなく手をとめ、ナプキンを膝に置いた。「本当のところ？」

「ああ、本当のところ」

それは、あえて考えないようにしていたことだった。だが口に出して言ったほうが、たとえすこしでも感情を整理できるかもしれない。せっかく聞いてくれる人もいるのだから。「そうね。アーネストは……頭が切れて、親切で、社会生活を送るのは不器用だったけど、かえってそういうところがほほえましくもあったわ。広場恐怖症のせいでひきこもってはいたけど、世の中をすこしでもよくしようと、自分なりに精一杯がんばっていた。だから彼が亡くなって、もちろん悲しいのもあるけれど。正直な気持ちを言うと……わたしは怒ってるの。気持ちが弱くてドラッグにまた手を出したとか、彼がそんなふうに思われているのが悔しいのよ。そうじゃないのに。正義のために闘っていたのに。だから、彼の汚名をそそぎたいの」

コナーは穏やかな表情で、わたしを見つめていた。「どうだい、射撃練習場にでも行くかい？」

以前わたしが事件ですっかり参っていたとき、連れていってくれた場所だ。銃に触れるのは抵抗があったが、不思議なことに、帰るころには気持ちがすっきりしていた。彼の熱い身体が背中に押しつけられたことも思い出す。たくましくて。セクシーで。

「いいえ」彼のやさしさは身に沁みたが、今はそんなことをしている場合ではない。「でも、ありがとう」

コナーがテーブルにアーネストの通話記録を広げた。「じゃあ、彼のためになにがなんでも犯人を見つけよう」

送信についても受信についても、チェックをするのは思ったほど大変ではなかった。ほとんどが特定の四つの番号に集中していたからだ。ミセス・ダンスト。ジェイ・マッセイ。ドクター・ケリー。そしてわたし。それ以外のわずかの番号と通話時刻を見ながら、何か思い出せないかと頭を絞る。

事件のあった木曜の夜を振り出しに、見覚えのない番号を逆にたどっていき、指を止めた。「これは電話セールスじゃないかしら。一緒に夕食を食べているときで、興味がないからもう二度とかけてこないでくれと、彼が言ってたのを覚えているわ」そんなやんわりした言い方で、セールスマンが引き下がるわけがないと思ったっけ。以前、電話セールスから殺し屋に転職したという男がいたが、粘り強いのが信条だと言っていた。

つぎの知らない番号に指を移動させた。「これは大家さんかもしれないわ。水圧を調整してもらう時間について相談していたもの。最近、水道だとか電気だとかいろいろ調子が悪くて、メンテナンスを何度もお願いしていたの。だから大家さんの番号はいくつかあるはずよ。確認はすぐにできるわよね」

通話記録をさかのぼるにつれ、記憶がどんどん曖昧になっていった。だがある時刻を見て、思わず声をあげた。「あっ、これ。誰からの電話か調べられるかしら？アーネストがわざわざ別の部屋でこの電話をとったのよ。『ファイヤーフライ宇宙大戦争』のエピソードをぶっ通しで見ていたんだけど、一時停止までして。会話はすこししか聞こえなかったけど」

コナーはわずかに眉をつりあげた。

「いやだ、盗み聞きをしたんじゃなくて、聞こえちゃったのよ。壁が薄いんですもの。強い口調で彼がこう言ってたわ。『お会いしてもいいですけど、僕の気持ちは変わりませんよ。こんな大事なことを公表しないわけにはいきませんよ』って。たぶん、最新の告発記事についてだと思うわ」

　コナーが調査チームにメールを送った。「よし。この番号が誰のものかはすぐに調べがつくはずだ」

　そのとき、シンディ・ローパーの『ガールズ・ジャスト・ワナ・ハヴ・ファン』がわたしの携帯から流れた。オリヴァーが着信メロディを勝手に変えたのだ。コナーが笑いをこらえているのを無視してバッグを探り、携帯を取り出した。知らない相手からだ。「はい、もしもし?」

「ミズ・エイヴェリーかな。たしかきのう、署まで来てくれるはずだったと思うが」

ハントの声だった。

「あっ――」

「すぐ来たまえ」どすの利いた声に震えあがる。こんな声を聞いたら、ソファの後ろで縮こまっているダドリーでさえ、飛び出してくるだろう。ハントは返事も待たずに電話を切った。なぜ誰もかれも、わたしに対して上から目線なのだろう。ジムといい、コナーといい、今のハントといい。もし自分たちが似た者同士だと彼らが気づいたら、きっと仲良し三人組になれると思うけど。もちろんその前に、男性特有のおかしな自尊心を捨てることが前提だ。

　誰からの電話だったのかと、コナーが待っている。

「ハント署長からだったわ。今すぐ警察署に行って、事情聴取を受けなきゃ」

「検視官がアーネストの死を他殺と断定したんだろう。ゴーサインが出たらすぐに捜査に入れるよう、きみの話を事前に聞きたいんだろうな」わたしの目をじっと見つめながら言った。「警察まで自分の車で行ってくれるかな。なるべくなら、ぼくと一緒に動いていると知られないほうがいい。ハントを怒らせていいことは何もないからね」

コルヴェットを取りに自宅まで送ってもらうとき、なんだか見捨てられたように感じた。わたしのためを思って言っているように聞こえるが、わたしがひとりで行けば、その間ハントを足止めできる。それを利用して、コナーは警察より一歩先んじようと思っているのではないだろうか。

「ハントにはどこまで話していいの？」わたしは尋ねた。警察にうそはつきたくない。下手をすると、うそをついたという理由で逮捕されるおそれもある。

「事件に関係あることはなんでも話していい」コナーが言った。

なあんだ。ほっとして大きく息を吐き出す。

「彼はシエイズのこともクライアントのことも知っている。だからそのあたりを隠す必要はない。今日わかったことも話したほうがいい。言っただろ、警察とは協力関係にあると」

「でも本当は見られたくないんでしょ。わかったわ」助手席のドアを開けながら言った。「でも本当は見られたくないんでしょ。わたしを警察署の前でおろすのを」

腕をつかまれ、しかたなく振り向いた。「ハントを恐れる必要はない。ただ彼はちょっと、時代遅れなんだよ。相手の恐怖心を利用して、言うことをきかせようとするんだ。まあ、きみはうまくやれると思うけどね」

何の根拠もなく励まされても、ちっとも気休めにはならない。

無駄に恐れる必要はない――自分は平気だからコナーはそう言ったのだろう。だけどわたしときたら、二十九にもなって、いまだにアリスおばさんを見るとびくびくしてしまう臆病者なのだ。

8

ロス市警の第二十七分署は、くすんだグレーのいかめしい煉瓦造りで、かなりレトロな、というより相当老朽化した建物だった。よほどのことがなければ、足を踏み入れたいとは思わないだろう。聞いたところでは、ロス市警はフレンドリーなイメージ作りによって市民の信頼を高めようとしているらしい。だがこれではハントと同じく、何の努力もしていないと言わざるを得ない。

コルヴェットを警察専用の駐車スペースに止めると、白線からはみ出していないことを何度も確かめ、ようやく建物の中に入った。掃除のしやすさを優先した床のタイル、安っぽいキラキラのモールが吊るされた低い天井——外壁と同様、フレンドリーさとはほど遠いグレーがいたるところに使われている。カウンターの向こう側に感じのいい警官を見つけたとき、ハントがいきなり目の前に現れ、思わず悲鳴をあげそうになった。「エイヴェリー、こっちだ」

彼のあとについて、たくさんの警官がデスクに向かっている脇を歩いていく。みんな忙しそうに作業を続け、わたしには目もくれない。だがそのほうがかえって好都合だ。ひとりだけ笑顔を向けてきたので、あわてて目をそむけた。本来なら警察こそが安全な場所だと感じるはずなのに、びくびくしたり、やましい気持ちになるのはなぜだろう。とにかく落ち着かなくては。挙動不審というのが、警察では一番まずい。電話のベルが鳴る音。キーボードをたたく音。笑い声や怒鳴り声。目を閉じていたら――ハントの背中に激突するだろうから、そういうわけにはいかないが――どこのオフィスだと言われても信じるだろう。

やがて、取調室についた。思ったより狭いというだけで、刑事ドラマで見たのとほとんど変わらない。窓はなく、がらんとした部屋には、安っぽいテーブルと椅子が二脚置かれているだけだ。一方の壁全体が鏡になっているのは、お約束どおりのマジックミラーだろう。

椅子に座るようにと、ハントがブルーの瞳で合図した。なによ、ほとんど容疑者扱いじゃないの。もしかしたら、事情聴取とは言いながら、実は容疑者への取り調べなのかもしれない。

ハントを見ているうち、なぜか十九世紀のアメリカ西部（オールドウェスト）にタイムスリップしたような気分になってきた。投げ縄をふりまわすハント。砂塵の舞う荒れ地にくずおれるわたし。その胸に片足を乗せ、銃を突きつけて、白状しろと脅すハント……。

てくれた。

でも大丈夫、ここは二十一世紀のロサンゼルスだから、彼は丸腰でコーヒーを出し

だがわたしにとってはある意味、このコーヒーを飲むことは拷問にも等しいものだった。署内に漂う悪臭からいやな予感はしていたが、やはり例の、泥水としか思えないドリップコーヒーだったからだ。わたしは首を振った。「結構です」

ハントがスイッチを入れ、レコーダーが回り始めた。落ち着くのよ、イジー。コナーからは、〈ソサエティ〉のことを隠す必要はない、何でも正直に話していいと言われている。

わたしが名乗るとハントがうなずいて、すぐに本題に入った。

「じゃあ、まずはアーネスト・ダンストとの関係を教えてもらおうか」

「はい。表向きは、恋人ということになっていました。ですが実際には、彼を毒殺から守るために、毒見役として雇われていました」

「ああ、それじゃだめだ」ハントがレコーダーを止めた。「今は録音テープに残せるような答え方をしてくれ」

なんだ、初めに言ってよ。「アーネストはわたしの恋人でした」

それ以降は録音を止めることはなく、聴取は淡々と行われた。アーネストと知り合ってどれくらいか。一緒にどんなことをして過ごしたのか。やがて質問は、彼の亡

くなった日のことに移った。木曜の夜は何時に彼の家を出たのか。彼の行方がわからないと気づいたのはいつだったのか。遺体を見つけたのはどういう経緯だったのか。次から次へと質問は続いた。ときには同じ質問が、違う言い方で何度も繰り返された。正直に話しているか、見極めるためだろう。

「彼のことはどんなふうに思っていたんだ？」

つらい質問だったが、ハントの前では泣きたくなかったので、平静な口調を保った。

「そうですね。恋人でしたけど、弟のようにも思っていました。彼の知性とユーモアが好きでしたが、たまにオタクっぽいところをからかったり。そうだわ、常識をたたきこんでやろうと思ったこともありましたね」

「なるほどね。じゃあ、死亡推定時刻の一時半から三時の間はどこにいたんだ？」

「あの、たたきこむっていうのは言葉のあやですから」

「質問に答えるんだ、エイヴェリー」いきなりどすの利いた声に変わった。この人、オオカミ男の映画の吹き替えをやろうと思ったことはないのかしら。

「自宅にいました。ぐっすり眠っていたわ」

「証人になってくれる人間はいるのか？」

わたしは唇をかんだ。あの日、オリヴァーは夜遅くまで仕事だった。「どうかしら。証言台にネコは呼べるんですか？」

ハントはわたしをにらみつけた。

「じゃあ、詮索好きの隣人とかは？　近所で何が起きているか、いつも目を光らせているような」

「だめだな。あんたと同じ部屋で寝ていたんならいいが」

「それだったらいないわ」

「事件に関係がありそうなことで、他に知ってることはないのか？」

コナーとわたしが、これまでに調べあげたことを簡単に説明した。聞きながら、ハントの顔がどんどんこわばっていく。コナーがずいぶん先を行っていると知って、面白くないのだろう。やがてレコーダーのスイッチを切ると、テーブルに身を乗り出してきた。

「いいか、エイヴェリー。一度しか言わないからよく聞けよ。この事件に首をつっこむのは今すぐやめるんだ。人員と予算が不足しているため、我々はやむを得ず、スタイルズをコンサルタントとして協力させている。だがな」たばこをもみ消すようにして、人差し指をテーブルに押し付けた。「捜査に民間人を介入させるつもりはいっさいないんだ。え？　わかったか？」

あまりの剣幕に、わたしは震え上がった。民間人というのは容疑者ということだろうか。映画なんかではいつも、遺体の第一発見者や被害者の恋人が犯人として疑われる。そしてわたしは、そのどちらにも当てはまっている。

「おい、質問に答えるんだ」ハントが吠えた。

「はい、わかりました。署長」

「よし。こっちだってあんたを司法妨害の罪でぶちこみたくはないからな。誤解されるような行動は慎んだほうがいい」

どうかしら。いつか理由をこじつけて、ぶちこむつもりなんじゃないかしら。いやな予感がする。「はい、署長」

ハントがすこし口調をやわらげた。「そうだ、あと一つ」

「はい？」

「事件が解決するまで、この町から一歩も出るんじゃないぞ」

ほらやっぱり、わたしを疑ってるんじゃないの。

駐車場に戻ったときには、辺りはすでに暗くなっていた。今日はもうまっすぐ家に帰り、レヴィにもらった抗生剤をのんでから、ベッドに入って心の傷をなめよう。明日でもできることは、全部後回しだ。コナーに報告するのも。ミセス・ダンストに連絡を入れるのも。ハントの警告についてうだうだ考えるのも。

自宅に着いて携帯を開くと、コナーからメールが入っていた。アーネストがＤＶＤ

を中断してまで受けた電話は、プリペイド携帯からだったという。当然といえば当然だが、監視カメラのない店で、現金で購入されたものらしい。つまりこの線は、行き詰まってしまったというわけだ。アーネストのネット上のアカウントについても、新しい手がかりはないとのことだった。

コナーのメールには、事情聴取の様子を教えてくれとも書かれていた。だが返信をする元気はなかった。これ以上一緒に仕事はできないと伝えるのは、明日でも充分だろう。

ベッドにぐったりと横たわった。ふとんカバーを見ないですむように、天井を見上げる。というのも、カバーの柄がおそろしく悪趣味で、パドルポップアイスのレインボー味を吐き出し、それをモップで広げたような感じなのだ。中古で手に入れたのだからしかたがない。この家に越してきたとき、新品を買ったのはシーツ二枚だけだった。だからわたしの部屋に、インテリアという概念はない。クロゼットは青、サイドテーブルは黄色、敷き詰めカーペットは緑色（しかもかなりかび臭い）。ランプシェードにいたっては、今どき見たことがないような房飾りの付いたオレンジ色で、おそらく、この建物が建てられた五十年以上前の物だろう。とはいってもわたしのお腹の上には、毛糸玉のように丸くなったミャオが眠っているのだから、部屋のセンスの悪さを嘆くのはぜいたくというものだ。

読みかけだったセダリスのエッセイ集に手を伸ばしたが、こんなうつうつとした気分で向き合うのは、大好きな本に対して失礼な気がした。そこでオリヴァーとの取引を遂行すべく、アパートメント全体の掃除にとりかかった。その二時間後、クロゼットの整理を終えたところで、冬物の衣類がほんの数枚しかないことに気づいた。ロスの冬はすごく寒いわけではないし、新品を買う金銭的な余裕がなかったということもある。だが一番の理由は、体重が増えてサイズが変わったことだった。まずいことに、直前にせまったアーネストの葬儀に着る服すらない。

こうなってみると、調査からはずされたのは案外正解だったかもしれない。買い物に行く時間ができたわけだから。前払い金をもらったあと、給料も定期的に入金されていたので、ある程度使えるお金はあった。だが十万ドルの借金に加え、十五パーセントという馬鹿げた利子を考えると、我ながらしみったれた人間だとは思いつつも、なかなか財布のひもをゆるめる気にはなれなかった。

ため息をついて座りこみ、クロゼットにもたれた。もともと買い物は好きではない。特に服を買うのは大きらいだ。人の波をかきわけ、大音量のＢＧＭが流れるなか、着心地よく、お手頃で、まともに見えるという条件をクリアする服を、何時間もかけて探し歩かないといけない。特にクリスマスシーズンは、買い物には最悪のタイミングだ。平気で他人をつきとばす殺気だった客たち。うんざりするほど繰り返し流れるマライア・キャリーのクリスマスソング。くたくたに疲れ果て、鬼気迫る表情で客をさばく店員たち。想像しただけでもぞっとする。

ミャオを抱いてベッドで本を読むほうがずっとしあわせだ。

ふと、〝猫屋敷で暮らす老婆〟というフレーズが頭をよぎった。まだ二十九歳だというのに、その仲間入りをしたいだなんて。なんとも情けないと思ったそのとき、オリヴァーが帰ってきた。一直線にわたしの部屋までやってくる。

「ねえイジー、どうやらぼく、恋に落ちたみたいなんだ」その状況をドラマチックに表現したいのか、床に膝をついて両手を広げ、わたしのベッドにばたりとうつぶせに倒れた。そのはずみでミャオが目を覚まし、腹をたてている。

恋の相手はヘンリエッタね。オリヴァーが彼女に惹かれているのには薄々気づいていた。というか、その気持ちを利用して、あの親子を押しつけたのだ。だがさすがに、ここまで夢中になるとは考えていなかった。たしかにヘンリエッタは、目をみはるような美女にちがいない。それでも丸一日一緒に過ごしたら、彼女の内面に潜む悪魔を、オリヴァーなら見抜けるだろうと思っていたのだ。

「それは大変」わたしは重々しく言った。

「ヘンリエッタはやさしくて美人なだけじゃない。ぼくの理想とする、落ち着いた大人の女性なんだ！　実にエレガントで、髪の毛一本はねていない。きっとエゴの塊のビジネスマンでさえ、脇にとびのいて彼女に道を譲るだろうな。だったらぼくは、そんな女性を前にして、ひざまずくしかないじゃないか」

イギリス出身のオリヴァーは何かにつけ、女王に対してぶつぶつと不満を、いや、大声で罵っている。王室のファンたちが彼女を絶賛しているのも、面白くないようだ。ほとんど趣味と言ってもいいようなものだが、その文句の内容があまりにもくだらないので、わたしはしょっちゅう彼をからかっていた。

「なんだよ、それ。女王が特別な待遇を受けられるのは、単に宮殿のベッドで生を享けたというだけなんだぞ」彼は射すくめるような視線をわたしに投げてよこした。「そうだ、知ってるかい？　十四世紀にエドワード二世がつくった非常識な法律のせいで、女王は今でも、イギリス本土から三マイル以内に住むクジラ、イルカ、チョウザメをすべて所有してるんだよ」ほら、やっぱり始まった。「こんなのは一例で、生まれながらに持っているものが他にもいろいろあるんだ。だからこそ、商売第一のビジネスマンたちは、彼女が歩いていたら道をあけるわけだよ。でないと、自分のビジネスがたちゆかなくなるからね」

「二十一世紀のビジネスマンがそんなこと思うかしら」

「わかってないなあ。イギリスは今は君主制じゃないけど、これから先どうなるかはわからないよ。王族っていうのは本当に信用できないんだ。だけど、ヘンリエッタはそんなおかしな権利がなくたって、みんなをひざまずかせるような気品があるんだよ。それにアデルみたいに、感情的になったり芝居がかったところはまったくない。アデルよりずっと美人だけど、きっと女優になりたいなんて馬鹿げた夢をもったことはないんだろうな」アデルというのは、オリヴァーがロスに来る原因となった元の恋人だ。

「たぶん、そうだとは思うけど――」

「実はね、どうやら彼女もぼくを気に入ってくれたようなんだ。だけど、ミセス・スローンにつねに監視されているのが結構きつくてさ」ミセス・スローンとは、アリスおばさんのことだ。「明日はきみが彼女のお守りをしてくれないかな。ヘンリエッタとふたりきりで過ごしたいんだ」

わたしは勢いよく立ち上がった。「ちょっと！　おばさんがわたしの天敵なのは知ってるくせに。というか、だからこそ取引したんでしょ。夕食にあなたの好きなものを何でもつくって、自分の部屋以外も全部きれいに掃除するって。それを今さらなに？　おばさんをわたしに押しつけるわけ？」

オリヴァーはベッドの上であおむけになり、悲しそうな目でわたしを見上げた。

「イジー、一生のお願いだ。ねえ、頼むよお！」

わたしはがっくりと肩を落とした。ある意味でオリヴァーは、わたしの恩人と言ってもおかしくなかった。お金に困っていたわたしに、ルームシェアを格安料金で提案してくれたのだ。そんな彼の恋路を邪魔しては、女がすたるというもの。「わかったわ。二時間ぐらいなら、なんとかしてみる。でもわかってるの？　ヘンリエッタとうまくいったら、おばさんはあなたの義理の母親になるのよ」

オリヴァーは身体を起こしてわたしを抱きしめ、ぶちゅっと大きな音をたてて頰にキスをした。「うん。そしてきみは義理のいとこになるんだね！　ありがとう、イジー。きみってほんと、最高だよ」

9

翌朝の九時、わたしはミセス・ダンストの家のふわふわのソファに、ジェイと向かい合って座っていた。彼の顔にペンキのあとはなかったが、目は赤く、腕はだるそうだった。わたしを見て不愉快そうに口もとをゆがめたが、うつろな目つきからすると、半ば習慣的なものだろう。つい反射的にやってしまう、たとえばわたしが、アリスおばさんに不自然な笑顔を見せるように。

わたしの目も、やはり真っ赤だった。例のアプリにせきたてられながら朝のルーチンをこなす間、ずっと泣いていたからだ。この家に着いてようやく、アプリのスイッチを切ったところだった。

ミセス・ダンストはせわしなく動いて、ジェイにはソーダを、わたしと自分用に紅茶を運んできた。その姿を見て、涙があふれそうになった。アーネストのリビングで、よく見慣れた光景だったからだ。もしこの場にアーネストがいたら、ジェイとわたしが目を赤くしているのは、結膜炎が流行っているせいだと思ったかもしれない。

ミセス・ダンストは、花柄のアームチェアに腰をおろした。その横にはクリスマスツリーが置かれ、点滅する電球や既製品のクリスマスボールのほかに、カラフルだが、いびつなオーナメントがぶら下がっている。アーネストが子どものころに作ったもののようだ。目頭がまた熱くなってきた。

「ふたりとも来てくれてありがとう」ミセス・ダンストが言った。「どうしても伝えたいことがあったの。警察からは、明日までは黙っておくようにと言われてるんだけど――」

「口止めをされてるなら、話したらまずいんじゃないですか?」わたしはあわてて口をはさんだ。ジェイがアーネストを殺したとは、もちろん思っていない。だけど万に一つ、彼が犯人だったら? 誰でも不意をつかれると、大事なことをぽろりと漏らしてしまうものだ。ハントやコナーが尋問する可能性もあるのだから、なるべくジェイには情報を与えないほうがいい。

「平気よ。話したって害があるとも思えないし、あなたたちには知る権利があると思うの。あの子を愛してくれていたんだから」

だめだ。全然わかってない。

「警察はね」彼女の持つティーカップが激しく震えた。「あの子は殺されたって言うの」

ジェイは頬を平手打ちされたかのように、その場でのけぞった。わたしもショックを受けたふりをしたが、その必要はなかった。ミセス・ダンストは、どうせわたしたちを見ていなかったからだ。

彼女はカップをゆっくりと口もとに運んだ。だが手が震えて中身がこぼれ、結局は膝の上に戻し、両手で握りしめた。「死因はやっぱり、ヘロインの過剰摂取らしいわ。だけど、誰かに無理やり注射をされたみたいなの。争った形跡があったらしいのよ。それにどう考えても、注射針の角度が自分で打ったとは思えないって」

彼女からカップを取り上げたほうがいいだろうか。いや、自分が倒れないよう、杖のようにして握りしめているのかもしれない。

「捜査はまもなく始まるらしいの。犯人は必ず見つけ出す、そのためにも他言は無用だと、警察には言われてるんだけど……」ため息すら震えている。「あなたたちには知らせるべきだと思ったの」

彼女はようやく視線を上げた。

その目を見たとたん、胸がしめつけられ、息が苦しくなった。何か言わなければ。だがその前に、ジェイが叫んだ。「いやだ！　ぼくはそんなこと信じないぞ！　アーネストが殺されただなんて」いきなり立ち上がり、その拍子にソーダがこぼれた。だが彼は気にも留めなかった。「犯人はいったい誰なんだ？　このぼくがそいつを殺してやる！」

「まあ、ダーリン」ミセス・ダンストが言った。彼女は誰のことでもダーリンと呼ぶのだ。「気持ちはうれしいけど、それはだめ。そんなことをしてもあの子は戻ってこないわ。親友のあなたが刑務所に入ったら、悲しむだけよ」

ジェイは力なく腰をおろした。

「いずれにしろ、あなたたちも警察に事情聴取をされると思うわ。でもその前に、知らせておきたかったの。もしここに来たことを警察に知られたら、葬儀の件で呼び出されたと言えばいいわ」

話が終わると、ジェイは急ぎ足で出ていった。引っ越しのトラックが来る前に、荷造りを済ませておかなければいけないという。

だがわたしまで、すぐに帰るわけにはいかない。「何かお手伝いできることはありますか？」

ミセス・ダンストは悲しそうに笑った。「ありがとう、うれしいわ。警察は今日、あの子の遺体……いえ、あの子を返してくれると言うの。だから葬儀の準備を始めないといけないんだけど。でもそんなこと、とても考えられなくて。あんなに可愛い子を埋葬する準備だなんて」

わたしは彼女の手を握った。「ミセス・ダンスト……」

「どうしても考えてしまうの。こんなことになる前に、何かできたんじゃないかと。もうすこし早く見つけていればとか。ドラッグにまた手を出したのだと思い込んで、あの子に申し訳なかったとか」

「そんなこと。あなたのもとに生まれて彼は幸せでしたよ、ミセス・ダンスト。彼もそれはよくわかっていたはずです。すばらしいお母さんですもの」お世辞ではない。ミセス・ダンストは、この家のソファによく似ていた。ぽってりとして、特別ファッショナブルではないけれど、包みこむようなあたたかさがあって。それだけじゃない。多くを語らなくても、口先だけの人間が退散してしまうような芯の強さもあった。

彼女は痛いほどわたしの手を握りしめ、まばたきをして涙をこらえた。「ジェイは大丈夫だと思う?」

なんと応えたらいいのだろう。

「彼は悲しいだけじゃなく」答えずにいると、ミセス・ダンストが続けた。「罪悪感にも苦しんでいるはずよ。気にすることはないと言ってあげるべきだったわ」

「なんのことです?」わたしは尋ねた。

彼女はポケットからティッシュを取り出し、頬の涙をふいた。「アーネストを探すのを手伝わなかったことを、ジェイはすごく悔やんでいるの。彼はあの朝、大家さんにせかされて壁を塗っている最中だったのよ。終わったら自分も探しに行くと言ってたんだけど、その前にこんなことになったから。責任なんて感じる必要は全然ないのに。だってそうでしょ？　アーネストはどうせ……夜中にはもう、死んじゃってたんだから」

「そうですね。誰にも、どうしようもできなかったんです」そう言いながらも、頭のどこかで、自分の言葉に疑問を抱いていた。何かを見逃しているような気がする。わたしは三カ月近く、アーネストと毎日一緒に過ごしていた。彼の身に危険がせまっているると、警告する何かがあったはずなのだ。

ミセス・ダンストはまた涙をふいた。「そうね。あなたの言うとおりだわ。それに後悔したってあの子が戻ってくるわけじゃない」洟をかんで、ようやく紅茶を一口飲んだ。

淹れてからずいぶん経っているから、冷たくはなくても、あたたかくはないはずだ。ちょうど、わたしに再会したときのコナーの表情みたいに。

ミセス・ダンストは背筋を伸ばし、わたしを見つめた。「あの子の葬儀のことなんだけど、なかなかプランを決める気になれなくて。良かったら、一緒に葬儀社に行ってもらえないかしら」

わたしは自分の目を、フォークで突き刺したくなった。「ええ、もちろんです」

　結婚式ほどではないが、葬儀にもさまざまなオプションがあって、すべてのプランが決まったころには、ふたりともすっかり疲れ果てていた。葬儀社の前でミセス・ダンストと別れたあと、わたしは気がついたら、アーネストのアパートメントへ車を向けていた。捜査に首をつっこむなとハントには厳しく言われていたし、実際そのつもりだった。だがミセス・ダンストの顔を見てから、気持ちに迷いが生じていた。これからどうするかを考えるには、アーネストの気配が感じられるあの家が一番いい。置いてきたマフィンも回収しないと悪くなってしまうし。

　途中、コナーからは電話が二回入ったが、留守電に切り替わるままにしておいた。事情聴取の中身や最後通牒を突きつけられた件については、まだ話す気にはなれなかった。よしわかったと、コナーにあっさり言われたくない気持ちもどこかにあったのかもしれない。

　消去されたデータについても、ずっと考えていた。あれさえ残っていれば、手がかりはいくらでもあっただろうに。誰が消したにせよ、その背後には、必ず殺人犯がいるはずだ。つまり、暴露記事の公開を阻止するために、アーネストは殺されたと考えていいだろう。だがひとつだけ、納得できないことがあった。死亡推定時刻は、深夜の一時四十五分から三時の間だが、データが消されたのはそれよりもずっとあと、朝の八時半から十一時の間だ。そのあいだの数時間に、いったい何があったのだろう。

殺人現場に残る不利な証拠を取り除くのに、そこまで長い時間が必要だとは思えない。となると、なぜ犯人はその時間までデータを消去するのを待ったのか。昼間のほうが見つかってしまう可能性が高いはずなのに。殺人犯とデータを消した人物は関係がないのだろうか。いや、どこかでつながっているはずだ。偶然というにはタイミングが良すぎる。

ハントの警告は忘れていなかったが、やはりこの事件を調べずにはいられなくなっていた。

まもなくアーネストの家に着くが、警察はいるだろうか。なるべく離れた場所にコルヴェットを止め、あたりをうかがいながら近づいていった。〈ソサエティ〉の調査チームは、すでに彼のアパートメントを徹底的に調べ終わっている。自分の意思でアーネストが外出したことも確認され、あの部屋が犯罪現場でないこともわかっている。であれば、警察がいる理由はない。

思ったとおり、玄関のドアに立ち入り禁止のテープは張られていなかった。だが室内は、足の踏み場もないほど荒らされ、空き巣でも入ったあとのようだった。どうやら調査チームは、住人が死んだとなると、あまり気を使わないらしい。たしかに亡くなった人から文句をつけられることはないだろうが、アーネストがこの光景を見たら、どんなに憤慨したことだろう。大切にしていたものには、持ち主の魂がこもっているはずだ。

ゆがんだポスターをまっすぐに直し、倒れている長傘を玄関の隅にたてかけた。そんなことをしたところで、アーネストが戻ってくるわけではない。それどころか、事件に関わったということで、逮捕されてしまうかもしれない。

手がかりもない部屋で、わたしはいったい何をしているのだろう。今すぐ出ていったほうがいい。あ、その前にマフィンだけは回収しておかなければ。

キッチンへ向かう途中、そよ風が肌をくすぐった。ん？ わたしは足を止めた。〈ソサエティ〉の調査チームは、窓を開けっぱなしにしたまま帰ったのだろうか。いくらなんでも不用心すぎる。風が吹いてくるのは、アーネストの寝室からのようだ。だが何も考えずにのぞいた瞬間、息をのんだ。一つだけある窓は、開いてはいなかった。

粉々に砕かれていたのだ。

あわてて携帯をつかみ、誰にかけようかと一瞬迷った。コナーか、ハント署長か、それとも大家さんか。とそのとき、クロゼットのドアが開き、何者かが、相撲レスラーのような怪力で殴りかかってきた。あおむけに倒れ、頭から床に激突する。ガチンと、歯が音を立てるほどの勢いだった。ショックと痛みのせいで動けずにいると、人影が覆いかぶさってきた。ふたたび後頭部に痛みが走り、その直後、目の前が真っ暗になった。
　だがそれはほんの数秒で、光はすぐに戻ってきた。家の前の路上を、遠ざかってい
く足音が聞こえる。割れた窓から逃げたのだろう。
　あとを追いたくても、くらくらして身体すら起こせない。頭蓋骨にひびく激しい痛
みに耐えられず、おいおいと声をあげて泣きはじめた。すでに足音は聞こえない。
　すこし落ち着いたころ、近くに落ちていた携帯に手を伸ばした。画面が割れている。
それでもライトはついたので、すぐにコナーの番号をたたいた。どうしてだろう、危
険な目に遭ったときは、まず彼に電話をしてしまう。
「やあ、ようやく電話をくれてうれしいよ」コナーがいつものそっけない口調で応え
た。
「あのね、アーネストのアパートメントに来たら、めちゃくちゃ荒らされてるの。そ
れで――」
「なんだって。今ひとりなのか？　すぐにそこから出るんだ。侵入者がまだいるかも
しれない」
　わたしったらほんとに馬鹿だ。ここに来る前に、なぜ彼に電話をしなかったのだろ
う。
「もう遅いわ。調査チームが荒らしたのかと思っていたら、誰かにとつぜん頭を殴ら

れたの」コナーは小声で悪態をついてから、わたしに尋ねた。「殴られたって、大丈夫なのか？」

「まあね。頭はひどく痛むけど。そのせいで相手の顔も見ていないの」

「そこでじっとしていろ。すぐに行く」

ずきずきと頭が痛むので、言われなくてもじっとしているしかなかった。だが待っているあいだ、ふと思った。パソコンのデータはすでに消去されているのに、今さら誰がこの家を調べにきたのだろう。

とんでもなく偶然に現れたコソ泥かしら？　住人が亡くなって、空き家になった家を荒らす悪党がいると聞いたことがある。だがこの推論はすぐに却下した。本棚の上、丸見えになっているところに、三百八十ドルのキンドル・オアシスが置かれていたからだ。

となると、証拠を残していたことを殺人犯が今になって思い出し、取り戻しにきたのかもしれない。わたしは身震いした。通りがかりのコソ泥より、アーネストの殺害犯に殴られたほうが、はるかに気味が悪いように感じられたのだ。

やがて玄関のドアの開く音がして、身をこわばらせた。だが、さっきの侵入者がとどめをさしに戻ってきたにしても、玄関から入ってくるわけがない。

「イソベル？」

心臓が今にも破裂しそうだったが、誰の声か、ハッと気がついた。ドクター・レヴィだ。だがほっとしたのも束の間、今度は別の意味で心臓がどきどきしはじめた。なにしろデートの誘いを断ってから、まだ二日も経っていないのだ。彼は別になんとも思っていないようだが、こんなにすぐに顔を合わせるのはなんだか気まずい。それにあのときの決断が正しかったのか、今でもまだ迷っていた。

「ここよ」コナーがレヴィに連絡をしたのだろう。まったくもう、人の気も知らないで。

レヴィが部屋に入ってきた。陽光と、シナモンの香りの風が舞いこんできたようだ。

「びっくりしたよ。こんなことになったのは、まさかぼくのせいじゃないよね」いつもはきらきら光っている瞳が、めずらしく曇っている。「もちろん冗談だったんだよ。きみがまた毒を飲んだり、怪我をしたらいいのにと言ったのは」膝をつき、わたしの顔をのぞきこんだ。「ぼくに会いたいなら、頭を殴られるよりもっと簡単な方法があるのに。今度デートに誘ったら、素直にイエスと言えばいいだけなんだから」わたしの瞳にペンライトを当てる。

「ほんとね、覚えておくわ」もごもごとつぶやいた。

「気分はどう？」たんこぶにやさしく触りながら、レヴィが尋ねた。

「まあ、なんとか」

「おいおい、うそはいけないな」

「そうよね。頭を殴られたわりには、まあまあってこと」

「見え方はどう？　吐き気はない？」

「平気よ。でも鎮痛剤が欲しいかな」

レヴィは身体を起こしてほほえんだ。「了解。きみが喜ぶものならなんだって」

「なるほど、プレゼント作戦か。ずいぶん必死のようだな。ふられたことなんてめったにないから」

とつぜんコナーの声がして、レヴィもわたしも跳びあがりそうになった。

レヴィはすぐに言い返した。「たしかに、あなたほどにはふられていませんね。あなたのベッドテクニックは、ひどくお粗末だと聞いていますよ」

コナーはにやりとしたが、その笑いはすぐに消えた。「彼女は本当に大丈夫なのか？」

「ええ。でも運転は丸一日控えたほうがいいですね。それと一晩は監視が必要です。いちおう頭を打ってますから」

「わかった。それはぼくに任せてくれ。〈ソサエティ〉のクリニックに連れていく手間も省けるしな」

コナーが監視を？　もしかして、わたしと一晩一緒に過ごしたいとか？

彼の顔をちらりと盗み見たが、わたしのことはもうどうでもいいのか、荒らされた部屋を見回している。

レヴィは救急バッグを探り、錠剤とミネラルウォーターを差し出した。「一日四回、二錠ずつ飲むんだ。症状がおさまるまで、二、三日かな。ぼくの名刺を渡しておくよ。〈ソサエティ〉の規則には反するけど、直通の電話番号が書いてある。コナーには内緒だよ」ウィンクをしながら付け加える。「どうもきみは、トラブルに見舞われる天才みたいだからね」

「しかたがない。聞こえなかったことにしておこう」コナーが言った。「でもいい考えだと思うよ」

わたしは頬が赤くなったのに気づき、ミネラルウォーターのボトルで顔を隠した。だがボトルも水も透明なので、何の役にも立たない。「ふたりとも、心配してくれてありがとう」

「ああ、きみが〝嵐を呼ぶ女〟だってことについては、ぼくたちは完全に意見が一致してるからね」レヴィが言った。「そういうときは遠慮せずに、直接電話をしてね」

彼はバッグを肩にかけると、さっそうと出ていった。やさしいしカッコいいし、頼りになる。なんで彼の誘いを断ったのだろう。

コナーはわたしをしばらく見つめてから、口を開いた。「どうだい、ひとりで立てそうかな？」

「ええ、たぶん」自分とコナーを納得させるため、立ち上がってみせた。

「良かった。ところで」コナーの声が低くなった。「押し入ったのは、データを消したのとは違うやつかもしれないな。警察が捜査を始めるとわかっているはずだから、この部屋にのこのこ戻ってくるわけがない。どうだい、何かなくなっているものはあるかい？」

何も踏まないように注意をしながら、全部の部屋を見て回った。「盗られた物はないと思うわ。ぐちゃぐちゃだから、絶対とは言えないけど。IT関連は、〈ソサエティ〉の調査チームに任せたほうがいいわね」

コナーは携帯を取り出した。「とりあえず、侵入者の目的や身元は見当もつかないということか。となると、鑑識班が見つけるのを期待するしかないな」

「ロス市警の鑑識ってこと？」

「そうだ」

わたしは鼻をさすった。まずい。本当にまずい。「わたしがここにいたってこと、ハントに言わないでおくことはできるかしら？」

わたしの声から切迫感を感じ取ったのだろう、コナーはすぐに携帯から目を上げ、すこし考えてから答えた。「無理だな。侵入者に殴られたのはきみなんだぞ。被害者がいなければ、事件として扱えない。それにきみのDNAが、犯人のものと混ざっているはずだ」

わたしはがっくりしてため息をついた。クリスマスの奇跡を願うのは無理だろうか。

もちろん無理よね。

となると、ハントに立ち向かう前にエネルギーを補給しておいたほうがいい。「ねえ、この家からマフィンを持って帰ったら、犯罪現場をいじったことになるかしら」

コナーの唇がひきつった。苦笑いをこらえているようだ。「それぐらいなら大丈夫だろう。ぼくさえ黙っていれば」わたしは彼をハグしたい衝動に襲われたが、やめておいた。彼が困惑する様子も見てみたいが、せっかくの親切にそんな形で報いるべきではない。

彼が警察に電話をしているあいだ、わたしはアーネストの大家さんに電話を入れた。窓の修理を頼むと、すぐに見に来るという。コナーと共に玄関前に出ると、まぶしいほどの日差しが降り注いでいた。ホワイトチョコレート&ラズベリーマフィンを頬ばりながら、横にいるコナーに尋ねた。

「ハントも来るかしら？」

コナーがわたしに顔を向けた。「たぶんな。それがどうかしたのか？」

マフィンがぱさぱさでなくてよかった。でなければ、のみこむのに苦労しただろう。

「実はね、事情聴取の最後に、ハントにきっぱりと言われたのよ。事件から手をひかないと逮捕するぞって」うつむいて続ける。「でもわたしが今日ここに来たのは、マフィンを取り戻しにきただけなの。あなたならわかってくれると思うけど。問題は、ハントがそれを信用してくれるかってことなの」

10

アーネストの家に通いはじめて三カ月足らずだが、その期間以上に、大家さんのミスター・ブラッドリーとは親しくなっていた。黒い髪に黒い瞳の小さなモグラみたいな男性で、歩くというより、左右に体をゆらしながらよたよたと進んでくる。手を振って合図をすると、会釈を返してきた。

「誤解しないでほしいんだけど」ミスター・ブラッドリーが言った。「きみとはとうぶん会わずにすめばいいなあと思ってたんだ。連絡をもらうのは、修理のときだけだからね。このアパートメントもずいぶんガタがきてるのはわかっているが、最近はこの部屋ばかりやけに故障してるからな。ほんと、金食い虫というか。ちょっと大げさな言い方だが」

「たしかにそうですね」わたしは言った。

「ところでこの人は？」彼がコナーにちらりと目をやった。

「コナー・スタイルズと言います。ロス市警のコンサルタントをやっています」コナーが言った。

ミスター・ブラッドリーは唇をすぼめた。「おやおや、それはうれしくないねえ。うちの一番品行方正な間借り人がトラブルに巻きこまれたとか、そんなこと言わないでくれよ」

「残念ですが、実はそうなんですよ」コナーがあっさり言った。

ミスター・ブラッドリーが肩を落とした。「やっぱりそうか。最近はついてないことばかりだ」背後の建物を指さした。「このアパートメントには部屋が四つあるんだが、家賃が統制されていてね。長期の間借り人が多くて、一軒はここ十年、二軒はなんと二十年も据え置きなんだよ。つまり、時代に見合った家賃とはとうてい言えないんだ。それに最近は電気や水圧の不具合やらで、やたらと金がかかる。安い家賃では全然割に合わない。三年前に越してきたミスター・ダンストだけだよ、適正な家賃を払ってくれているのは。それなのにほら、窓が割れて、ここに警察の関係者がいるとなると、何か相当まずいような気がしたんだよ」

「おっしゃるとおりです」コナーが言った。「ミスター・ダンストは殺されたんですよ」

ミスター・ブラッドリーの顔が、ショックと恐怖に覆われた。「うそだろ! そんなことわたしは信じないぞ」黒いフェドーラ帽を脱ぐと、それを両手で握りしめ、一心に見つめた。帽子が魔法の絨毯に変わり、自分をどこかへ連れ去ってくれるよう、祈っているのかもしれない。

三十秒後、その姿のまま、がっくりと膝をついた。「ああ困った困った。いったいどうなるんだ。もう借り手がつかなくなってしまう」アーネストの遺された恋人にとって、それがどれほどひどい言葉か、気づいていないのだろう。この場にミセス・ダンストがいなくて本当に良かった。

「ミスター・ブラッドリー、殺された場所はこの部屋ではありませんよ」コナーが言った。「でも今の言葉は、ちょっとどうなんでしょう」彼がわたしに目を向けたので、大家さんはハッと気づいたようだった。

「ああ、申し訳ない。ミズ・エイヴェリー。本当に気の毒なことだったねえ。ええっと、その割れた窓を見せてくれないかな」

まもなくふたりの警官が到着したので、もともと狭いアーネストの部屋は、とんでもなく窮屈に感じられた。それでも文句は言えない。ハントがいたら、息苦しさはこんなものでは済まなかっただろう。

だが新鮮な空気を吸いに外へ出た瞬間、ハントが大股でやってくるのが見えた。やっぱり来たのだ。玄関のドアをあわてて閉めると、みんなのいる狭いベッドルームに戻った。大勢の中にまぎれれば、気づかれない可能性もある。

けれども、その願いもむなしく、ハントは部屋に入ってきたとたん、わたしに向かって青い瞳を見開いた。「ミズ・エイヴェリー。話がある」

前庭に出ていく彼のあとに、重い足どりでついていく。外はひんやりしてすがすがしいはずなのに、息が詰まりそうだ。

「お互い、了解済みだと思っていたが」彼がゆっくりと言った。「いったいここで何をしていたんだね？」

わたしは風に舞い上がるビニール袋に、うっとりと見惚れるふりをした。ハントの冷たい視線に耐えられなかったからだ。「私物を取りに戻ったんです」

「私物とは？」威嚇するようにわたしに近づいて、同じく威嚇するような口調で言った。「念のためにもう一度言っておく。捜査の邪魔をするなと警告したのは、冗談ではなかったんだぞ」

「マフィンを取りにきたんです。本当です」

彼が鼻を鳴らした。

「金曜の朝に持ってきたんです。そのあとでアーネストが行方不明だと知って、そのまま置いてきてしまったから。それに、ここは犯罪現場ではないですよね。だから捜査の邪魔をしたわけじゃありません。といってもまあ、誰かがわたしの頭を殴ったから、結果的には犯罪現場に……」

「つまり、襲われたのはマフィンのせいだと言うんだな？」

「はい、そのとおりです」

「わかった。じゃあ、そういうことにしておこうか」また鼻を鳴らした。「マフィンごときに、高い代償を払ったものだな」

「あのマフィンは――」

「はっきりさせておこう。あんたがうそをついているとわかったら、つぎに会うのはブタ箱になる。そうならないことを願っているが、どっちにしても、頭の傷は早く治しておくんだな」

わたしは頭のたんこぶに無意識に手をやった。「はい、署長」

彼が背を向けてアパートメントに戻ると、入れ替わりにコナーが出てきた。なんだか容疑者を取り調べる、悪玉と善玉の警官コンビみたいだ。「良かった。手錠はされていないな。思ったほどまずい結果にはならなかったということか」わたしの顔をのぞきこむ。「大丈夫か？」

「殴られたこと以外でってこと？」

「ああ」

わたしは両手で顔をこすった。今日は葬儀のプランを決めるのに、ミセス・ダンストと何時間も一緒に過ごした。そのあいだ何回も、息子の死によって彼女の世界が粉々に砕け散ったことを、ひしひしと感じさせられた。だが他の人たちにとっては、たとえば葬儀屋にはポケットに入る金、大家さんには、間借り人がひとり消えるぐらいの意味でしかない。当然と言えば当然だが、アーネストがいなくなっても、世の中は何事もなかったように続いていく。だけどわたしは、それが悔しくてたまらなかった。アーネストの立派な人生が、このまま埋もれてしまうのが許せなかった。実際、わたしの人生よりもずっと価値のあるものだったのだ。ミセス・ダンストの人生だって。そのためにも、彼を殺した犯人をなんとしてでも見つけなくてはいけない。

その決意をコナーに告げようとしたとき、メールの着信音がした。知らない番号からだ。

『アーネストのバックアップ用のUSBを見つけて破壊しろ。さもないと、つぎはもっと痛い目に遭わせるぞ』

コナーに携帯を見せた。「侵入者が何を探していたか、これでわかったわね」

「そうなると、今夜はやっぱりうちに泊まるしかないな」コナーが言った。「ところで、このUSBのことは何か知ってるのか？」

USBか。事件の解決につながるせっかくの手がかりだが、脳みそを目いっぱい使っても、在り処（あか）はおろか、そんなものがあったことすら思い出せない。だがメールの言うとおりなら、もっと痛い目に遭う――つまり命の保証はないということだ。

「だめ、全然わからない」

コナーはがっかりした顔は見せなかったが、わたしをなぐさめることもしなかった。いつもどおりの無表情のまま、アパートメントに小走りで戻っていく。今のメールについてハントに報告するつもりなのだろう。

アスリートのようにひきしまった彼の身体を見ながら、自分の無能ぶりに情けなくなった。アーネストの一番近くにいたのに、いざとなったら何の役にも立てないなんて。

やがてコナーは戻ってくると、わたしの肩をポンとたたいた。「心配はいらない。ジェイ・マッセイに話を聞いてみよう。USBのことだったら、彼のほうが知ってるんじゃないかな」

「あなたが話を聞きに行ってくれるの？」彼のやさしさにも、素直になれなかった。

「わたしは捜査にからんだらつかまっちゃうもの。事件に首をつっこむなと、ハントにきつく言われてるんだから。それなのに、ロスを離れるのもだめだなんて。わたしを容疑者だと思ってるのよ」

コナーはすこし考えてから、口を開いた。「無理にジェイのところに行けとは言わない。だが、ぼくと一緒に動ける方法がないわけじゃない」

「きみが絶対に逮捕されないとは保証できないが」慎重な口ぶりだった。「前回の事件とは逆の方法をとればいい。ぼくが盗聴器をつけてジェイに聞きこみにいく。きみは車で待機していて、受信機でそれを聞く。きみならジェイのこともよく知っているから、彼の話から何か気づくだろう。もちろんハントのこともあるが、ぼくみたいな警察の協力者ときみが一緒に訪ねていったら、ジェイも怪しむだろうしね。まさかきみがシェイズだと、ジェイにばらすわけにもいかないしな。どうだい。この方法ならいけるんじゃないかな」

「え？　どんな？」

なるほど。それなら問題はなさそうだ。逮捕の可能性が残るのは心配だけど。コナーが言うくらいだから、〈ソサエティ〉が守れる範囲を超えることになるということだろう。

「わたしと組んでいるとハントにばれたら、あなたも面倒なことになるんじゃない？」

コナーが唇をひき結んだ。「ぼくなら大丈夫だ。なんとかなる」

ようするに、面倒なことになるわけね。「やっぱり、わたしに関わらないほうがいいんじゃない？」

彼がわたしの顎のラインを指でたどった。だがたとえ表向きでも、恋人ではないと思い出したのだろう、いきなりその手をおろした。「いや、今夜はきみの容態を見守ると、レヴィにも約束したし」

「それはなんとでもなるわ。オリヴァーだっているもの」

「それに、きみにはほら、前回のジョッシュ・サマーズの事件でいくらか助けてもらったしね」

「いくらか？　犯人をつきとめたのはわたしだったと思うけど」

「ああ。だがそいつに撃たれそうになったきみを助けたのは、このぼくだったと思うが」

「たしかにそうね。言いたいことはわかる――」

コナーが肩をすくめた。「前にも言ったが、ぼくはハントは怖くない。今は変に張りあうこともなく、きちんと協力態勢でやっている。実際、今日はずっと、ドクター・ケリーの資料を彼と一緒に調べていたんだ。ロス市警が令状をとって入手したからね。だが有力な手がかりは何も見つからなかった。ドクター・ケリーは、アーネストの過去にしか興味がなかったようなんだ。〈ビジリークス〉については、話題にも出なかったらしい」

「でもやっぱりハントは――」

「じゃあ、こうしよう。調査を手助けしてくれたら、これから毎朝エスプレッソをサーモスに詰めてくるよ」

「まあ、ずる賢いわね」

ううん、願ってもない提案だわ。

「どうだい、乗るかい？」コナーが尋ねた。

断ったら、今夜はオリヴァーとヘンリエッタがいちゃいちゃしているあいだ、アリスおばさんの相手をしなくてはいけない。「ええ。その話、乗ったわ」

「よし。それじゃあ――」

「大変！」わたしはひび割れた携帯の画面を見つめた。この番号は……。

「何かまずいことか？」

「アリスおばさんから電話がきていたの。約束の時間が過ぎていたわ。急がなくちゃ」

ダウンタウンに行こうとコルヴェットに近づくと、コナーが止めた。「しばらく運転はだめだ。レヴィに言われただろ。忘れたのか？」

「でもすぐに行かないと！」

「じゃあ、ぼくの車に乗ったらいい。送っていくよ」

わたしはありがたく、その提案を受けた。

「行き先はどこだい？」コナーが訊いた。

「前に連れてってくれた射撃練習場よ。十二丁目の」

彼はアクセルを目いっぱい踏みこんだ。「なんだってまたそんな場所に。頭に怪我をした人間にふさわしいとは思えないが」

「だって予約をしたときは、まさか襲われるとは思わなかったんだもの」

おばさんと一緒に過ごすプランを考えているうち、ふと、射撃練習場を思いついた。なんだ、これ以上うってつけの場所はないじゃないの。耳栓と騒音のおかげで、ほとんど会話をしなくてすむ。それだけじゃない、エッタを誘う口実にもなる。

無表情だったコナーの顔が、ごくわずかにゆがんだ。「ぼくもつきあおう。射撃と頭の傷は本当に相性が悪いんだ」

「あら、あなたが時間を無駄にすることはないわよ。エッタがおばさんに撃ち方を教えることになってるの。わたしは座って見ていればいいと思う」

「エッタが教えるだって？　だったらやっぱり、ぼくが行くしかないな」

わたしは腕を組んだが、彼の意見に反論はしなかった。

二十分後、わたしは射撃練習場を選んだことを後悔していた。思ったとおり、会話はほとんどしなくても済んだ。けれども、武装したアリスおばさんがどれほどの脅威であるかまでは、考えていなかったのだ。

おばさんが握りしめているのは、初心者向けの銃ではなく、エッタと同じグロックだった。射撃をするなら、初めからクールな銃でなくてはというのが、エッタのポリシーだったからだ。

エッタとアリスおばさんは、そろって笑顔だった。そしてそれは、ふたりのおそろいの拳銃よりも、さらにおそろしいものだった。まさか、こんな展開になるとは。てっきり、こんな暴力的なものはいやだとおばさんが文句を言い、説得するのに苦労するかと思っていたのに。

「あなた、グロックが良く似合うわ」エッタがアリスおばさんに言った。「初めてとはとても思えない。昔から手に馴染んでいるって感じよ」

「イソベル、ほら、ぼけっと突っ立ってないで」恐怖に固まっているわたしに気づいて、おばさんが言った。「写真をとってちょうだい。フェイスブックにあげるから」

言われたとおり、グロックでポーズを決めているふたりに携帯を向けた。その様子を見て、コナーはにやついている。ふん、いい気なものだわ。どうかふたりのグロックに、まだ弾がこめられていませんように。びくびくしながらもアングルを変え、何枚も写真をとる。だがこれはまだ、恐怖の時間のプロローグにすぎなかった。

「ちょっと見せて」おばさんが手を伸ばし、わたしから携帯を奪い取った。それからエッタとふたりで写真を見ながら、鏡の前のセキセイインコのようにくすくすと笑いだした。あの写真を見て笑うって、どういうこと？　だってキュートなインコにはほど遠く、百歩譲って言ってみても、とつぜん変異したモンスター・インコとか……。

だがふたりが顔を寄せて話しこんでいるのを見て、もはやどうやってもインコにたとえるのは無理だと気づいた。首筋がぞわっとする。何か良からぬことをたくらんでいるにちがいない。幸か不幸か、ふたりの標的はわたしではなかった。

「コナー」エッタが言った。シロップみたいに甘ったるい声だ。「良かったら、ミセス・スローンに正しい構えを教えてあげてくれない？　わたしもいろいろやってみたんだけど、なかなか難しくて」

一瞬、どういうことか理解できなかった。だがコナーが足を踏み出したとき、ハッと気づいた。おばさんは、コナーに手取り足取りして教えてもらいたいのだ。いや、教えてもらうふりをして、手取り足取りされたいのだ。な、なんというずる賢さ。そんなこと、うぶなわたしではとうてい思いつかない。

「ちょっとトイレに行ってきます」わたしはそう言って立ち上がった。吐き気がこみあげてきたが、頭のレモン大のたんこぶとは関係ない。コナーが不思議そうな目をわたしに向けてきたが、それにはかまわず、トイレに急いだ。

あのふたりが楽しむのはちっともかまわない。むしろ大歓迎だ。だけど、その様子は見たくない。

胃腸のむかつきがおさまるまで、ぶらぶらと歩き回った。しばらくして戻ったころには、コナーはおばさんの毒牙にかからずに済むような、充分な距離を取っていた。だが残念ながら、おばさんの撃ち方がとんでもなくワイルドなため、どちらにしても、安全な距離とは言えなかった。

二ラウンドが終わって、おばさんは標的を三度撃ち抜いたが、なぜかそれ以上の数を、隣のエッタの標的に当てていた。もちろんエッタはすべて、自分の標的のど真ん中に命中させている。

興奮のせいなのか気まずさのせいなのか、アリスおばさんの頬はひどく紅潮していた。最後の銃弾がポリウレタンの床に落ちると、彼女は銃口を顔に向け、中をのぞきこんだ。するとそのとたん、コナーがおばさんに駆け寄り、銃を取り上げた。「弾が入っていないとわかっていても、絶対に他の人や自分に銃口を向けてはいけません」

「どこかおかしいんじゃないかと思って、確かめようとしたの。あんまり当たらないから」

コナーは再装弾して銃を構えると、続けて五発、標的の真ん中を撃ち抜いた。それから、おばさんに銃を返しながら言った。「銃自体はなにも問題はありません。もうすこし練習を重ねれば、当たるようになります。でも二度と、床や標的以外に銃口を向けてはいけませんよ」

「わかったわ。ありがとう」おばさんがしおらしくうなずいた。

どうやらセクシーな男性から怒られた場合は、頭にこないようだ。まあ、わたしがそんなことを覚えていたところで、何の役にも立たないけれど。

実を言うと、何ごとも自分の思いどおりに、しかも完璧にこなしてきたように見えるおばさんの人生にも、思うようにいかないことはあった。ずばり、男性関係だ。彼女はまだ十代という若いうちに結婚したあと、マイホームを美しく整え、毎晩ぴったり六時には、夫のために手のこんだ料理を用意した。またふたりの完璧な子どもたちにも恵まれた。だが十一年後のある日、夫は真夜中に出ていったきり、二度と戻ってこなかったのだ。

テーブルには、書置きが残されていた。冷蔵庫に貼ったマグネット付きのメモ帳から、一枚ちぎり取ったらしい。『こんな生活にはもう耐えられない』。うわさでは、ふたりの子どもと住宅ローンを半分残して捨てられたことよりも、メモ帳がびりびりに引きちぎられていたことに、おばさんは腹を立てたという。

そして夫が去った翌日には秘書の仕事を見つけ、今日までの二十五年間、人生のすべての局面において、自分で決めた厳格な基準にそって、〝完璧な〟生活を続けてきた。再婚することはなく、わたしの知る限りでは、デートさえ一度もしていない。だがコナーへの態度を見る限り、男性への欲望がふつうの人より欠けているわけではなさそうだ。

彼女はまた新たに十発撃って、そのうちの三発を自分の標的に当てた。すこしは上達したと考えていいだろう。そうなると、男性との交際は、単に手ほどきを受けていないだけなのかもしれない。

でもだからといって、そっち方面についておばさんが説教をしないわけではなかった。コナーが銃を返却しにいったとき、わたしに小声で言った。「エッタに聞いたけど、コナーとつきあっていたのに、あなたのほうから別れたんですって？」

わたしはエッタをうらめしげににらんだ。「どうしてみんな、わたしのほうから別れたと思うんですか？」

「だってコナーは軽率な人じゃないと、誰でもわかるからよ」アリスおばさんは言った。「ああいう人って口説き落とすのは難しいけど、一度自分のものにしたら、一生守ってくれるタイプよ。あなたの前の旦那とは違ってね。あのろくでなしときたら、調子のいいことばかり言ってたけど、嵐になりそうだと思ったら、さっさとあなたを置いて逃げちゃったじゃないの。だけどコナーなら、何があっても助けに飛んできてくれるはずよ。甘い言葉はあんまりささやいてくれないかもしれないけどね」

まあ、おばさんと人生で初めて意見が一致したわ。実はわたしも、同じように思ったことがある。嵐が来たら、コナーならきっと、身体をはって立ち向かってくれるはずだと。たとえそれが無理でも、わたしを地面に押し倒し、その上に身を伏せてかばってくれるだろう。

「ねえイソベル、そういうのって、何ものにも勝る捨てがたい魅力よ。わたしの言うことにまちがいはないわ」

おばさんの言葉は、頭にもやもやとかかっていた雲を一気に吹き飛ばした。おそらく自分でも、とっくにわかっていたのだろう。だからこそ、レヴィの誘いを断ったのだ。

レヴィは人当たりが良く、誰から見ても魅力的だ。だがそういうところが前の夫と重なって、どうしても信用しきれなかった。もちろん、スティーヴとレヴィは全然違う。それはわかっている。だが離婚を切り出され、開店したばかりの店を手放すはめになるまで、スティーヴの本当の姿に、馬鹿なわたしはまったく気づかなかったのだ。だからたぶん、レヴィではなく、自分が信用できなくて、彼とつきあうのが怖いのだろう。いっぽうコナーはいつもそっけないが、ガードを固めたわたしの心をいつのまにか解きほぐし、いざというときに頼れる相手になっていた。頼ってくれてもいいと、彼が思っていればの話だが。

エッタのおせっかいも、アリスおばさんの言葉もありがたかった。さすがゴールデンコンビ、無駄に歳を重ねてきたわけでない。だが問題は、もともとコナーとは恋人でもなんでもないし、今後も彼と恋愛関係になることはまずないということだった。つまりみんな、完璧に誤解しているのだ。

11

わたしたち四人は駐車場へ向かっていた。辺りはすっかり暗くなっている。エッタはキンポウゲ色の愛車、七〇年型ダッジ・チャージャーの前で立ち止まり、他の車を見渡した。「イジー、あなたのコルヴェットは？」

「ここまでコナーに送ってもらったんです」

「じゃあ、アパートメントまでわたしの車に乗っていきなさいよ。ね？」

チャージャーの狭い車内に、おばさんと一緒に？　一瞬青くなったが、ありがたいことに、堂々と断れる理由があった。「今夜、コナーと一緒に仕事をしないといけないんです。あ、そうだわ。ミャオにごはんをあげるよう、オリヴァーに言っといてもらえますか？」

エッタは眉をつりあげた。「こんな遅くに仕事ですって？　まったく。彼に言ってやらなくちゃ」

続いてアリスおばさんが言った。「イソベル、今日はありがとう。すごく楽しかったわ。銃を触ったこともないあなたが、どうして射撃場を選んだのかわからないけど。でもおかげでいい時間を過ごせたわ」

「良かった。そう言っていただけるとうれしいです」ドクター・ケリーの真似をして、不自然な笑みを貼りつけた。これでオリヴァーに大きな貸しができた。ヘンリエッタとのデートはたぶんうまくいっているのだろう、親指を上げた絵文字入りのメールが、五回も送られてきたから。

「そうそう、わたしが言ったことを忘れないでね」おばさんはコナーにちらりと目をやって付け加えた。

おばさんには悪いが、その件はできれば忘れたかった。でないと今夜、ますますぎこちなくなってしまう。

コナーのSUVに向かいながら、運転しなくてもいいことにほっとしていた。また頭が痛みだしたせいで、犯人からの脅迫メールを思い出し、たまらなく不安になっていたからだ。「ねえ、もしUSBが見つからなかったらどうするの?」

「そのときは、見つけて壊したふりをすればいい。相手はたいしたやつではないはずだ。考えてもみろよ。いくら証拠の映像を見たとしても、きみがコピーをとっていないとは確信できないだろ。それが情報ってやつの問題点なんだ。いったん公開されてしまうと、流出を食い止めるのはすごく難しい。だから相手は、きみが言われたとおりにするか、つまり、脅しが充分に効いているかを確認したいだけなんだろう」

「ふつうの女性なら、恋人が殺されたらおとなしく従うはずよ」わたしだって、絶対に守ってくれるとコナーを信頼していなければ、下手なことはしないと思う。

「そうだな」コナーがわたしを見た。「きみがふつうの女性とはほど遠くて、うれしいよ」

「ええっと、ありがとうと言ったらいいのかしら？」

彼は答えなかった。

レヴィにもらった鎮痛剤をのみ、二日前にもらったひっかき傷の抗生剤も一緒にのんだ。「遅くなったけど、マリアはまだいるかしら？　残り物が冷蔵庫にあればそれでいいんだけど。夕食を食べてないから、おなかがぺこぺこなの」

「いつも腹が減っている状態で生きていくのは、さぞかし大変だろうな」コナーはわたしの質問を無視して言った。

「一日三回、ちゃんと食事をしていないときだけよ」

彼は黙ったままだ。

「ねえ、どうなの。あなたの家に何か食べる物はあるの？」

彼はゆっくり深呼吸をした。ため息ではないが、心を静めているようだ。

「マリアはとっくに帰ったよ。でも心配するな。何か作り置きがあるはずだ」

良かった。勿体をつけていないで、さっさとそう言えばいいのに。今日はとても長い一日だったし、お腹がからっぽでは頭が回らない。

やがて、ビバリー・ヒルズにあるコナーの家に到着した。古いチューダー様式の豪邸で、広々とした芝生と大木に囲まれている。カエデとカシの木はすっかり葉を落とし、枝の間から、重厚な建物が月の光を浴びて浮かび上がっている。だがロスの町は、常にスモッグにおおわれているため、月そのものはめったに見られない。そういうときは、アデレードのきれいな空気と澄み切った空が恋しくなる。

どっしりとした木製の玄関ドア。ライオンの頭の形のブロンズ製のノッカー。広々とした廊下。最後に来たのはつい数カ月前なのに、どうしてだか懐かしく感じられる。だが途中で足が止まった。見覚えのある古臭い壺が、サイドテーブルに飾られていたからだ。シェイズとしてこの家に派遣されたとき、最初の食事でいきなり毒を盛られ、盛大に吐いたものをこの壺に受け止めてもらった。苦い記憶がよみがえり、顔をしかめた。「この壺、まだここにあるのね」

「曾祖母の大事な記念の品だと言っただろ？　心配するな。ちゃんとプロに磨いてもらったから」

つぎに担当するシェイズのゲロを受け止めるため？「あなた、今もシェイズの候補生の最終試験を任されてるの？」

「いや。だから毎朝、気分よく目が覚めるんだ」

なによ、その言い方。わたしへの当てこすりとしか思えない。返事をしないでいると、まもなくキッチンに着いた。コナーは灯りをつけると、まっすぐ冷蔵庫へ向かった。わたしのほうは、コーヒーメーカーを見つめたまま、その場から動けなくなっていた。〈ラ・マルゾッコ〉じゃないの。本物のエスプレッソを淹れられる、世界でもトップレベルのコーヒーメーカーだ。使いこまれてはいるが、手入れもきちんとされている。わたしは唇を震わせた。彼はどうやって、あそこまで見事にわたしをあざむけたのだろう。わたしが人よりどんくさいのもあるけれど、コナーはスティーヴに匹敵するほど、いや、それ以上のペテン師なのかもしれない。

ただ今は、コナーへの怒りはひとまずおいといて、〈ラ・マルゾッコ〉で淹れた美味しいコーヒーを飲みたかった。夜遅いから、ディカフェがいい。

「ディカフェのコーヒー豆はあるの?」スイスウォータープロセス(水だけでカフェインを除去する方法)で処理をしているなら、ディカフェでも充分満足できるはずだ。

「いや、悪いがないな」

やっぱりそうか。コナーには必要ないのだろう。ディカフェは眠りたい人のためだ。サイボーグにはいらない。

「でも、チキンのグリーンカレーが冷蔵庫に入ってたよ」

「うわ、うれしい」

コナーがキャセロールを電子レンジに放りこみ、数分後には、スパイシーな香りの熱々の器を前にしていた。テーブルには麻のクロスがかけられ、中央に置かれたガラス瓶には飾り玉が三つ、それぞれアイヴォリーの地にゴールドで美しい模様が描かれている。クリスマスのオーナメントだ。

「これ、マリアが作ったの？」わたしは訊いた。

コナーはうるさそうにうなって、フォークを取り上げた。

わたしもフォークを手に取ったとき、またしても苦い記憶がよみがえった。「まさかとは思うけど、カレーに毒を入れてないわよね？」

例の壺ゲロ事件も含め、シェイズになるための最終試験として、試験官だったコナーには何度か毒を盛られていた。彼ならあのころを懐かしんで、もう一度毒を盛るようなこともやりかねない。特にここ三カ月近く、わたしが何の緊張感もなく過ごしていたことを知っているのだから。

だが尋ねたのがむなしくなるほど、彼の顔は相変わらず無表情だった。「さあ、どうだろう。たしかに、頭の傷のせいできみの能力が鈍っていないか、チェックする必要があるかもしれないね」

わたしはふたりの皿をすばやく取り替えたが、コナーはまったく意に介していない。

やっぱり毒は入っていなかったのだろうか。それとも初めからこうした事態を予測し、自分の皿に毒を盛っていたとか？　おそるおそるカレーをすくい、においをかぎ、舌の上で転がして、そのあとようやくのみこんだ。胃袋がゴロゴロと鳴ったが、遅いじゃないかと文句をつけているだけだろう。もし毒を盛られていたら、もっと盛大に鳴ったはずだ。もう一口、別の具をすくって食べてみる。

よし、毒は入ってなさそうだ。

「あなたってほんと、人でなしね」

コナーはにやりと笑った。「今さらだろ。長いつきあいじゃないか」

わたしは心おきなく、カレーをがつがつとむさぼった。「お代わりはある？」

コナーが立ち上がりかけたのを、手をあげて止めた。「あ、いいの。自分で温めるから」

そうすればもう、毒見をしないで済む。

テーブルに戻るとコナーは食べ終わっていたが、お代わりをするつもりはなさそうだ。

「それで」わたしは二杯目のカレーを口に入れながら言った。「あなた自身のことを聞かせて」

彼のことをもっとよく知れば、謎めいた魅力も消える。きらきらと輝くサイボーグではない、ふつうの色あせた人間だと思えるようになるだろう。

そうすれば心の中だけでも、彼と対等の立場にたてるのではないだろうか。

「ああ、いいよ」コナーがわたしを見つめた。「ぼくは〈テイスト・ソサエティ〉の調査員だ」

わたしはカレーをすくう手を止めた。「ちょっと。わたしが知らないことを教えてと言ったのよ」

コナーが身を乗り出すと、シトラスと革の香りが漂ってきた。「本気なのか？」

わたしはうなずいて、息をこらした。なによ。そんなにやばい話なの。

「じゃあ教えよう。レヴィはまちがってる。ぼくのベッドテクニックは最高なんだ」

わたしが口からカレーを噴き出すのと、コナーがにやりと笑うのは同時だった。

馬鹿らしい。口をつぐみ、もくもくと食べることに集中した。

食べ終えて時計を見ると、結構な時間だった。お腹もいっぱいになったことだし、今夜はもう店じまいだ。「わたしはどこで寝たらいいのかしら。バスルームも使いたいんだけど」

今日はさんざんな一日だったので、今すぐにでもシャワーを浴びたかった。葬儀社で何時間も過ごし、頭を殴られ、そのあとさらに、おばさんとエッタがコナーをねっとりした目つきでながめていたとき、いやな汗をかいたからだ。

「ぼくの部屋にもう一つベッドを用意するよ」

「なんですって？」〝もう一つ〟と言ったから、セクシーなお誘いではない。だが同じ部屋というのは。「ゲストルームはいくらでもあるじゃない」

「忘れたのかい。きみを泊めるのは監視するためじゃないか。二時間ごとに起きて、他の部屋まで見に行くのはいやだな」

「だけど――」

「床に置いたベッドマットがいやだと言うなら、ぼくと同じベッドで寝てもらうしかない」

そこまで言われてはしかたがない。今日はもう早く寝たいし。「わかった。床の上でもなんでもいいわ」

「じゃあ、タオルを一そろい用意するよ」

「まあ、あなたってすごく家庭的なのね」

コナーはわたしの言葉を無視して立ち上がった。この家の外観は伝統的なチューダー朝スタイルだが、室内は白い壁で、モダンな造りになっている。壁に飾られた絵画と同様、そこかしこに置かれたセンスのいい彫刻も、彼自身で選んだのだろう。実用的な物はしまわれているか、目立たないように置かれている。壁の一部のように見えるクロゼットを開き、彼がタオルを数枚取りだした。「バスルームの場所は覚えているだろ」

以前、バスルームを見つけられず、広い廊下をさまよったことを思い出した。この部屋には、広々とした専用のバスルームがついており、シャワーは最新式で、天井から降ってくる。ドアを閉め、服を脱ぎかけてから、着替えを持ってきていないことに気づいた。シェイズとしてこの家に派遣されたときも、こういう情けないことがしょっちゅうあったっけ。それを教訓に、下着の替えをバッグに常備するようにしていたのを思い出した。あれ以来バッグをきちんと整理していないから、そのまま入っているはずだ。

バッグの底まで、がさがさとひっかきまわす。やった！　やっぱりあったわ。綿ぼこりや、ミャオの大好きな猫じゃらしの羽根を手で払うと、頭上にかかげ、ガッツポーズをした。お片付けの苦手な、ずぼら人間に乾杯！

整理整頓マニアも、すこしは見直してくれるにちがいない。ただ彼らの場合は、こうした〝放置作戦〟ではなく、あらゆる事態に備える方法をとっているのだろう。

シャワーの水圧でたんこぶに痛みが走ったため、髪をおそるおそる洗って、水滴が落ちない程度にタオルで軽くふいた。さっぱりすると、歯は前回と同じく、指の腹でみがくことでよしとした。そのあと、バッグに数カ月間眠っていた下着をつけ、身体にタオルを巻き付けると、バスルームのドアを開けた。

コナーがプロ並みの手際で、床に置いたベッドマットにシーツをかけている。

びっくり。ほんとに家庭的なのね。「Tシャツを貸してもらえる?」さすがにロングスカートとニットで寝るわけにはいかない。

コナーがわたしをじっと見つめた。セクシーなバスタオル姿に悩殺されたのかしら。たくしこんだ脇をあわてて押さえていると、彼が訊いた。

「その腕の傷はどうしたんだ?」

「これ? ミャオなの。ダドリーのことが気に入らなかったらしくて」

「抗生剤はきちんとのんでるのか? ネコのひっかき傷は結構たちが悪いんだ」

んまあ。アメリカでは常識なのかしら。

「はい、上官殿。ねえ、それよりTシャツを借りたいんだけど」

「ああ、もちろん」

彼が出してきたTシャツは、なんとアイロンがかかっていた。家庭的というレベルではない。バスルームで着替え、Tシャツの裾をひっぱりながら出てくると、彼はすでにベッドに入っていた。彼の辞書に〝サボる〟という文字はないから、わざわざ別のバスルームに行って洗顔を済ませたのだろう。

何を着て寝ているのかしら。やっぱり正統派のパジャマ? もしかしてオールヌード? それもいいけれど、想像したらだめ。一晩じゅう寝られなくなってしまう。

彼は、わたしが上掛けの下にすべりこむのを目で追っていた。「ありがとう。〈ソサエティ〉のクリニックよりずっと快適だわ」たんこぶが枕に当たらないよう、角度を考えながら横たわる。

コナーが灯りのスイッチを消した。「どういたしまして。いびきだけはかかないように頼むよ」

12

抽出したてのエスプレッソの香りが漂ってきた。これで目が覚めない人間がいたらどうかしている。コナーのベッドはすでに空っぽだった。彼は夜中に二回、わたしを揺り起こすと、懐中電灯で瞳を照らしながら、生死を確認していた。幸か不幸か、わたしはまぶしさに目がくらみ、ベッドに戻る彼の姿を見逃してしまった。彼がいびきをかいていたかもわからない。自分が冬眠中のクマのように寝ていたからだ。どうか、いびきをかいていませんように。

きのうと同じ服に着替え、マスカラとリップグロスだけでメイクを終えると、キッチンに向かった。

かぐわしい香りの生みの親は、コナーお抱えシェフのマリアだった。陽気で堂々としているが、驚くほど小柄な女性だ。以前から不思議だったが、彼女は秘密組織〈テイスト・ソサエティ〉のことを、また謎めいた主人コナーのことを、どこまで知っているのだろう。

「エスプレッソでいい？」マリアがにっこりした。きれいな卵形の顔に、大きくて立派な鼻、フレンチローストのコーヒー豆の色をした賢そうな瞳。彼女の笑顔を見るだけで、しあわせな気分になる。

「ええ、お願いします」この前頼んだとおり、コナーはマリアにお礼を伝えてくれたかしら。

鮮やかな花柄のブラウスに、つややかな黒髪と黒のエプロンがよく映えている。

「アルマンドは元気？」わたしは尋ねた。

マリアは結婚して三十八年、夫について話すときはいつも、ディズニープリンセスが王子様に出会ったときのように顔を輝かせる。「ええ、元気よ。わたしたちふたりとも、寒い季節が大好きなの」思ったとおり顔を輝かせ、コーヒー豆をひいてから、ポルタフィルターをセットした。「なんでかわかる？」いたずらっぽくウィンクする。

「布団にくるまって、仲良くできるからよ」

わたしは笑いながら、エスプレッソを持ってダイニングに行くと、コナーはすでに席についていた。「マリアとアルマンドは、とってもすてきなものを持ってるんですって。なんだか知ってる？」

彼はタブレットを見つめたまま、顔を上げようともしない。「きみは知ってるのかい？」

わたしは肩をすくめた。あまりにそっけない反応に、答えづらくなっていた。「えっと。添い寝をして暖めてくれる相手、かな」

「そりゃまあ、お互いにそう思ってるならいいんじゃないか？」

胸がちくりとうずいた。マリアへの嫉妬だろうか。情けないにもほどがある。

「きみはどうなんだ？」タブレットから目を離さずに、コナーが訊いた。

エスプレッソを一口飲み、気分を落ち着けてから答えた。「添い寝をしてくれる相手なら、わたしだっているわ」

彼がようやく顔を上げた。

「ミャオでしょ。それにダドリーも」

アイスグレーの瞳が愉快そうに輝いた。「きみが誰のためにデートを断ったのか、レヴィは知ってるのかい？」

「なんとなくわかってるかもね。ひっかき傷を治療してもらったから」至福のコーヒーをもう一口味わう。「それで、今日の予定は？」

テーブルの上をタブレットがすべってくると、大きな見出しが目に飛びこんできた。

『告発サイト〈ビジリークス〉の運営者、殺害される！』

「昨夜遅く、ロス市警が発表したんだ」コナーが言った。「きみの周辺が騒がしくなるぞ。なんといっても被害者の恋人だからな。マスコミが大勢押し寄せてくるだろうが、いいか、答えるのは最小限にするんだ。悲しいとか驚いたとか、自分の気持ちを話すだけで、事件についてはいっさい話すんじゃない」

楽しかった朝の気分が、一瞬にしてはじけてしまった。「わかったわ」

「あとはできれば予定どおり、USBについてジェイに話を聞きたい。きみの記憶よりは期待できそうだからな」

あえて指摘しなくてもいいのに。

ジェイの家に行く途中、着替えをするために自宅の前で車をおろしてもらった。三階まで階段を駆け上がっただけで、脇腹が痛くなる。運動不足というより、食べすぎのせいだろう。

オリヴァーはぐっすり眠っていたので、昨夜戻らなかった理由を説明する必要はなかった。回収したマフィンをキッチンに置いてから、ミャオの背中を撫でてやる。着替えと歯ブラシでの歯磨きを済ませ、ぼさぼさの髪をムースでなでつけると、ほぼすっぴんの顔が気になった。だがジェイに聞きこみに行くとはいっても、わたしはどうせ車に隠れているのだから、問題はないだろう。

携帯が鳴ると同時に、玄関をノックする音が聞こえた。早くしろと、コナーが催促をしに来たに違いない。携帯をバッグの中で探りながら、ドアを開けた。

するといきなり、カメラのフラッシュがたかれ、目の前でビデオカメラがまわりはじめた。顔の前に、マイクがいくつも突き出される。「ミズ・イソベル・エイヴェリーですか？」

カメラに向かって目をしばたたいた。

「ミスター・ダンストが亡くなって、今のご心境は？」

「ミスター・ダンストとのおつきあいはいつからなんですか？」

「あなたが彼の遺体を発見したというのは本当ですか？」

「ミスター・ダンストは遺言書を残していましたか？」

「あの、わたしは……」

口を開いたとたん、一斉に静まり返った。だが何を言ったらいいのか、自分でもわからない。

「あの……」最初が肝心だ。「彼は……アーネストは、すてきな人でした。いいえ、とってもすてきな人でした。彼が亡くなるなんて……悲劇としか言いようがありません。だから、ごめんなさい。今は何も話す気にはなれないんです」

ドアを閉めようとしたが、わずかな隙間にマイクが割って入った。

「彼を殺したのは誰だと思いますか？」

「彼の仕事を引き継ぐ人はいるんですか？」

「彼はほとんど家から出なかったそうですが、どうやって知り合ったんですか？」

「あなたは容疑者として、警察に疑われているんじゃないですか？」

「すみません。お答えすることはありませんので」両手で無理やり、ドアを閉めた。

セレブたちって、毎日がこんな感じなのかしら。

ようやく携帯を取り出して確認をすると、メールはコナーからだった。

『玄関の前にマスコミが押し寄せているぞ』

すばらしいタイミング。あと数秒早ければ。

返信メールを送った。

『メールを見る前に、ドアを開けちゃったわ。もうみんないなくなったかしら？』

オリヴァーが自分の部屋から出てきた。「いったい何事だい？　なんでマスコミがうちの前に集まってるんだ？」

答える前に、また携帯が鳴った。エッタからだ。「外にレポーターがわんさか押しかけてるわよ」

わたしはため息をついた。「全員いなくなってから来てちょうだい。オリヴァーも起きてきたから、そのとき一緒に説明するわ」

まだしばらくかかりそうなので、オリヴァーはシャワーを浴び、わたしはミャオにごはんをあげた。

今さらとは思いながら、きちんとメイクをして、紅茶を淹れ、コナーにメールを送った。

『エッタとオリヴァーに説明をしなくちゃいけないの。しばらくかかると思うけど、あなたも来る？』

　返事はすぐに来た。

『遠慮しておくよ。外で待っている』

　んもう。ずるいんだから。

　レポーターたちは、思ったよりも早く立ち去ってくれた。自分たちがいる限りわたしが出てこないと気づいたのか、あるいは、気の利いたコメントもなく、ビジュアル的にもぱっとしない女より、もうすこしインタビューしがいのある人物を見つけたのかもしれない。玄関前が静かになって三十秒後、ブルーの瞳を興奮できらきらさせながらエッタがやってきた。イエローのパンツに身体にフィットした黒のジャケット、胸もとにおしゃれな柄のスカーフを巻いておめかしをしている。テレビやタブロイド紙の紙面を飾るなら、彼女のほうがよっぽどふさわしい。

　ティーカップを彼女に手渡し、ダイニングテーブルに移動した。オリヴァーはTシャツと色あせたジーンズという格好で、すでに席についている。Tシャツには不細工なサイが描かれ、その上に、『ぽっちゃりユニコーンを救おう』という文字がプリントされていた。最近ノベルティのTシャツを集めていると言っていたが、いつもよりはずっとお上品だ。さすがに、おばさんとヘンリエッタの目を気にしているのだろう。

「どういうことだか知ってる？」エッタがオリヴァーに訊いた。

「いや、まったく」

「そんなことある？　ルームメイトのくせに」

「エッタこそ、アパートメントの住人のことなら何でも知ってるはずだろ」オリヴァーが言った。「歳のせいでヤキが回ったんじゃないかい」

ふたりは小学生のように何度か肘でつっつきあい、それから期待に満ちた目でわたしを見つめた。

やれやれ。「悪いけど、あんまりいい話じゃないの」わたしは言った。「実はわたし、つきあっていた人がいたのよ」

「え、ほんと？」

「どんな人？」

「いつから？」

「もしかしたら聞いたことがあるかもしれないけど。〈ビジリークス〉ってウェブサイトをやってる人。ほら、企業の不正を告発するサイト」

「ついこの前亡くなったあの人？」エッタが尋ねた。

「ええ、そう。それで警察が捜査に乗り出して。マスコミが押しかけてきたのはそういうわけなの」その先をどう続ければいいのかわからず、唇をかんだ。

「なんてこと」エッタが口を押さえた。詮索するような様子はもうどこにもない。「あなたとコナーは、よりを戻したんだとばかり思ってたわ」

「なんでこれまで黙ってたんだよ」オリヴァーが言った。「仕事について言えないのは知ってるけど、恋人はそうじゃないだろ！」憤慨しているようにも、寂しそうにも見える。どちらにしても、Tシャツのコミカルなサイの絵とは不つりあいだ。

オリヴァーの言葉はまさにそのとおりだった。アーネストと〝つきあって〟いると言っても、シェイズのことがばれるわけではないのだから、隠す必要はなかったのだ。といっても、アーネストはなるべく人づきあいをしたくないタイプだし、わたしがコナーと別れたことをエッタがひどく残念がっていたから、黙っているに越したことはないと考えたのだ。まさかこんな事態になるとは思わなかったし。

「ごめんなさい。言おうとは思ってたんだけど。でも……つきあい始めたばかりで今後どうなるかわからなかったし、それにあなたたちふたりとも、コナーのことがすごく好きだったから」

ふたりの目を見れば、納得していないことはよくわかった。

「そうだ、ホワイトチョコレート&ラズベリーマフィンがあるわ。食べる？」

「食べる」ふたりが同時に言った。

「だけど食べ物でごまかそうとしても無駄よ」エッタが言った。「わたしたち、すごく怒ってるんだから」

「ええ、でもすごく美味しいのよ」

マフィンを一つずつ食べ終えたころには、ふたりの鋭い視線はずいぶんやわらいでいた。思ったとおりだ。お代わりを持ってきた。「このこと、アリスおばさんには言わないでほしいの」

「だけどレポーターたちが来たんだから、あなたの顔はどの新聞にも派手に載っちゃうわよ」エッタが言った。

たしかに。しかも顔のアップの横に、サンタのお尻がばっちり写ってるかも。

「じゃあ、せめてアーネストとのことを知っていたふりを――」

「そんなことできないわよ」

「ヘンリエッタにうそはつきたくないんだ」

まあ、マフィンの効力がもう切れちゃったのかしら。だったら、さっさと退散するしかない。「ほんとにごめんなさい、これまで隠していて。でもわたし、もう行かないと」

エッタがマフィンからいきなり視線を上げた。「待って。今日はあなたに、ダドリーを連れ出してもらおうと思っていたの。部屋の壁を塗り替えてもらう予定なんだけど、ペンキのにおいはダドリーの身体によくないでしょ。わたしは職人さんたちに指示をしなくちゃいけないから」

「でも今日は、コナーと仕事があるのよ」窓のそばまで行って、通りをのぞきこんだ。コナーはまだ車に乗ったままだが、どういう魔法を使ったのか、アーネストの家の駐車場に置いてきたコルヴェットが戻ってきている。だがたとえどんな魔法を使っても、八十ポンドもあるダドリーをコルヴェットに押しこむのは、難しいように思えた。

「大事な車にコナーがダドリーを乗せてくれるか、訊いてくるわ」

わたしは小走りで道路を渡り、コナーの車の窓をコンコンとたたいた。電話をしても良かったのだが、息のつまりそうなあの家からとにかく出たかったのだ。

コナーが窓をおろした。「よく生きて出てこられたね。ほっとしたよ」

「なんとかね。あなたがいたらエッタはもっと手加減してくれたと思うけど。ほら、そのセクシーな身体に免じて」

「ぼくの身体がセクシーだって？」

わたしはくるりと目を回した。「エッタが前にそう言ってたの。それより、今日はわたし、コルヴェットで行ってもいいの？」

「だめだ。あれは目立ちすぎる。きみはなるべく人目につかないほうがいいだろ？

マスコミからもハントからも」

「たしかに。でもそうなると、あなたの車にダドリーを乗せなくちゃいけないんだけど」このぴかぴかの車に、と言いそうになったが、とっさに修正した。ダドリーが汚すことを、前提で話さないほうがいい。

「ああ、いいよ」

「本当に？」

コナーはほんのすこし肩をすくめた。「グレイハウンドというのは皮脂が少ないから、犬のにおいがしないんだ。毛もあんまり抜けないしね」

わたしはあんぐりと口を開け、物知り博士を見つめた。

「グレイハウンドを飼っている友だちが何人かいるんだ」

「えっ、うそでしょ。あなたに友だちがいるの？」

友だちやそのワンちゃんたちと一緒に、楽しそうに過ごす彼の姿がどうしても思い浮かばない。それってすごくノーマルだもの。いつものように、コナーはわたしを無視した。

「わかったわ。じゃあエッタにオーケーだと言ってくる。きっと喜ぶわ」

だが三階まで上る必要はなく、エッタとオリヴァー、ダドリーはすでに階段の下で待っていた。少なくとも、ダドリーを下まで運ぶよう、コナーに頼まなくて済んだわけだ。

「ダドリーに必要なものを詰めておいたわ」エッタがぱんぱんにふくらんだトートバッグをわたしに手渡した。「あとはこれ。この子が横になるときのマットレスよ」

わたしはトートバッグを肩にかけると、脇の下に大きなマットレスをはさみ、リードを持つために片手をあけた。

オリヴァーに小突かれ、エッタが言った。「それと、わたしたちお悔やみを言うのを忘れていたわ。ごめんなさいね、イジー。恋人が亡くなってどんなにかつらいでしょうに」

「そうなんだ」オリヴァーが相槌をうった。「まだきみには怒ってるけど、力になりたいとも思っている。だから遠慮なんてしないで、いつでも頼ってくれよ」

13

コナーの車は、ダドリーとマットレス、大きなトートバッグをのせても充分に広かった。アダムス・ブールヴァードを下っていくあいだ、ダドリーはずっと窓から頭を突き出していた。鼻をうごめかし、耳を上下に動かしながら、舌をだらりと垂らしている。磨き抜かれたドアに、ときどきよだれを垂らしていたが、見なかったことにした。

コナーはジェイの家から一ブロック離れた場所に車を止め、受信機付きのヘッドホンを差し出した。「これでぼくとジェイの会話が聞こえる。二ブロック以上離れると聞こえなくなるから、ダドリーを散歩させるんなら、あまり遠くに行かないように。それから、警察やマスコミがジェイの家にも来ているかもしれない。彼の家には絶対近づくな」

コナーがジェイのバンガローに向かうと、ヘッドホンを通し、彼の足音と息づかいがかすかに聞こえてくる。ダドリーはマットレスにのんびり横たわっていたが、彼を連れて散歩に出ることにした。お腹のぜい肉が、またもウエストボタンに戦いを挑んでいるのに気づいたからだ。ちょうど太陽が雲の後ろから顔を出したことだし、ひとりでエクササイズをするよりはずっと楽しいはずだ。エッタに渡されたトートバッグをかきまわし、リードとフリーズドライのレバー、うんち袋（プープバッグ）を取り出した。一瞬、プープバッグを見て手を止めたが、結局ポケットにねじこみ、リードをクリップで留めた。

ダドリーは散歩の気配を察して勢いよく立ち上がり、ためらうことなく車から飛びおりた。八十センチ近い高さがあったが、何の問題もないようだ。だが歩道を見たとたん、立ち止まって、くんくんとにおいを嗅ぎはじめた。縁石を階段だと思ったのだろうか。エッタの話では、上るのはいやがらないが、おりるのは苦手らしい。散歩中、歩道からおりるたびにダドリーを抱えるのはきつい。何かいい方法はないだろうか。必死で考えていたので、耳もとでいきなり声がして、跳びあがりそうになった。

「ミスター・マッセイですか？　コナー・スタイルズといいます。ロス市警のコンサルタントをしています。ミスター・ダンストの件で、お話をうかがいたいのですが」

「知っていることはもう全部、きのうハント署長に話しましたよ」ジェイが抗議した。

「実は、新たな情報が入りまして。ぜひお力をお借りしたいのですが」

「そうですか。だったらしかたがない。引っ越しの最中なんで、散らかっていますが」

ダドリーはわたしが歩道を上がったりおりたりするのに、うれしそうについてきた。どうやら、段が一つだけなら問題はないらしい。途中何度も鼻をひくつかせ、初めて来た場所の探検を楽しんでいる。ごほうびにレバーをひと掴みあげながら、周辺をぶらぶらと散歩した。

「前置きは抜きで、本題に入らせてもらいます」コナーの声が聞こえた。「アーネストがどうやってデータのバックアップを取っていたかご存じですか？」

「たしか、大事なデータは全部外付けのハードディスクに落としていましたね。クラウドのセキュリティは信用できないとか言って。パソコンは一台をゲームとネット用に、もう一台を仕事用に使っていて、そっちはハッキングされないようにオフラインにしていたと思います」

「USBについては何かご存じですか？」

ダドリーには、USBなんかどうでもいいようだった。フェンスの支柱に乗っている赤毛のネコのことが、気になってしかたがないらしい。彼をにらみながらネコがシューッとうなると、ミャオを思い出したのか、いきなりその場から逃げだした。

「ああ、それだったら」ジェイが言った。「以前はバックアップの予備としてUSBを使っていましたね。もちろん全部というわけにはいかないから、本当に大事なデータだけですけど。でもそれは広場恐怖症になる前のことです。そのあとのことはわかりません。だってつねにハードディスクのそばにいるわけでしょう。必要がないと思ってやめたかもしれない」

「当時はUSBをどこに保管していましたか？」

「財布だったかな？　初めはポケットに入れてたけど、洗濯機でダメにしちゃってね。あのときはずいぶん落ちこんでいたな。USBも当時はそれほど安くなかったし」

「なるほど。お話を聞けてすごく助かりました。やっぱりこちらにうかがって良かった。ありがとうございます」

いいえ、ちっとも良くない。ダドリーはさっきからしゃがみこんでいる。うんちタイムのようだ。初めての経験に、わたしはびくついていた。プープバッグって使い捨てだっけ？　そのまま埋めちゃっても生分解されるのかしら？　中身が重いと破れたりしないの？

「なんでそんなにUSBが気になるんですか？」

「アーネストが最近調べていたことがわからないんですよ。ハント署長からも訊かれたと思いますが、どうです？　その件で思い当たることはありませんか？」

「実はぼくも、警察に訊かれてからずっと考えていました。それで、関係ないかもしれませんが、最近彼のパソコンで、〈アプテック〉という名前を見たのを思い出したんです。ぼくたちふたりとも、以前はそこで働いていたんですよ。というより、そこで知り合ったんです」

「いつのことです？　画面でその名前を見たのは」コナーの声が鋭くなった。

「一カ月ぐらい前かな？　はっきりとは覚えていませんが」

「〈アプテック〉で働いていたとき、おふたりはどんな仕事をしていたんですか？」

「たいした仕事じゃありません。アプリの開発とか。もう今はないアプリですよ。当時は今とは全然違う会社でした。大手ソフトウェアのメーカーのために、アプリを開発している小さな集団です。今ではアップルのライバルになろうかという大企業になっていますけどね。パールとかいう、スマホ用の新しいOSを開発しているらしいですよ。触れこみでは、画期的だということですけど」

その画期的なOSは、犬のうんちを拾い上げることはできるのかしら。プープバッグが破けないことを祈りながら、ほかほかと湯気の立っている小山のとなりに、わたしはかがみこんだ。なにがそんなに珍しいんだという顔で、ダドリーはわたしを見つめている。「はいはい。わたしは道路でうんちをしたことがないからよ」

ダドリーの瞳は無視して彼のおみやげをすくい、袋に入れて固くひもを結んだ。破れそうにはないが、かぐわしいにおいはしっかり漏れ出ている。ダドリーにひっぱられながら、ゴミ箱を探し始めた。

「ハント署長に、何か言い忘れたことはありませんか？」コナーが訊いた。

「それなんですけど、アーネストの彼女はよく調べたほうがいいと思います。タイミングが怪しいと思うんですよね。共通の趣味も何にもないのに、いきなり彼の人生に飛びこんできたんですから。そしてそれから三カ月もしないうちに、彼は死んでしまった」

わたしは深呼吸をして、こぶしを握り締めるのをこらえた。その拍子にプープバッグの口が開いたら困るからだ。中身がジェイの顔に命中するなら、それも悪くはないけれど。

「なるほど。わかりました」コナーが言った。「では最後に。きのうの昼の十二時半から一時のあいだ、何をしていましたか？」

わたしがアーネストの家で、頭を殴られた時間のことね。

「きのうですか？　その時間に何かあったんですか？」

知らないふりをしているなら、なかなかのものだ。

「質問に答えてください、ミスター・マッセイ」

「ああ、はい。ええっと、引っ越し先のアパートメントの鍵をもらいにいっていたと思います。不動産屋の担当者から。必要なら彼女の連絡先を教えますけど」

「ええ、お願いします」

しっかりしたアリバイはあるわけか。USBについてもずいぶん昔の情報しかわからなかったが、〈アプテック〉という、調査すべき対象が見つかっただけでも、収穫はあったと言っていい。

うっかり小耳にはさんだコメントのせいで、ジェイにはまだ腹をたてていた。だが犯人を見つけるまでは、これからも何度も彼に会わなくてはいけないだろう。それに彼が、とつぜん現れたわたしを怪しむのも無理はないのだ。以前、限定バージョンのゲーム機を買うために、ジェイが店の前に徹夜で並んだと聞いたことがあった。外に出られないアーネストのためだったそうだ。ふたりの絆はきっと、わたしには想像もつかないほど強いのだろう。ジェイがアーネストを大切に思っていたのはわかっている。おそらく、アーネストが彼を想う以上に。

コナーはジェイへの聞きこみを切り上げ、そのあいだダドリーとわたしは、ゴミ箱を探して通りをうろついていた。途中、衣装がはち切れそうなくらい太ったサンタや、Tバックのパンティをはいたふたりの妖精（エルフ）、ヘルメットにトナカイの角をつけ、ハーレーダビッドソンにまたがる大男とすれちがった。だがゴミ箱は、どこにも見当たらない。

コナーの車が見えてきた。どうしよう。わたしはプープバッグを力なく見下ろした。これを車に持ちこんで、コナーが喜ぶとは思えない。グレイハウンドは犬臭くはないかもしれないが、うんちのにおいは普通の犬と同じだもの……。

とそのとき、はたとひらめいた。車に駆け寄り、後ろの窓のワイパーを持ち上げ、プープバッグをその下に挟む。うん、これでよし。近頃にはめずらしく冴えてるじゃないの。満足げなわたしを見て、ダドリーもうれしそうにしている。身を心もすっかり軽くなったところで、ダドリーと一緒に、ぴかぴかの車に乗りこんだ。


だがわたしの運の悪さを象徴するように、〈アプテック〉のCEOに会いに行く途中、雨が降りだした。それも、屋外に三十秒でもいたらびしょ濡れという土砂降りだ。先月十一月に雨が降ったのは――それもぱらぱらと――わずかに二回。十二月に入っても数えるほどで、つまりこんなにしっかりとした雨が降るのはひさしぶりだった。

「ワイパーを動かさないと」コナーが言った。「つぎにゴミ箱が見つかったら、車からおりてあれを捨ててこいよ」

なんだ、ばれていたのね。

黒雲のせいで辺りは暗く、降りしきる雨のせいもあって、ゴミ箱はなかなか見つからなかった。車の列も、なかなかスムーズには流れない。ダドリーは窓が閉まっていてもごきげんだった。コナーはハントに電話をして、激しく屋根を打つ雨音に負けまいと、大声で報告をしている。ジェイからの情報と合わせ、これから〈アプテック〉

社に向かうが、先方で自分と合流するかと尋ねている。だがハントは、自分は署で待っている、あとから報告をしてくれればいいと答えた。たいして期待をしていないのか、それとも、雨のなか出かけるのが億劫なのだろうか。

五十メートルほど先に、ようやくゴミ箱が見つかった。車がじわじわと近づくあいだ、雨がやんでくれないかと祈り続ける。だがもちろん、奇跡はおこらなかった。滝のような雨のなかに出ると、スエードのブーツはたちまち濡れて、靴下もぐしょぐしょになる。すばやくプープバッグを捨て、車内に戻ると、服や髪から水滴が落ち、シートの上に水たまりができた。

コナーは何も言わず、後ろのワイパーを動かし、同時にヒーターをつけた。

そのときわたしの携帯が鳴り、ポケットから取り出した。良かった、水浸しではない。「もしもし?」

「ミズ・イソベル・エイヴェリーですか?」甲高い女性の声だった。「わたしは〈123ニュース〉のキャリー・ウィリアムスです。実は、〝〈ビジリークス〉を創った偉大な男〟という、ドキュメンタリーを作ろうと思っています。これはあなたにとってもすばらしいチャンス——」

「ごめんなさい、興味ありませんので」最後まで聞かずに、電話を切った。

ヒーターの熱風のおかげで服は乾いてきたが、肌はまだじっとりしていた。コナーは途中でジャケットを脱いだが、それでもすこし汗ばんでいる。四十分後、プラヤ・ヴィスタのシリコンビーチにある〈アプテック〉の本社に到着した。雨のせいで渋滞していなければ、半分の時間で着いただろう。

車のなかで三本の電話を受けたが、すべてレポーターからだった。知らない番号からの電話は、これからは留守電にまわしたほうが良さそうだ。

コナーが車からおりる直前、魔法のように雨がやんだ。

〈アプテック〉の本社は、コンクリートパネルとミラーウィンドウでできた、二階建ての目立たないビルだった。コナーの姿が、きれいに磨かれたドアにのみこまれていく。ボタンを押す音が聞こえたから、エレベーターに乗ったのだろう。つづいて、きびきびとした女性の声がした。「ミスター・スタイルズ、CEOのコールマンとのお約束ですね。お待ちになる間、お飲み物はいかがですか?」

「いや、結構」

キーボードをたたく小さな音が聞こえる。待っているあいだ、CEOの写真をグーグルで検索してみた。七三分けにしたストロベリーブロンドの髪、よく日に焼けた顔。肌は赤ん坊のようにつるりとして、中年の男性にしてはすこし違和感があった。カメラに向かってにこやかにほほえんでいるが、アーチ形の眉のせいか、どこか人を小馬鹿にしているようにも見える。

キーボードをたたく音が止まった。「コールマンのオフィスにご案内します。どうぞこちらへ」

ドアの開く音につづいて、男性の気取った声が聞こえた。「ありがとう。ミズ・マッカーシー」画像の男性にぴったりの声だ。「ミスター・スタイルズですね。ロス市警のコンサルタントだとうかがいましたが。どのようなご用件でしょう」

「お仕事の内容についてお聞かせいただきたいのですが」コナーが愛想のいい、やわらかな声で言った。わたしはダドリーと顔を見合わせた。わたしへの態度と全然違うじゃないの。クリスマスのプレゼントに、カーネギーの『人を動かす』を買ってあげようかしら。

コールマンが不自然な笑い声をあげた。「具体的に言っていただかないと。きちんと説明するなら、丸一日かかってしまいます」

「では、はっきり言わせていただきます。アーネスト・ダンストがこちらで探っていたことを教えていただきたい。彼のことはご存じですよね。〈ビジリークス〉の運営者です」

「アーネストですか？　聞いたことがありませんね。ご質問についても意味がわかりません」

「それはおかしいな。すでにわかってるんですよ。あなたの不正について、ミスター・ダンストにリークした人物がこちらの社内にいると」

コールマンはまた笑ったが、予想に反して、今度は本心から笑っているように聞こえた。

「はったりがお上手ですな、ミスター・スタイルズ。でも実際には、何もつかんでいないんじゃありませんか?」

コナーの声が低くなった。「よろしいですか、ミスター・コールマン。先日ミスター・ダンストが殺害された。直前まで、あなたの会社を調査していた。ようするにあなたには、彼を殺害する強い動機があるわけです」

「待ってください。ミスター・ダンストが亡くなった?」コールマンが声を上げた。心底驚いているようだが、何か思案しているようでもある。心のなかで、チェスの駒を動かしているのだろう。このポーンを取り除いたら、ゲームはどう展開するのかと。

「たった今、ミスター・ダンストなど知らないと言いましたよね」

「ああ、そうだが――」

「今後のゲーム展開を考えてみましょう。一つ目は、〈アプテック〉の不正について、わたしがマスコミにさりげなく伝える。おそらく大喜びで食いついてくるはずです。新聞でもテレビでもトップニュースになるでしょうね。アーネスト・ダンストがあなたの会社を調べていた理由も、あることないこと書かれるでしょう。事実かそうでないかには関係なく。ただし、おとなしく警察に協力していただければ、そんな面倒なことにはなりません。それが二つ目の展開です」

「いや、三つ目もある」コールマンが言った。「わたしがきみを名誉棄損で訴えるんだ」

「訴えたければどうぞ。でもわたしは、証拠もないことをでっちあげてまでマスコミに言う必要はない。ミスター・ダンストが〈アプテック〉を調べていた、その最中に殺されたというだけでいい。〈ビジリークス〉と結びつければ、マスコミは好きなように憶測して記事を書くでしょう」

「きみはいったい、どんな証拠を握っているんだ？」

「ミスター・ダンストのパソコンです」

コールマンは鼻を鳴らした。「きみが鎌をかけているのはわかっている。わたしは忙しいんだ。きみの相手をしている暇はない。さあ、出ていってくれ。さもないとガードマンにつまみ出させるぞ」

磨かれたコンクリートの床を、椅子の脚がこする音が聞こえた。

「今日のところはこれで。またうかがいます」

バタンと閉まる音がしなかったので、ドアは静かに閉まるタイプだったのだろう。

コナーがそっと閉めるとはとても思えない。

「〈アプテック〉にお越しいただき、ありがとうございました。ミスター・スタイルズ」先ほどと同じ、きびきびとした女性の声が聞こえた。「良いクリスマスを」

返事の代わりに、コナーのうなり声が聞こえた。気の毒に、秘書の女性は何も関係ないのに。

彼がまもなく車に戻ってきたので、わたしは勢いこんで言った。「コールマンはデータが消去されたことを知っているにちがいないわ。自信たっぷりだったもの。パソコンに証拠なんて残っていないと」

「ああ」

「つまり、彼が指示したってことね。消去の件は、警察も〈ソサエティ〉も漏らしていないはずでしょ」

コナーはシートベルトをしめた。「そうだな」

「それなら、アーネストを襲わせたのも彼だと思う？」殺害という言葉は、まだ使う気にはなれなかった。

「可能性はあるな。だが時間の差が気になるんだ」

コナーはわたしを見つめた。「スクリーンセーバーに関するきみの記憶が正しければ、データが消されたのは八時半から十一時の間ということになる。アーネストが死んでから何時間もあとだ」

「あの朝、スクリーンセーバーが動いていたのはまちがいないわ。でもその時間差については、わたしも気になっていたの。殺人の証拠を隠滅するのに、そんなに長い時間がかかるかしら」

「まず、ないだろうな」

「もしコールマンが背後にいるなら、おそらくプロの殺し屋をやとったわよね。だけどその男が、データを確実に消去するスキルを持っていなかったら？　完璧を期すために、コールマンはITのプロ、第二の人物を雇ったのかもしれないわ。だったら、時間がずれていてもおかしくないわよね」

「うん、いい考えだ。実はぼくも同じようなことを考えていた。二人目の人物として、〈アプテック〉の社員を使ったのではないかと。あの会社には、ITのプロがいくらでもいるからね。問題は、決め手となる証拠がまったくないことだ。もう一度コールマンと対決するには、例のUSBが必要になる」

「アーネストが身に着けていたものは全部調べたのよね？　USBは形やサイズがいろいろだから、うっかり見逃したのかもしれないわ」

「どうかな。ありそうもないが、一応警察に確認しよう。アーネストの部屋も、もう一度調べてみるか。侵入者はあのとき、何もとらずに逃げたと思うんだ。その点は、きみの石頭に感謝しないといけないな」

石頭ってなによ。いちいち余計なコメントをしなくてもいいのに。「でもわたしは手伝えないわ。今度あの家にいるのを見つかったら、確実に逮捕されちゃうもの」

コナーは警察に行く途中、わたしとダドリーをアパートメントの前でおろした。まだエッタの部屋には戻れないから、我が家にダドリーを連れて帰らなければいけない。となると、あの狭い場所でダドリーとミャオが鼻を突き合わせることになる。大丈夫だろうか。まずはミャオの爪からダドリーの鼻を守る方法を考えなくては。

ダドリーは自分の脚で階段を上っていった。助かったわ。彼のマットレスとトートバッグだけでも、結構かさばるからだ。服はほとんど乾いていたが、スエードのブーツは、一段上るごとに、ぴちゃぴちゃと音をたてている。三階まで着くと、頑張ったごほうびとして、ダドリーにおやつをあげた。難敵の階段を制したことで自信がつき、ミャオの前でも堂々としていられるといいんだけど。いじめっ子の前では、びくびくするのが一番いけないのだから。

だが窓からリビングをのぞき、アリスおばさんとヘンリエッタ、オリヴァーが勢ぞろいしているのを見たとたん、ダドリーよりも、自分のほうがおじけづいてしまった。みんなの視線はテレビを向いているから、わたしには気づいていない。

玄関の脇の壁にへばりつき、選択肢を考えた。

その一。大人のレディらしく爽やかに帰宅し、みんなに美味しいランチをふるまう。

その二。ダドリーと自分用に、シンナーの臭いを除去する高機能のマスクを買い、あの三人が出かけるまでエッタの家で待機する。

その三。ダドリーをコルヴェットに押しこみ、ふたりで地球の果てに姿を消す。さっきの土砂降りのせいで大渋滞を起こしているから、そう遠くまではいけないだろうけど。

最後の選択肢が一番魅力的だが、そのためには、ダドリーを抱えて階段をおりなければいけない。いやいや、そんな必要はない。だってこの子は何度も、歩道をおりられたじゃないの。踊り場までダドリーをつれていき、片脚だけ、さりげなくおろしてみた。そう、何てことはないという顔をして。犬というのは、飼い主の態度で状況を判断すると聞いていたからだ。

ところが、ダドリーはだまされなかった。

「おいで、ダドリー。あの恐怖の館に比べれば、階段なんて天国みたいなもんよ」その場にしゃがんで、彼の目をのぞきこむ。「ミャオを覚えてるでしょ？　ほら、あの凶暴なネコよ。あんた、エッタの後ろに隠れて震えていたじゃない」

ダドリーはわたしの顎をなめると、穏やかな茶色の瞳を向けた。必ず守ってくれると、固く信じている瞳だ。相手が悪魔のようなネコだとしても、難攻不落の階段だとしても。

んもう。

「じゃあ、エッタの玄関の前で待っていようか。ソファがあるから」

ソファは雨でぐっしょり濡れていた。

「これじゃあ、しょうがないわね。なんでこういつもいつも、最悪の選択をするはめになるのかしら」ダドリーをひっぱって戻りながら、顔に笑みを貼りつけ、玄関のドアを開けた。「ただいまあ。お昼を食べようかと思って帰ってきたの。これから作るから、一緒に食べる?」

オリヴァーの顔が輝き、ヘンリエッタの顔が曇った。アリスおばさんは、わたし用にキープしてある顔をダドリーに向けた。そういえば、おばさんは動物が大嫌いだったっけ。

「もうランチの時間か。いいね」オリヴァーが言った。「ロスをテーマにしたドキュメンタリーを見ていたんだ。でもぼくは前にも一度見たから、手伝うよ」

わたしはびっくりした。オリヴァーったらどうしたのかしら。愛するヘンリエッタから離れて、料理を手伝うだなんて。そうか。ソファでべたべたしようと目論んでいたのに、アリスおばさんに監視されてがっくりきていたのだろう。たしかに、あの鋭い目つきで見られたら、愛の炎も燃え上がりようがない。

だがオリヴァーがキッチンに来れば、ミャオもくっついてきてしまう。わたしはダドリーを勇気づけようと、彼の前にしゃがんで、背中をやさしく撫でてやった。ところが、ミャオは現れない。「あら、ミャオはどこ？　どこか悪いの？」

「いいや。ぼくの部屋にいるよ」オリヴァーはわたしの横にかがみこむと、ダドリーにあいさつをしてから、声を落とした。「ミセス・スローンがミャオのことが苦手なんだよ。だから、ミャオのほうも同じでさ」

「えっ、そうなの。ネコってふつう、嫌われていようがいまいが、かまわず寄ってくるものかと思ってたわ」

「うーん。ミャオは普通のネコよりずっと賢いからなあ」

「自分の名前をちゃんと言えるもんね。でしょ？」

「そのとおり」

わたしは、つんと澄ましてソファに座っているアリスおばさんを盗み見た。「あなた本当に、彼女が義理の母親になってもいいの？」

「あたりまえさ。どうせ彼女は海の向こうで暮らすわけだし」

わたしはにやりと笑って、彼の肩をたたいた。「まっ、なんて罰当たりなことを言うの」

「それを言うなら、おりこうさんだろ」

そうね。でも残念ながら、女を見る目はないけど。「はいはい。勝手に言ってなさい」

びしょ濡れのブーツをキッチンで脱ぎ、すぐ近くにダドリーのマットレスを敷いた。料理の邪魔にはなるが、この場所ならミャオやおばさんの毒牙にかかることはない。ダドリーは何度かにおいを嗅いでから、マットレスにおとなしく横たわった。車であれだけ寝たのに、まだ疲れているのだろうか。それとも家のなかにミャオのにおいをかぎとって、歩き回らないほうが安全だと思ったのかもしれない。肉弾戦では無理でも、賢さでは案外、ミャオに負けないかも。

ランチのメニューは、マッシュルームとベーコンのリゾットに決めた。いつもはライス・クッカーに材料を放りこんでおくだけだが、今日は片手鍋でじっくり作ることにした。絶えずかきまぜる必要があるため、リビングに行かなくていいからだ。

ドキュメンタリーがちょうど終わるころ、リゾットも出来上がった。「ロスは気に入りましたか？」テーブルにお皿を並べながら、おばさんに尋ねた。彼女が主役の話題にもっていけば、よけいなお小言を聞かずに済む。

「すごくすてきな町よね」おばさんが言った。

おばさんが見ていない隙に、ヘンリエッタがオリヴァーと意味深な笑みをかわした。

「でも、あなたの恋人が亡くなったと聞いてびっくりしたわ。かわいそうに」おばさんのじっとりした視線を感じる。「ほら、あなたったら全然言わないから」

手に持ったスプーンが宙で止まった。「せっかく来てくださったのに、そんな暗いニュースで台無しにしたくなくて」

「馬鹿なこと言わないで、イソベル。ロスにはあなたを励ましにきたのに。ねえ、ヘンリエッタ？」

「ええ、そうよ」ヘンリエッタはうなずいたが、すぐにわたしと目を合わせ、小さく頭を振った。ママったら、うそばっかり。

「あなたはとにかく男運がないから」おばさんは続けた。可愛い娘の裏切り行為にはまったく気づいていない。「最初はほら、女の子の下着を片っ端からぬがせちゃうような男にひっかかったじゃない。で、そのあとせっかく、強くて真面目な男性を手に入れたのに、たいした理由もなく別れたんでしょ？　それでようやく、なんていうか、安心できる男っていうの？　浮気してあなたを捨てることは絶対にないような男性とめぐりあったのに、その人が殺されちゃったっていうじゃない」おばさんは首を振った。「それで、彼の葬儀はいつなの？」

わたしはおばさんの顔をまじまじと見たが、馬鹿にしている感じはまったくなかった。「水曜日です。でもわざわざ来ていただくことはありません。せっかくの休暇ですもの。それにアーネストに会ったこともないわけですから」

アリスおばさんは大きなため息をついた。「なに言ってんのよ。大事な姪の恋人じゃないの。葬儀にはもちろん参列しますよ」この件はこれで終わりという、きっぱりとした口調だった。

「わかりました。ではそのように。ありがとうございます」

おばさんにだけは、参列してほしくなかったのに。きっとわたしの服やメイクにけちをつけるだろう。それに葬儀のプランにわたしが関わっていたと知ったら、式全体にも文句をつけるに決まってる。だけどこうまで言われて、断れるわけがない。

そうでなくても、葬儀の日が来るのが不安でたまらなかった。大勢の人に向けて、悲しみに暮れる恋人のふりをしなければいけないのだ。自分で言うのもおかしいが、詐欺行為だとしか思えない。思えば、アーネストと一緒に過ごした日々は、ロスに来てから一番穏やかで、しあわせな時間だった。〝恋人同士〟ではあったが、お互いそんなふりをしなくても、うそいつわりのない心でつきあえたと思う。できるなら、その気持ちのままで彼の死を悼みたかった。彼もきっとそれを望んでいるはずだ。

「エッタとさっき話したんだ。ぼくたちも参列させてもらうよ」オリヴァーが言った。

うわっ、最高だわ。リゾットの鍋で、自分を蒸し焼きにできたらいいのに。ペテン師の最期にふさわしく。

14

袖をまくってお皿を洗いはじめたとき、電話が入った。レポーターからの電話は全部留守電にまわしていたが、コナーからそろそろ連絡があってもいいころだ。アーネストの部屋でUSBが見つかったのかもしれない。だが番号を見ると、エッタだった。携帯を鼻で操作し、スピーカー機能に切り替える。

「どこにいるの?」エッタが訊いた。「そろそろダドリーを連れて戻ってきてもいいわ。朝からずっと窓を開けて、換気扇を回していたから」

お皿の山と、ダイニングの三人組に目をやった。アリスおばさんが自分の驚異的な射撃テクニックについて、楽しそうに話している。「すぐに行くわ」

ノックをした瞬間にドアが開いて、エッタがダドリーへまっすぐ突進してきた。

「おかえりダドリー! あんたがいなくて寂しかったわ。いい子にしてた?」

ダドリーは、振り回したティータオルのようにして、わたしの太ももをしっぽでひっぱたいた。見れば、とがった鼻の先からしっぽの先まで全身を震わせ、あふれんばかりの喜びを表現している。

感動の再会をながめながら、どっちでもいいからわたしの存在を思い出してくれないかと、辛抱強く待った。

エッタがようやく顔を上げた。「あら、イジー。ダドリーを預かってくれてありがとう。お茶でも飲んでいって」彼女はファーの縁取りがついた赤いコートと、淡い茶色のニーハイブーツという暖かい格好をしていた。室内の寒さに加え、ダドリーから何度もキスを受けたせいで、頬が赤く染まっている。

「今日はどうだった?」彼女について室内に入ると、窓は全部開け放してあるのに、ペンキの臭いがぷんぷんしている。ジェイの家を訪ねたときと同じ臭いだ。

「順調よ。まだ下塗りが終わっただけなんだけど、すごく上手なの。明日の仕上げは半日ぐらいで済みそうね。わたしがいなくても平気だと思うから、ダドリーと一緒に出かけるつもり」

なあんだ。実を言うと、ダドリーの子守りが思いのほか楽しかったのだ。でもエッタには黙っておこう。借りを作ったと思わせておいたほうがいい。まだすこし、アーネストのことを秘密にしていたのを怒ってるみたいだから。

「ペンキを塗った部屋を見せてくれる?」わたしは言った。

「ええ。まずはベッドルームとバスルームを見てちょうだい。ここに引っ越してきたいたの」

ときに塗り替えたんだけど、もうちょっと淡い色にすればよかったとずっと後悔して

「けっこうお金がかかったでしょう。自分へのクリスマスプレゼントはダドリーなん

でしょ。だったら、このリフォームは何になるわけ？」わたしはからかった。

「自分への二つ目のクリスマスプレゼントよ」

なるほど。

ベッドルームに入ったとたん、目をみはった。わたしの部屋と同じ造りのはずなの

に、インテリアを変えるだけでまったく別の部屋のようだ。

ペンキを塗ったばかりなので、家具はすべて壁から離されていたが、それでも全体

像はつかめた。部屋の中央に置かれたクイーンサイズのベッドは、チャコールグレー

の無地の枕が二つと、真っ白な羽毛布団でシンプルにまとめられている。ベッド脇の

テーブルには本が数冊置かれ、反対側には、大きな白い大理石のプランターがあって、

生き生きとしたスパティフィラムが育っている。全体としてはモダンなテイストだが、

足もとに敷かれたフェイクファーにより、エレガントな雰囲気が加わっていた。

セクシーな行為に必要なグッズはどこにも見当たらなかったが、ペンキ職人への配

慮から、クロゼットにしまってあるのかもしれない。

「ペンキはもう乾いてるから、触っても大丈夫よ」エッタは言った。「でもやっぱり

臭うでしょ？　今夜はリビングで寝たほうがいいわね。ね、ダドリー？」

わたしはようやく、壁に目を向けた。淡いグレーに塗られているが、その下の濃いグレーが、ところどころ透けて見える。なあんだ、きれいに塗れていないところがあるじゃない。まだ下地だからいいんだろうけど……。ん？　下地？

そのときとつぜん、データを消したのが誰なのかわかってしまった。

といっても、消した理由はわからない。

急いで紅茶を飲み干してエッタの家を出ると、コナーに電話した。「ジェイ・マッセイだと思うわ」

「え？　ジェイ・マッセイがなんだって？」

「データを消した犯人よ」

「ちょっと待ってくれ。初めからわかるように話してくれないか」

「ああ、ごめんなさい」咳払いをしてから続けた。「もしデータを消した人物が殺人犯とは違うにしても、やっぱりタイミングが変だとずっと思っていたの。わざわざまっ昼間にアーネストの部屋に侵入するかしら。誰が入ってきてもおかしくないのに。となると、この家が完全に留守になるときを待っていた、そして殺人犯のおかげで、そのチャンスがめぐってきたってわけ。だけど殺人犯の他に、誰がアーネストの家が留守だってわかるかしら？　ミセス・ダンストか、ジェイしかいないわ。だってアーネストが家にいない、これから探しに行くと、わたしがあのふたりに電話で伝えたんだから」

「うん、そこまではわかった」

「でもミセス・ダンストはありえない。あの時間は、わたしと同じでアーネストを探していたんだから。じゃあ、ジェイはどう？　ミセス・ダンストから聞いた話では、ジェイはペンキを塗っている最中だから、すぐにはアーネストを探しにいけないと言ったそうよ。でもさっき気づいたんだけど、ペンキってまずは下地を塗って、それから仕上げをするでしょ？　それなのに、土曜日にジェイの家に行ったとき、彼はまだ下地を塗っているところだった。つまりアーネストが失踪したとわかった金曜の朝、彼はペンキなんて塗っていなかった、うそをついていたってことよ」

「なるほど。でも――」

「ううん、それで説明がつくわ。他に彼がうそをつく理由がある？　以前〈アプテック〉で働いていたって、自分で言ってたじゃない。つまりコールマンと知り合いで、彼に頼まれたのよ。ジェイはアーネストの部屋の鍵を持っているし、データを消去するスキルもある。それにアーネストが家を留守にすることはめったにないけど、このために連絡を入れてその機会を知ることもできる。条件に全部あてはまるわ」

コナーはしばらく黙っていた。「殺人との関係はどうなんだ？　ジェイはそのことも知っていたのか?」

「そこがわからないところなのよ。ジェイがアーネストの死に関係しているはずがないわ。ふたりの絆は本当に強くて、お互いを自分以上に大切に思っていたもの。ジェイはアーネストが行方不明だと聞いてとまどっていたし、殺されたと知ったとき、絶対に復讐してやると息巻いていたわ」そこで息をついた。「アーネストがいないと知ったときには、ミセス・ダンストもジェイも、彼がまたドラッグに手を出し、どこかをうろついていると思ったみたい。だからジェイは、データを消すチャンスだと考えたのよ。すでにアーネストが殺されていたなんて夢にも思わずにね」

「うん、つじつまは合うな。ジェイがコールマンから金をもらい、データを消したということだな?」

「たぶんね。アーネストはお金持ちでも、あんな安アパートに住んでいた。馴染んだ場所にいるのが気楽だったし、どうせ物欲は全然ない人だったから。だけどジェイは、いい暮らしに憧れていたと思う。彼がアーネストを心から愛していたのはたしかよ。でも今度だって引っ越すわけだし、起業もしたわけだから、資金はいくらあってもいいでしょ。それに最近、いくらかお金が入ったようなの。自分のマーケティング講座がYouTubeですごく売れたって言ってたけど、うそかもしれないわ」

「そうだな。じゃあジェイに会って確かめよう。ちょっとつっついてやれば、すぐに吐くだろう」

夕やみがせまるころ、ジェイの住むユニバーシティー・パークに戻ってきた。一ブロック離れた場所に車を止め、コナーがジェイの家に向かう。わたしはヘッドホンをつけ、車内で待機した。コナーはUSBを警察やアーネストの家で徹底的に探したが、見つからなかったという。そうなると、ジェイだけが頼みの綱だ。若干こじつけの部分はあるが、ありがたいことにコナーははったりの名人だ。期待していいだろう。

「またあなたですか?」ジェイのいらだたしげな声が聞こえた。「犯人を見つけた報告ならうれしいけど」

「中で話したいんですが。あなたのためにも」

床のきしむ音に続き、椅子をひいて腰をおろす音がした。

「あなただということはわかってるんですよ」コナーが言った。

「はあ? 何のことを言ってるんですか?」ジェイはまだいらついているようだったが、声は一オクターブ上がっている。

「あなたでしょう。アーネストのパソコンのデータを消したのは。ペンキを塗っているとミセス・ダンストにうそをつき、アーネストの部屋にスペアキーで入ってデータを消したんだ。誰もいないと知っていたから」

「何を――」

「馬鹿なことを言う前に、よく考えたほうがいい。たとえ殺人事件に関係がなくても、ここでうそをつくと、司法妨害で罪に問われることになります。あなたは刑務所でうまくやっていけるタイプには見えない。もちろん、殺人にからんでいるなら、データを消した件についても黙っていたほうがいいですが」

三十秒が経過した。

「な、なんでわかったんだ？　アーネストの部屋には監視カメラがついていたのか？」コナーが口調を変えた。「コールマンとの取引で、何をやると言われたんだ？」

ジェイが吐き捨てるように言った。「現金で十万ドルだよ。でもその金が欲しくてやったわけじゃない、本当だ。十万ドルもらったって、アーネストを裏切ったりするもんか」

十万ドルですって？　それだけあれば、わたしは借金を全額返済できる。オーストラリアにも帰れる。うそや陰謀がうずまく世界からも、殺人事件からも遠く離れた場所へ。愛する人たちとも一緒にいられる。エッタやオリヴァー、ミャオやダドリーと別れるのは寂しいけれど。ええっと。わかった、認めるわ。コナーとも別れたくはない。

「それなら、なぜ裏切ったんだ？」

「彼の命を助けたかったんだよ！　だからとにかく必死だった。でもたぶん、消すのが遅すぎたんだろうな。だからその前にアーネストは……。いや、そうじゃない。事件の背後にいるやつは、初めから彼を生かしておくつもりはなかったのかもしれない」

「説明してくれ」コナーが迫った。「コールマンは殺しとは関係ないのか？」

「たぶんね。コールマンの申し出を断ったあと、小包が届いた。中身はプリペイド携帯で、メモが付いていた。アーネストに生きていてほしいなら、彼のパソコンのデータをすべて消去し、作業を終えたらその携帯でメールを送れと。そのあとで、携帯を処分しろとね」

「それはいつのことだ？」

「十日ほど前だよ」

「コールマンの申し出を断ってからどれくらいあとだ？」

「二、三日かな」

「じゃあ、その携帯もコールマンが送ってきたんじゃないのか？」

「いいや。彼はああいうやり方はしない。彼の場合、まずは狙った相手を、こっそり品定めする。その結果、自分の意のままにできるタイプだとわかると、上手に利用する男だ。そうやってCEOにまでのぼりつめたんだよ。そうはいっても、威嚇するわけじゃない。使うのはムチよりアメなんだ。つまり、コールマンの欲しいものを差し出せば自分の得になると、相手に思いこませるのが上手なんだよ。だから彼が、殺害をほのめかして脅迫するとは思えない」

「じゃあどうして、小包の脅しが本物だと信じたんだ?」

息をひゅうっと吸いこむ音が聞こえた。

「小包には――」ジェイの声が震えた。「指も入っていたんだ。人間の指が」

「それがアーネストの指だと思ったのか?」

「いや。彼に電話をしたら元気だったからね。でもここまでされたら、相手は本気なんだと信じるしかないじゃないか」

「なぜアーネストに言わなかったんだ?」

「言ったよ。でも彼は気にしなかった。というより、かえって自分がしていることは正しいと確信し、なにがなんでもやりぬこうと決意してしまったんだ。だけどぼくは、どうしても止めたかった。不正なんて、一つぐらい見逃してやってもいいじゃないか。それで死なずにすむんだったら!」ジェイは鼻水をすすったあと、すぐに咳きこみはじめた。号泣しているのだろう。「だけど……結局は殺されてしまった」

わたしはジェイに申し訳なく思った。残酷なサイコパスのように、彼の悲しむ姿を陰からこっそりのぞきみているような気がしたのだ。それだけじゃない、ジェイがお金のためにアーネストを裏切ったのではと思ったり、わたしを疑う彼に苛立ったことも申し訳なく思った。今回の件で、彼はどれほど自分を責めたことだろう。何か違う行動がとれたのではないかと。そして残りの人生をずっと、そうした後悔を抱えて生きていかなければいけないのだ。

「どうしてもっと早く、言ってくれなかったんだ？」コナーの声には、同情のかけらも含まれていなかった。

ジェイはまだすすり泣いている。「実際にデータを消したのはぼくだからだよ。そうなると、殺人犯だと疑われてもおかしくないだろ？　プリペイド携帯も脅迫のメモも、アーネストが行方不明だと知る前に処分してしまったから、証拠は何も残っていない。どうしたらいいかわからなくて、ずっと苦しんでたんだ。だから今朝あんたが来たとき、チャンスだと思った。コールマンを疑うように仕向けてやろうと。彼が殺人を実行するとは思えないけど、何かの形でからんでいるかもしれないから。だって他に、ぼくに何ができるっていうんだ？」

コナーにも考えるところはあっただろうが、口にしたのはこれだけだった。「小包の中身はどう処分したんだ？　携帯とか指とか。具体的に教えてくれ」

「携帯は指示されたとおり、細かく砕いていくつかの側溝に分けて流したよ。そのあとで、アーネストが死んだと聞いたんだ」

もし今朝の大雨がなければ、回収できたかもしれない。だが今はもうどこかに、流されてしまったことだろう。

「証拠として取っておくべきだと、わかってはいたんだ。でもあんなのを……人間の一部をとっておくのは我慢できなくて――」

「臭いがひどかったのか？」

「いや、それはなかったけど、同じ屋根の下で寝るのはどうしてもいやだったし、警察に行くのも怖かった。どこかのゴミ箱に捨てることも考えたけど、それはまちがっているような気がしたんだ。指の持ち主を冒瀆(ぼうとく)するような気がして。だから封筒に入れて、警察に送ったんだよ。ぼくちだとは思ったけど、それを手がかりにして、警察が犯人を捕まえてくれるんじゃないかと期待してね」

「それはいい判断だったな。最後にひとつ教えてくれ」

わたしはどんな質問かと、息をつめた。

「データを消したわけだから、結局きみはコールマンから現金を受け取ったのかい？」

ジェイはまたすすり泣きをはじめた。「ああ、受け取った」

通りを歩いてくる人影が見えた。コナーだろう。だが街灯はいくつかあるものの、周辺はかなり暗く、確信はできない。息を殺し、バッグのなかでテーザー銃を握りしめる。彼の顔がはっきり見えたところで、ようやくほっと息を吐きだした。

指が送られてきたという話を、聞いたせいもある。その指を切り落としたのと、わたしの頭を殴ったのは、同じ人物だろうか。

わたしの心を読んだのだろう、車に乗りこみながらコナーが言った。「今夜もうちに泊まったほうがいいな」

「ええ」即座に答えたあとで、すこし決まりが悪くなった。臆病者だと思われたにちがいない。「でも本当に、そこまで危ないかしら?」

「きみの安全を守るには、それが一番だろう」エンジンがかかり、車が発進した。

「だけど、テーザーも催涙スプレーも持ってるわ。アルバートのことだって自分でなんとかできたわけだし」アルバートというのは、強力なレイプドラッグを使ってわたしを襲おうとしたストーカー男だ。あのときはテーザーで彼の動きを封じ、その隙にエッタの家に逃れ、警察が来るのを待った。

コナーがわたしをちらりと見た。口もとが結ばれているから、怒っているのだろう。

アルバートの件をもちだしたのはまずかっただろうか。「あいつはきみに怪我をさせようとか、殺そうとは思っていなかった」

「でもハルクは」わたしは指摘した。

「ハルクだって、きみを脅すために雇われただけで、殺すつもりはなかっただろう。

きみの代わりに、オリヴァーやミャオを痛めつけることもなかったしね。こっちも顔を知っているから、それなりに警戒もできた。だが今度の相手は、まったく予測がつかない。人間の身体をぶった切ることも平気なやつだとわかっている。それどころか、すでにアーネストを殺した可能性もあるんだ」

ようするに、めちゃくちゃ危険だということね。「そうね。ただ確認したかっただけなの。今回は仕事の一環でもないのに、あなたの家に泊まって面倒をかけたら悪いと思って」

「そんな心配はいらない」信号が赤になり、コナーが顔を向けた。「本当だよ。実を言うと、きみがいなくて寂しかったんだ。ほんのすこしだが」

信号が青に変わると同時に、わたしの頰は赤く染まった。わたしに会えなくて寂しかった？　コナーが？　信じられない。

たしかに前回、事件解決に向けて一緒に奔走したときは、彼とのあいだに絆のようなものを感じた。だがそれは、〈ソサエティ〉の仲間の生死にかかわる調査だったからだ。個人的な関係にかぎれば、彼はぎりぎりの線で、わたしの行動に目をつぶっていた印象だった。

コナーが指定したスタイリストのおかげで、カジュアル一辺倒だったわたしも、それなりにセクシーな女に変身したとは思う。だが聞きこみに向かうロングドライブのあいだ、彼はプライベートな話は極力避けていたし、帰りの車では、わたしをおとなしくさせるため、睡眠薬まで飲ませようとしたのだ。

咳払いをして時間をかせいだが、返す言葉が何も思いつかなかった。ジョークで言い返して、彼の思いきった告白を笑い飛ばしたくはない。そうかといって、真剣な言葉を返す心構えもできていなかった。

もう一度咳払いをした。「わたしも認めなくちゃいけないわ。あなたがいなくて寂しかったのは、エッタだけじゃない。わたしもやっぱり寂しかったの」

うそではなかった。完全無欠な姿に隠された本当の彼を、ふとした拍子に目にするのが楽しみだった。クールな表情をごくたまにくずし、喜怒哀楽を表現する彼を。我が家のぼろぼろのソファに座って、うれしそうにミャオを撫でている彼を。落ちこんでいるわたしを、不器用ながらもなぐさめてくれたやさしい彼を。催涙スプレーやテーザーの使い方を、本気で教えてくれた熱い彼を。そしてあのキス。同僚の命が助かったとわかり、高揚感を分かち合ったときのあのキス。

ごくりと生唾をのみ、エンジンの音と一緒に自分の気持ちを押し流した。どうしよう。彼の家に泊まることが、ますます気まずくなってしまった。

ビバリー・ヒルズの彼の家へ向かうあいだ、ふたりはずっと黙りこんでいた。

コナーもあのキスのことを思い出しているのかしら。

つぎに会話をしたのは、夕食の席についてからだった。マリアはすでに帰っていたが、トマトと白いんげんのトスカーナふうスープ、極上のガーリックトーストが用意されていた。わたしはすばらしい料理と赤ワインに勇気づけられ、コナーに訊いてみた。「それで、なんでわたしに会えなくて寂しかったの?」

コナーは空の皿に目をやった。「きみが豪快に食べまくるのを見られないことかな。ぼくの財産を食いつぶす勢いでね」

期待に応えようと、さらにもりもりとほおばりながら言った。「他には?」

「そうだな、きみのすぐれた毒物感知能力をチェックできないのも寂しかった」しまった。すっかり油断して、今日は毒見をしないで食べてしまった。ううん、問題ない。舌、喉、胃腸——消化器系だけでなく、他の感覚もすべて正常だ。「へえ、面白い」わたしは言った。

彼の目がきらりと光った。「それから、ドリップコーヒーを飲むとき、鼻にしわを寄せただろう? あれが見られないのも寂しかったな」

「それを言うなら、コーヒーの件ではまんまとだまされたわ。今でも信じられない」彼はグラスのなかで、ワインをまわした。「そうそう、尻にきみの視線を感じられないのもね」

いっきに頬が熱くなった。「何の話かしら」

「下着の盗難に遭うこともなくなったし」

まずい。きのうの勝利に酔って、バッグに予備を補給するのを忘れていたわ。そうなると、今夜はまた、コナーの下着を失敬しなくちゃ。「はいはい。このゲームはもうおしまいにしましょうよ。デザートは何かしら?」

マリアが準備してくれたのは、ダークチョコレートのブラウニーだった。自家製のヴァニラアイスを添えるよう、メモに指示が書いてある。皿に盛りつけると、いつものパターンで、事件の検討タイムになった。

「ジェイの話をハントに説明して、コールマンの聞きこみにぼくも同行すべきか訊いてみよう」コナーが言った。「それと、例の指についてはハントにまかせよう。指紋が警察のデータベースにあるかもしれない。切り落とされたのが、死後かどうかもわかるだろう」

「そうね、警察ならすぐに調べがつきそうね」わたしはうなずいた。

「いや、ふつうはそうでもないんだ。ロス市警ほどの大所帯だと、身体の〝パーツ〟なんて山ほど送られてくるからね。送った日にちをジェイが覚えていて助かったよ。悪臭はしなかったということだから、防腐処理がされていたか、切り落とした直後だったかのどちらかだな」

わたしはスプーンをおろした。

「ああ、すまない。食事の席で」

「うーん、いいの。でもデザートは遠慮しておくわ」アイスクリームが溶けてしまうのは悲しいけれど。

「コールマンのほうだが、ジェイに現金を渡したことは認めないだろう。今のままでは、殺害についても問い詰めるのは難しい」

そのとおり、コールマンにはまたうまくかわされそうだ。

「それと、USBがらみの脅迫メールにも返事を出したほうがいい。さらにエスカレートする前に」

エスカレート？　もっと危ない脅しがくるってこと？　「あのメールを送ってきたのはコールマンかしら」

「いや、違うと思う。ジェイが言っていたように、彼はああいう荒っぽい脅しはしないだろう。アーネストの家に侵入して、きみを殴ったとも思えないな」

「じゃあ、返事のメールはどうしたらいいの？」

「USBを見つけた、たたき割って処分したと書けばいい」

そんなことで相手は納得するかしら。「証拠を求められたら？」

「壊している映像を適当に送ればいいだろう。でも前にも言ったように、壊す前にコピーをとったとしても、相手に知る方法はない。不安に思いながらも信じるしかないわけだ。ジェイのときと同様にね」

「ジェイを脅したのと同じ相手かしら？」

「どうかな。だが手口も目的も、ほぼ同じだ」

「だけどわたしのところには来てないわ。あの……例の指は」自分で言いながら、身震いした。

コナーは平気な顔でアイスクリームの最後の一口をすくった。「きみへの脅しは、もともとの計画にはなかったんだろう。できれば自分たちで、USBを取り返したかったにちがいない。きみが邪魔に入らなければね」

「ということは、ふだんから人間の指をキープしているわけじゃないのね。それはいいニュースだわ」

コナーの唇の片端が上がった。ほほえんだつもりだろう。「よし、わかったらメールを送るんだ」

言われたとおりの文章でメールを送った。「で、つぎは？」

「もう寝ようか。きのうはいびきをかかなかったから、今日もぼくの部屋で寝たらいい」

わたしは驚いて、彼を見上げた。何かそれ以上の意味があるのだろうか。「きみへの脅迫は続いている。見守るには、同じ部屋のほうが楽だからな」

この家のセキュリティは完璧だと思うけど。

わたしのベッドマットの上には、お泊まりセット一式が準備されていた。ネイビーの綿のパジャマ、ブリーフ二枚、新品の歯ブラシ。

「マリアに頼んでおいたんだ。きみはどういうわけか、我が家の常連のゲストになりそうだからな」

常連のゲスト？　レヴィが言ったように、トラブルに巻きこまれる天才だという意味かもしれない。だがそうだとしても、胸に熱いものがこみあげてきた。「ありがとう」

「どういたしまして」彼はすこし考えてから、つけくわえた。「そのパジャマより、ぼくのTシャツのほうが断然似合うとは思うけどね」

15

コナーのベッドとは、二メートルしか離れていなかった。不思議なことに、緊張感より安心感のほうが強く、祖母の家に泊りに来た子どものような気持ちだった。ゲストルームでひとり寂しく寝ていたら、レインボー柄の自分の布団で寝たほうがましだと思っただろう。

だがリラックスしていたのは、メールの着信音が鳴るまでのことだった。

『破壊したUSBの形状を説明しろ』

うわあ、まずい。

ナイトランプの薄暗い灯りのなかで、コナーがそのメールを読むために起き上がった。上半身は……は、はだか？　どうしよう、もしかして……。だが心配はいらなかった。瞳の色と同じ、アイスグレーのトランクスをきちんと着けている。

それでも、アスリートのように引き締まった身体を見て、いっきに鳥肌がたった。グラビア雑誌のモデルが、ジムであわてて作ったような筋肉とはちがう。たくましい肩と胸からしだいにせばまっていき、腹筋がいくつにも割れて……。まるでギリシャ彫刻のようだった。違うのは、胸毛があることだけだ。これは苦手な女性も多いが、わたしはまったく平気だった。でなければ、イタリア系の男性とは結婚しなかっただろう。

それにしても、つぎに泊まる機会があったら、別の部屋をリクエストしたほうが良さそうだ。でなければ、彼に襲われるというより、襲ってしまいそうだから。情けない。守ってもらうために泊まっているのに、一番危険な人物がこのわたしだったとは。

翌朝、軽くローストをしたミューズリーにコナーが集中しているあいだ、わたしはその姿をじっと見つめていた。ふたりともきちんと服を着ているから、昨夜のようなおかしな気分にはならない。エスプレッソの香りも、理性を保つのに役立っていた。

『メタリックシルバーのUSBでした』

たった今、脅迫メールにこう返したばかりだった。ごく一般的なUSBの形状を伝えればいい、それで納得をするはずだと、コナーに言われたからだ。

返事はなかったが、そのほうが良かった。『どうもありがとう。脅すのはこれで終わりにするよ』なんていう、ありがたいメールが来るわけがないのだから。

「今日はコールマンに話を聞きに行くんでしょ。ハントも一緒に来るって？」わたしは尋ねた。ハントのことなどどうでも良かったが、何か話していないと、メールのことばかり気になってしまう。

「いや。他にもっとやるべきことがあるそうだ。すごく大事なことらしい」

「大事なこと？　町をパトロールして、西部劇ごっこをするとか？」

コナーは愉快そうな顔をした。「そうかもな」

「例の指に関してはどう？　何かわかったの？」

「まだだ。でも今調べているそうだから、まもなくわかるだろう」

朝からそんなことを。身体のパーツが山ほど送られてくるだけでもぞっとするのに、それを一つずつチェックするなんて、本当にご苦労なことだ。「わたしのアパートメントに立ち寄る時間はある？　服を取ってきたいの」

「それなら、スタイリストに何着かきみの服を買わせておいたよ」

「なんですって？」服を買うのが嫌いな人間にとってはありがたい話だが、素直にそうとも言えなかった。あのスタイリストは、服を選ぶ基準がわたしとはまったく違う。とにかく見た目が第一、ようするにセクシー路線だから、トップスもボトムスもかなりタイトなものを選ぶのだ。あらためて、パジャマを選んでくれたのがマリアで良かったと思った。「なんでよ？」

「今夜も帰れないかもしれないだろ。プレスのためにクリーニング店に駆けこむのは変わっていないという前提だもの。

そっちはあまりよくない。だってそれは、前回彼女と会った三カ月前と、サイズが

ああ、たしかに。「それに彼女なら、きみのサイズや似合う色もわかっている」

面倒じゃないか」

わたしが不安そうにしているのに、コナーは気づいたようだ。「着ていて楽な、カジュアルな服を選んでほしいと頼んでおいた。もうぼくの恋人役ではないからね」

なるほど。以前、彼とシェイズの契約を交わした際、スタイリストをつけるから丸ごと変身するようにと指示された。そのままでは恋人役にふさわしくない、自分の評判に傷がつくというのが理由だった。だがそのせいで、わたしの自尊心に傷がついたのを思い出す。

「ありがとう」わたしは言った。カジュアルな服というのはうれしいが、それはつまり、わたしにセクシーであることを要求していない、ひいては、セクシーな欲望をわたしに抱いていないということだろう。それとも遠回しに、ずいぶん太ったようだから、ゆるめの服を頼んでおいたと言っているのか。

二時間後、コールマンへの聞きこみに向かった。彼の車は相変わらず磨きあげられている。ダドリーのよだれのあとは、魔法のように消えていた。わたしは、ストレッチのよくきいたスリムパンツ、太ももまである若草色のふんわりしたセーター、アン

クルブーツという格好だった。パンツのサイズは、信じられないほどぴったりだ。わたしがどれだけ太ったか、スタイリストは正確な情報を入手したにちがいない。

ありがたい半面、そうとう落ちこんだ。

コナーは〈アプテック〉の本社ビルに入っていき、わたしは車に残ってヘッドホンで耳を澄ました。

「いらっしゃい、ミスター・スタイルズ。きみともう一度顔を合わせるとはね。いったいわたしが何をしたというのかな？」コールマンが尋ねた。いつにもまして、気取った口調だ。

「うそ。わいろ。不正行為。殺人」コナーが言った。「どうです。もっと続けましょうか？」

「あまり面白い話ではなさそうだな。でもまあ、座ってくれたまえ。どうやら長くなりそうだからね」

耳を澄ませていたが、コナーが座る音は聞こえなかった。

「あなたがジェイ・マッセイに、アーネストのパソコンのデータを消去させたのはわかってるんです。十万ドルの現金と引き換えにね」

「おやおや、不思議なことを言うね。現金ならわかるはずがないじゃないか。もらった本人の証言は信用できないし、特に彼は、罪をおかしたわけだろ？」

「別に裁判で、ジェイ・マッセイに証言をさせる必要はないんですよ。ただこの話を、レポーターの耳に入れてやればいいだけです。この手の話はどんどんおおげさになっていきますし、そうなると火消しをするのは簡単ではない、長くかかるでしょう。たしか二カ月後には、パールとかいうOSを大々的に発表する予定なんですよね。〈アプテック〉の社運がかかっていると聞いています。どうです、言いたいことがあれば、今ここで言ったほうがいいと思いますよ」

コールマンがくっくと笑った。「いやあ、実に楽しい。これほどの難敵を迎えるのはひさしぶりだよ。じゃあね、ミスター・スタイルズ。楽しませてくれたお返しに、わたしからも一つ話をしようか」足を引きずる音が聞こえた。「葉巻はどうかな？ああ、いらない。じゃあ、わたしひとりで」

椅子のきしむ音がした。コールマンが背もたれに深く身体をあずけ、デスクに足を乗せたのだろう。

「仮の話だが、たとえば我が社で情報漏洩（リーク）があり、わたしがそれに気づいたとする。つまり、社内の人間が第三者へ極秘情報――もちろん内容的には合法だが――を漏らしたとね。その場合、また仮の話になるが、わたしなら誰かに金を払ってそのデータを消去させる。そして同時に、リークした人間を味方につけるような戦略をたてるだろう」

「どんな戦略をたてるんです？」

「仮の話で？」コールマンが訊き返す。

コナーは不満そうにうなった。

コールマンは楽しんでいるようだった。「たとえば、リークされた情報を知る人物が社内に三人いた場合、その三人と一対一で会って、こう告げるんだ。来年自分は引退する、後任にはきみを選びたいと。ユーザーや株主のこともあるから、パールの発売までは正式な発表はできない、だがそれでも、きみには早めに伝えておきたかったとね」

そこでコールマンは一息入れた。葉巻の煙で輪っかを作ったのかもしれないし、ストロベリーブロンドの口ひげをひっぱったのかもしれない。

「リークした人間はおそらく、ＣＥＯになれると知って大喜びするだろう。そう思わないか？」コールマンが訊いた。

「どうでしょう。不正を止めたい、だまされる人たちを守りたいという思いでリークをしたのなら、そんな昇進話に心を動かされることはないと思いますが」コナーが答えた。

「いいかい、ミスター・スタイルズ。リークするような人間には、正義だとか良心だとかはないものだよ」

なんて言い草なの。今後いっさい、〈アプテック〉の製品は使うもんですか。あ、だけど、ワンコのうんちをすくいあげるアプリを開発したら別だけど。

「この戦略のいいところは、リークが再度起きないようにするだけでなく、リークした犯人も見つけられることだよ。情報を公開させないよう、ばたばたと動くだろうからね。つまり、殺人のような原始的な方法をわざわざ使わなくてもいいんだ。どうだい、これでもわたしが殺人犯だと疑うのかい？」

「リークされたとなぜわかったんです？」コナーが尋ねた。

「それについては秘密だ」椅子がまたきしんだ。「ただ、こういうことだ。リークは発見されるためにある。製品は発表されるためにある」またくっくと笑った。「どうかな。わたしの話もそんなに悪くなかっただろう？」

「ミスター・コールマン。リークした人物の名前を知っているなら、教えてください」

「なぜわたしが教えなくてはいけない？」

「取引ですよ。あなたを誰にも引き渡さないための」やんわりとした脅迫だった。コールマンもわかったはずだ。殺人事件の捜査において、司法妨害や共同謀議の罪には問わない、またマスコミにもコールマンの名前は出さないと。

「わかった。取引しよう」

16

コナーは名前を書いたリストを持って戻ってきた。ジャミソン。マッカーシー。ドーブニー。

「つぎはどうするの？」わたしは訊いた。

「この三人のアリバイを調べよう。アーネストのアパートメントが荒らされた時間の」

「わたしが頭を殴られたときのこと？」

「そうだ。殺害時刻のほうは真夜中だから、しっかりしたアリバイを持つ人間はあまりいないからな。コールマンの話だと、この三人に絞られると考えていいようだ」

「調査チームに調べさせるの？」

「いや。ぼくがそれぞれの容疑者と会って、自分で見極めたい。指を切り落として送りつけるような人間か、目を見ればわかるはずだ」

すごい。自信満々ね。

コナーがいきなり車を止めた。「おや、ミズ・マッカーシーだ」

リストに書かれたひとりで、コールマンの個人秘書だ。彼女の名前はどこかで聞いたことがある。そうだ、コナーが初めて〈アプテック〉の本社に行ったとき、「良いクリスマスを」と声をかけていた女性だ。

コナーが車をおり、彼女のほうへ歩いていった。スモークガラスの窓から、ふたりの様子をうかがう。

ミズ・マッカーシーはクリーニング店のカバーのかかった服をいくつも背負い、ラージサイズのコーヒーをふたつ手に持って、足早に歩いていた。驚くほど小柄で、ハイヒールを履いても百五十センチちょっとだろう。背中のクリーニングカバーのせいで、さらに小さく見える。小さな手に、大きなテイクアウトのカップを持っている姿は、アニメのキャラクターのようだ。わたしに飛びかかってノックアウトをした犯人には、とても思えない。

「ミズ・マッカーシー。きのうお会いした、ロス市警のコンサルタントのスタイルズです。現在捜査中の件で、お話を聞かせていただきたいんですが」

彼女はコナーの肩書を聞いても、すこしも動じなかった。ついでに言えば、ハッとするほどハンサムな彼の容姿にも。「長くかかります？」

「いや、それほどでは。お訊きしたいのは一つだけです。この前の日曜日の午後、十二時半から一時の間、どこにいらしたか教えてください」

「ああ、それなら仕事をしていました。その時間なら昼休みですね。いつもどおり、自宅から持ってきたサラダをクレセント・パークで食べていました」

だからあんなにぎすぎすして、感じが悪いのだろう。日曜日まで働いて、ランチにサラダしか食べないから。

「誰か見ていた人はいますか？」

「ええ、たぶん。いつも公園には人がいますから。でも個人的に知っている人はいません。必要なら公園に行って、適当に訊いてみてください」

「ありがとうございます。あともう一つ」

彼女はコナーをにらみつけた。「質問は一つだけと言ったじゃないですか」

「申し訳ない。でもこれで最後です。ミスター・ドーブニーとミスター・ジャミソンの居場所を知りたいのですが」

「なぜわたしに訊くんです？」

「あなたなら、〈アプテック〉について何でも知っていると思うからですよ」

「まあ、そうですね」彼女の鋭い目つきがすこしやわらいだ。「ドーブニーは商談のため、今はニューヨークにいます。ジャミソンはいつもスケジュール通りに動きますから、ジムにいるんじゃないかしら。朝の八時から九時の間はたいていそうです。リンカーン・ブールヴァードにある〈フィットネス・ファースト〉です。すみません、ほんとにもうオフィスに戻らなくては」

彼女は今回、良いクリスマスをとは言わなかった。それどころか、クリーニングのカバーをひきずらないよう、さらに高く持ち上げ、コナーを振り切るように、ものすごい勢いで歩き去った。

「それで、彼女の目を見て何がわかったの？」車に戻ってきたコナーに訊いてみた。

「あれ以上引きとめたら、ぼくの命が危なかったということかな。ハイヒールのかかとで突き刺され、クリーニングのカバーでくるんで、ごみ箱に放りこまれただろう」

十五分後、コナーは〈フィットネス・ファースト〉に入っていった。全面ガラス張りの窓はスタイリッシュだが、外からジムの中が丸見えだ。プールで泳いでいる人より、デイベッドに横たわっている人のほうがずっと多い。その間を、セクシーなウェイターやウェイトレスがまわり、ドリンクをサービスしている。〈レイジー・ファースト〉に名前を変えたほうが良さそうだ。

コナーが訪ねていったミスター・ジャミソンは、〈アプテック〉の開発担当部長だ。車のなかで、ついさっき調査チームからメールで送られてきた彼の写真をながめた。ひと言で言うと、道ですれちがってもまったく記憶に残らないようなタイプだった。丸顔にもじゃもじゃの眉毛、おちくぼんだ青い瞳。横に広がった低い鼻に縁なしの眼鏡をのせ、中途半端な笑みを浮かべている。自分は無害だとアピールしているようにも見えるが、実際にそうであるかは疑わしい。

トレーニングマシンの電子音に交じって、ハアハアという息遣いが聞こえてきた。きちんとエクササイズに励む会員もすこしはいるのだろう。

コナーがジャミソンを見つけたようだ。自己紹介をしたあとで、いきなり質問を始めた。「この前の日曜日、昼の十二時半から一時の間はどこにいらっしゃいましたか？」

一瞬、間があった。「何の捜査かな？」声からすると、ジャミソンの息遣いは荒くない。日頃から身体を鍛え心肺機能が優れているのか、プールサイドでドリンクを飲んでいる怠け者（レイジー）なのか、そのどちらかだろう。

「それはお話しできないんですよ」コナーが言った。「でも話したからといって、あなたの答えが変わるわけではないですよね」

「ああ、もちろんだ。でも好奇心を持つことは、人間にとって大事なことだからね。わたしの場合は、ビジネスの上でも大事なんだ。好奇心からリサーチへ、そこから技術革新へとつながっていくわけだから。尋ねるのも当然だと思ってほしいな」

「質問にお答えください」コナーの冷たい声が響いた。

「わかったよ。手帳を確認しよう」間をおいて、ジャミソンが言った。「日曜と言ったね。何時だって？」

「昼の十二時半から一時の間です」コナーがいらついた声で言った。

「その時間は、〈カイル＆ヨーク〉の開発部門と打ち合わせをしていたようだ」

　IT企業はみんな、週末も休みを取らないのだろうか。

「場所はどこですか？」

「彼らの本社だ。ヴェニスにある」ヴェニスといってもイタリアではなく、ウエストサイド・LAのヴェニスのことだろう。

「それを証言してくれる人はいますよね？」

「ああ、少なくとも三人はいる。でもどうしても必要でなければ、先方に問い合わせるのはやめてほしい。警察が〈アプテック〉を捜査していると知られたら、我が社のダメージになる」

「お時間をいただき感謝いたします。ミスター・ジャミソン」

　マシンの音や、息を切らす声がふたたび聞こえたあと、コナーが戻ってきた。

「彼の目はどうだった？」わたしは訊いた。

「そうだな。遠くから見ればどこにでもいそうな、毒にも薬にもならない男だ。でも表情を見れば、腹に一物ありそうなタイプだった。なんだかね、〈アプテック〉の上層部は、ソシオパスばかりのように思えてきたよ」

「たぶんそれが、コールマンの選定基準の一つなのよ。ほら、言ってたじゃない。リークするような人間に、良心を持っているやつなんていないと」

「その言葉がまちがっていてほしいと思ってたんだが。残念ながら、リークに関しては、コールマンの戦略は成功したようだな」

つまり、彼の不正は闇に葬られたということだろう。アーネストが命をかけて探り出したことが。

「他にわかったことは？」わたしは訊いた。

「調査チームから連絡が入り、マッカーシーの言ったとおり、CFOのドーブニーがニューヨークにいることがわかった。飛行機とホテルの記録も入手した。土曜日に向こうに到着し、きみが殴られた時間には、ルームサービスを注文していたこともわかっている」

「じゃあ、容疑者からは除外できるわけね」ようするにわたしは、あのげじげじ眉毛か、不機嫌女のどちらかに殴られたということだ。

「そうだな。ジャミソンとマッカーシーのアリバイはきちんと裏を取ったほうがいいが、それは調査チームに任せよう。ただアリバイがうそだとわかったところで、結局は現場にいた証拠が必要になる。ぼくはハントに報告して、例の指の調査を急がせよう」

「わたしはどうしたらいい?」

「うん、食事にでも行ったらどうだ?　腹の虫が元気よく鳴いているぞ」

お腹の虫にはかわいそうだが、ダイエット中だから食事はもうすこし後にしよう。警察に向かうコナーを見送り、ウーバーで車を呼んでミセス・ダンストの家へ向かった。

「まあイソベル、いらっしゃい。さあ入って」ドアが開いたとたん、ミセス・ダンストに抱きしめられた。玄関にある電話が鳴っていたが、彼女は受話器を取ろうともしない。「レポーターよ。あなたも困ってるんじゃない?」

「ええ、ちょっとは」わたしは認めた。実際、この二十四時間のほうが、これまでの一年間よりもたくさんの電話を受けていた。

「いったい世の中はどうなっちゃってるのかしらね。マスコミだって、もっとやるべきことがあるでしょうに。本気で電話線を切ってやろうかと思ってるの」

「アーネストのウェブサイトのせいです。あまりご存じないかもしれませんが、すごく評判がよくて、敬意を払われていたんです。ある意味、セレブと言ってもよかった。だから彼に何が起きたのかを知りたい、放っておけないんです」

「でもあれじゃあ、ただの野次馬じゃないの」

「いえ、知りたいと思ってるのはレポーターじゃなくて、一般の人たちなんです」わたしは言い直した。「しつこく騒ぎ立てているのも、アーネストが人気があったからで」

ミセス・ダンストはティーバッグと砂糖を取りに、食器棚に向かった。

「たぶん、あなたの言うとおりなんでしょうね」彼女は言った。「そんなふうに思ったこともなかったけど」

わたしはマグカップを探し、彼女からティーバッグを受け取って、もう一度彼女をハグした。素性を隠していることで、自分がペテン師になったような思いはいまだにぬぐえなかった。だが偽の立場を利用してでも、彼女の役に立ちたかった。求められているのは、痛いほどわかっていたからだ。

「大丈夫ですか？」わたしは尋ねた。

「ええ、なんとかね。みんながとってもやさしくしてくれるから。困っちゃうくらいにね。でも今はとにかく、明日の埋葬の前に犯人をつかまえてほしいの。そうすればあの子だって、すこしは安らかに眠れると思うのよ。あなたならこの気持ち、わかってくれるでしょ？」

「ええ、よくわかります」わたしは言った。「アーネストは人生をかけて、使命感をもって正義を追求していました。こんなことになるなんておかしいんです」テーブルに移動し、ふたりとも黙って紅茶を飲んだ。

「そうだわ、タッパーを持って行ってもらえる？」ミセス・ダンストが尋ねた。「友だちが届けてくれたの。すごくありがたいんだけど、わたしは食べられそうもないから。食欲がまったくない、何も食べられないということが、みんなわかってないみたいで」

「冷凍したらどうですか？　食欲がないのはあたりまえですけど、しばらくは料理もしたくないはずですよ」こんなときでも、食欲に影響のない自分が情けなかった。それどころか、マフィンやクッキーなど、心を癒やしてくれるようなものが食べたくてたまらなかった。

ミセス・ダンストは立ち上がり、冷凍庫を開けた。隅から隅まで、タッパーが整然と詰められている。「ねえイジー、本当にお願いよ。十年かかっても食べきれないほどあるんだもの。一つでも二つでも、いいえ、最低でも五つは持ってってちょうだい。無駄にはしたくないけど、もし全部食べなくちゃいけないなら、頭がおかしくなっちゃう」訴えるようにわたしを見る。

「わかりました。いくつかいただいていきます」わたしは折れた。「すこしでも食べられそうなものはないんですか？」

彼女は首を振った。

「アイスクリームでもだめですか？　クッキーは？　わたし、クッキーを焼くのが得意なんです」

「そうね。クッキーなら」

「じゃあ、すぐに焼いて持ってきますね」

彼女の顔に小さな笑みが広がった。「そのかわり、タッパーをいくつか持っていってよ」

わたしは声をあげて笑った。「了解です。これで決まりですね」

二時間後、またウーバーを呼んで家に戻った。二つのタッパーを片手で水平に保ち、バッグを探って鍵を取り出す。以前カフェを経営していたのが、こんなところで役に立った。ドアを開けようとして、足もとに小さな包みが置かれているのに気づいた。クリスマスのギフト用ラッピングがされている。エッタからかしら。それとも、オーストラリアの実家からかしら。だが切手も消印もない。黒マジックで、わたしの名前が走り書きされているだけだ。

セロハンテープをはがして包みを開けると、小さなジュエリーボックスが出てきた。わたしにジュエリー？　まさかコナー？　それともレヴィ？　どきどきしてふたを開けたとたん、大きな悲鳴を上げた。

走ってくる足音が聞こえたが、わたしの目は箱の中身にくぎづけだった。

「どうしたの?」エッタの声だった。彼女も息をのんだ。

「まあ、人間の親指じゃない」

しばらくして、彼女が尋ねた。「メモにはなんて書いてあるの?」

「え? メモ?」エッタの言うとおり、ボックスのふたの裏に、メモがピンでとめてあった。

『USBの色が違う。二度とうそをつくな』

「イジー、大丈夫? 顔が真っ青よ。座ったほうがいいわ」

「え、ええ」ジュエリーボックスが震えた。いや、勝手に震えたのではなく、震わせたのはわたしの手だった。

「ちょっと見せてくれ」エッタの声ではなかった。低いがらがら声だ。ちょうど、ハルクみたいな。

巨大な手が、わたしからジュエリーボックスをもぎ取った。助かった。恐怖で指がかたまり、ボックスを放すこともできなかったからだ。感謝をこめて顔を上げると、そこにはハルク——ではなくて、ミスター・ブラックがいた。会えてうれしい相手ではないが、親指よりはずっといい。

「こいつは防腐処理が施されているな」ハルクが言った。いつものように、真っ白なシャツと濃いブルーのジーンズという格好だ。シャツを白と決めているのは、債務者の血液がついた場合、漂白しやすいからだろう。血を見るのが苦手だとは聞いていたが、個人的には信じていなかった。

　だがどちらにしても、切断された身体のパーツを見るのは問題ないようだ。ボックスの中の親指をじっくりながめている。たしかにこの指には、血のあとはついていない。

「どうやら、死後に切断されたもののようだな」ハルクが言って、ボックスのふたをぴしゃりと閉じた。「切り落とす前に、防腐処理が施されている」

　彼がどうしてそこまで自信をもって言えるのかは、知りたくなかった。

　じっとりとした視線で、彼がわたしを見つめた。まるで重い毛布みたいに。ううん、それにセメントのブロックを結びつけたみたいに。「もしかしてあんた、他にも借金をしてるのか？」

　わたしは呼吸をすることに集中した。吸って。はいて。吸って。はいて。深く、ゆっくりと。

「とにかくイジーを中に入れたほうがいいわ」エッタが言った。「誰かに電話しましょうか？」

　吸って。はいて。少なくとも、あの親指は視界から遠ざけられた。

　エッタは玄関の鍵をあけ、中へわたしを押しやった。「携帯を貸して」

言われたとおりに彼女に渡す。

「ああ、コナー？　わたしよ、エッタ。イジーのことで電話したの。彼女の家の玄関の前にね、人間の指が置かれていたのよ。あなた、来てあげたほうがいいんじゃない？」

17

ハルクはわたしのために美味しい紅茶を淹れてくれたが、すぐに帰っていった。指の件で警察が来ると知って、ここにはいたくなかったようだ。ということは、やっぱり脛（すね）に傷……。まあ、そこはあまり深く考えないでおこう。

エッタは彼を下まで送っていった。そういえば言ってたっけ。わざわざ三階の部屋を選んだのは、階段で足腰を鍛えておけばセックスも楽しめる、そうドクターに言われたからだと。彼女好みの男性をエッタが見送りに行くのを見ると、いつもその話を思い出してしまう。

「すこしは元気になったようね」エッタは戻ってくると、わたしに言った。「さっきより顔色がいいわ。このタッパーはしまっておきましょうか？」

「ええ、冷蔵庫にお願い。助かるわ」何かを食べられるとは、とても思えない。いつも飢餓感に苦しんでいる人間にとって、もしかしたらこれは——切断された指を送りつけるというのは、すごく効果的なダイエット方法かもしれない。それにしても、犯人はどこからこうした物を手に入れているのだろう。ミズ・マッカーシーだか、ミスター・ジャミソンだかは知らないけど。

コナーがハント署長とやってきた。ふたりとも厳しい表情をしている。その理由が、人間の身体のパーツを回収しにきたせいなのか、オリヴァーが玄関に貼ったふざけたポスターのせいなのかはわからなかった。

「その指はどこにあるんだ?」コナーが訊いた。

「これよ」エッタが指に向かって大きく腕を振った。優勝賞品を大げさに紹介する、クイズ番組の司会者のようだ。「見たとおり、防腐処理が施されているわ。死後に切り離されたんでしょう」今度は賞品の特徴を説明している。というか、ハルクからの受け売りの知識を得意げに披露している。

「すばらしい」ハントは興味深そうに、エッタに視線を移した。

エッタは見つめられて、しなを作った。まあ、めずらしいこと。彼女は基本的に、二十歳以上年下の男性にしか興味を示さないのに。ハントは十も下じゃないはずだ。

「例の指と、同じ人間のものかもしれないな」コナーがつぶやいた。エッタではなく、親指に注目していたようだ。「肌の色あいがほぼ同じだ。デスクワークの男性だろう」

ハントは指のほうにしぶしぶ視線を戻した。「そうだな。確認するのは難しくないだろう。指の腹、つまり指紋は損傷していないからな」

わたしは唇をかんだ。ジェイに送りつけられた指の身元がわかったのだろうか。だがその件は知らないことになっているから、尋ねるわけにはいかない。

「いつどうやってここに置いたのか」ハントが言った。「このアパートメントに監視カメラはついていないようだが」

「ええ、ありません」エッタとコナーが同時に言った。

「ふだんなら、誰かが外廊下を通ったら気づくんですけど」エッタが続けた。「だけど今日は、ずっと出かけていたんです。わたしの部屋はペンキを塗っている最中だったから。たしかオリヴァーも、留守にしていたわね。あ、イジーのルームメイトのことです」

「そうですか。では目撃者がいないか、聞きこみをさせましょう」ハントはコナーに顔を向けた。「そのあいだ、署のほうでラングレーに話を聞いてみるか。きみは同席するかい？」

いつもと同じく、コナーの顔は無表情だった。「ええ。ではわたしも署に向かいます」

「お見送りしますわ、署長さん」エッタがすかさず言った。

やっぱり。また階段で足を鍛えにいくのね。

ふたりがそろって階段をおりていく。ハントの足取りはゆっくりしているが、つねに周囲に目を光らせている捕食者のような歩き方で、いっぽうエッタは、小鳥のように軽やかな足取りだ。

ふたりの姿が消えたとたん、コナーの視線はわたしに向けられた。表情がやわらいだように見える。「大丈夫か?」

「ええ、まあ。毒を盛られたり、銃で撃たれたときよりはね」無理に笑顔を作ろうとした。

安心させるためだろう、コナーはわたしのすぐ横に腰を下ろした。「クライアントが死んだり、人間の指が送りつけられるほうがましだとは思えない。無理に平気な顔をすることはないんだぞ」

こみあげる涙を、必死でこらえた。「これからどうなるの? ラングレーって誰なの?」

「ああ、それなんだが、すごく運が良かったんだ。ジェイに送りつけられた指の指紋が、データベースにあるものと一致したんだよ。つい最近亡くなった政府の職員のものだった。死亡すると、ふつうはデータベースから削除されるんだが、処理待ちのおかげでまだ残っていたんだ。あと一週間遅かったら危なかったよ」

「どういうこと? 意味がわからないわ」

「彼の遺体は、ある医療教育施設に献体され、地元の医大の授業で使われたんだ。そのあと大学で火葬されたんだが、その火葬の担当者がラングレーだとわかった」

わたしはハッと理解した。「まあ、そういうこと」

「きみも一緒に来て、盗聴器をとおしてラングレーの話を聞くかい？」

ハントはすでに車で去っていたので、わたしはうなずいた。

階段をおりていく途中、エッタと踊り場で会った。「ねえエッタ、署長はあなたには歳がいきすぎてるんじゃないの？」

エッタはわたしの肩をぴしゃりとたたいた。「余計なお世話よ。だいたい、コナーを呼んであげたのはこのわたしよ。まったく、近ごろの若い者ときたら」

「そりゃあ、年齢のわりに署長はいい線いってるけど」わたしは動じなかった。「あいうこわもてタイプが好みだったらね。あ、エッタはそうだっけ」

「わたしに意地悪を言うより、もっとするべきことがあるんじゃないの？」

「あら、赤くなってるんじゃない？」わたしは反撃した。赤くはなっていなかったが、そう言われるのが彼女は大嫌いなのだ。

「赤くなんてなってないわよ」ごくわずかだが、今度はほんのり染まっている。

わたしはにやりと笑った。「じゃあね」

だが愉快な気分は、その一瞬だけだった。あの親指は、しばらく頭から消えそうもない。コナーの車の助手席に落ち着くと、彼が言った。「なんでも質問していいよ、プライベートなことでも。すこしは元気になるんじゃないか？」

彼をまじまじと見つめた。冗談のつもりかしら？　いつもどおりの無表情だが、ハンドルを握る姿は相変わらず美しい。長いまつ毛、ふっくらとした唇、たくましい顎の角度――横顔もまたセクシーだ。

「ベッドでの武勇伝以外に、質問に答える気はあるの？」どこまで本気なのか、尋ねてみた。

彼がこちらをちらりと見た。表情が穏やかになっている。「それ以上に知りたいことがあるのかい？」

ある意味、挑戦的なその言葉を受け、しばらく考えた。せっかくのチャンスだ。尋ねた甲斐のある質問でなくては。「じゃあ、あなたの家族について教えて」その答えはきっと、彼の謎をいろいろ解き明かしてくれるにちがいない。

コナーが何かつぶやいた。〝まずいところをつかれた〟とか、そんなところだろう。しばらくハンドルを指でたたき、なかなか答えない。

待っているあいだ、彼の指が全部くっついているかを確かめた。

ようやく彼が口を開いた。「母は昔、私立探偵だった。今は引退しているけどね」

あら、女探偵ってかっこいい。映画みたいだわ。「依頼を受けて父を調査しているうち、恋に落ちて結婚したんだ。父は陸軍の歩兵で、所属は第二十四歩兵師団だった。

でもぼくが十歳のときに、湾岸戦争で亡くなったよ」

「お気の毒に」

コナーは肩をすくめた。「めずらしいことじゃない。軍にいればね」

そんな平然と言えるようなことではない。だがそれ以上におどろいたのは、つらい思い出を打ち明けられたことだった。無理強いをするつもりはなかったのに。

「母は信じられないほど強い人間で、彼女が悲しんでいる姿を、姉もぼくも見たことがない。父の死後、ぼくたちを育てるために探偵に復帰したが、それだけではなかった。私立探偵のイロハをぼくたちに教えこんだんだ。学校から帰ると、姉と一緒に母を手伝って、簡単な張りこみをやったもんだよ。ぼくはそれがすっかり気に入って、今もこうして事件を追っているというわけだ。姉はエンジニアになったけどね」

「お姉さんはどんな人なの？」

コナーの口調がいきなり明るくなった。「姉はとにかく陽気なんだ。屈託がないっていうのかな。会うたびに言われるよ。おまえはどうしていつもそんなにむすっとしているんだって」

思わずくすくすと笑った。

「そのくせ怒りっぽいんだから、ほんとにいやになるよ。誰かさんみたいだろ」彼はわたしを横目で見た。「じゃあ、質問はあと一つだけ受けつける」

「結婚したことはあるの？」

「いや」

「したいとは思わないの？」

「いや、思わない」

彼はそこで口をつぐんだ。理由を知りたくても、ここまできっぱり言われたら、これ以上訊くわけにはいかない。

それでもこの質問タイムは、驚くほど気晴らしに効果があった。興味があったとはいえ、彼の人生を知ったところで何がどうなるわけでもない。だがそれでも、わずかのあいだでも陰鬱な事件を忘れることができた。不器用だが、これもまた、彼のやさしさなのだろう。

それに彼の家族もすごくユニークなようだから、いつかぜひ会ってみたい。どう考えても、無理だとは思うけど。

18

コナーは警察署を通り過ぎ、一ブロック離れた場所に車を止めた。コナーがおりる前に、その腕に触れて言った。「どうもありがとう」

彼は軽くうなずいて、足早に去っていった。

ひとりになり、ハントのことを考えると、また不安になってきた。コナーの車が警察署の駐車場にないと気づいて、かえって怪しむかもしれない。

「ミセス・ラングレー。署長のハントです。彼はミスター・スタイルズ。今回の捜査に協力してもらっています」ハントの声が聞こえた。「どうして今日、こちらに来てもらったかご存じでしょうか？」

「いいえ。なぜですか？」その声は高く、緊張で震えていた。ふつうの人間ならあたりまえだ。〈アプテック〉のソシオパスたちとは違う。

「あなたは火葬の責任者ですよね？　勤務先の医大の」

「ええ、そうです」声がかれている。このあとたぶん、唇をなめたんじゃないかしら。

「実は、証拠として押収した身体のパーツが、そちらの大学で使用された遺体のものだとわかりました。いったいどういうことなんでしょうねえ？」

「さあ、わたしにはわかりません」

「本当ですか？　これは大変なことですよ。いずれにせよ、お仕事は辞めざるを得ないでしょう。それに、もしうそをついてるなら、人体のパーツを売ったということで、罪に問われます。それだけじゃない、殺人事件の捜査の司法妨害ということにもなります」

「殺人ですって？」ほとんど悲鳴と言ってよかった。

「あなたは殺人の共犯なんですか？　どうなんです、ミセス・ラングレー」

「いいえ、そんな。わたしはただ……」

「きちんと話してくれれば、地方検事には大目にみるように頼んであげましょう。前科はないようですから――」

ハントの言葉が終わらないうちに、彼女は降伏した。

「手伝いを強要されたんです。選択の余地はありませんでした」

「誰にです？」

「エレン・マッカーシーです。浮気をしたのを夫にばらすと脅されて」ラングレーはすすり泣いた。「たった一回きりなのに。それも何年も前、大学時代のことです。それなのに、おとなしく渡さないなら、家庭をめちゃくちゃにすると」

「何を渡せと？」

「指を五本です。何に使うのかは言いませんでした。それにわたしは売ったわけじゃありません。ええ、そんなことするもんですか！　だけど断るわけにはいかなかった。どうしても結婚生活を守りたかったんです」

わたしは胸がむかむかしてきた。最初はジェイ、そしてつぎはラングレー。マッカーシーは相手を追い詰めるのがとんでもなく上手だ。選択の余地をいっさい与えない。たしかにコールマンの後任にふさわしい。

数時間が経ち、コナーとハントはふたたび取調室にいた。わたしはそろそろお尻が限界にきていたが、ハントと同じ部屋にいるよりは、はるかにましだった。それにしても、自分がノックアウトされた相手が、そしてジェイとわたしがおびえていた見えない敵が、あれほど小柄なマッカーシーだったなんて。もうけっして、クリスマスプレゼントをわくわくした思いで開けることはできないだろう。

だがあんなことはきっと、マッカーシーにとってはたいしたことではないのだ。これまでの経緯を考えれば、彼女がアーネストを殺したのはまちがいない。どういう理由かはわからないが、アーネストに〈アプテック〉の不正をリークし、そのあと急に気が変わって、彼の口を永遠に閉ざすため、殺害したのだ。

人の命を気軽に奪うなんて、どういう人間なのだろう。そしてどうやって、あの廃屋にアーネストを引っぱりこんだのだろう。

「ミズ・マッカーシー、ご自分がどういう状況にあるか、さすがにおわかりですよね」ハントが口を切った。「ずいぶん頭が切れる方のようですから。あなたの自宅とオフィスを、今警察が捜索しています。まもなく見つかるでしょう。ミズ・エイヴェリーを脅すのに使用したプリペイド携帯、彼女が殴られた現場から押収したのと一致する髪の毛、その他もろもろがね。指のことも、あなたの友人のミセス・ラングレーが証言しました。それに、アーネスト・ダンスト殺害の数日前に、ミスター・マッセイを脅していますよね。データを消去しなければ、ミスター・ダンストの命はないと」

マッカーシーの冷静な声が聞こえた。「わたしはアーネストを殺してなんかいないわ」

ハントの口調は、冷静というより冷ややかだった。「残念ですが、とても信じられませんね」

「たしかに脅迫はした、それは認めるわ。でもそれだけよ」

「口先だけの脅しだったら、ふつうは人間の身体のパーツなど送りませんよ」

「いいえ。ただの脅しだからこそ、送ったのよ」彼女は反論した。「わたしは何年も、コールマンのやり方を見てきたわ。そして他人を支配するには、相手の信頼を勝ち得ることだと学んだの。つまり、自分は大事にされていると思わせれば、相手は喜び、何でも差し出してくる。だからコールマンはライバルのことを調べつくし、彼らの信条や弱点を知り、そのうえで上手に懐柔してきた。でも残念ながら、わたしにはそうした時間も知識もない。だから指を送りつけたのよ。この脅しが本気だと信じこませるために。この方法は、むしろ称賛されてもいいんじゃない？　殺人よりずっと残酷じゃないもの」

「ミズ・マッカーシー、今のままでは、あなたは確実に刑務所行きですよ。ミスター・ダンストを殺していないのなら、最初から全部話してください」

「あのねえ、わたしは警察なんて全然怖くないのよ。でもいいわよ、話すわよ。あなたに脅されたからじゃなく、話したほうがわたしにとって有利だから」

「それはありがたい。ぜひお願いします」

ミズ・マッカーシーはわざとらしく鼻を鳴らし、口を開いた。

「わたしは九年間、コールマンに奴隷のようにこきつかわれてきたわ。スケジュールの調整やメールの代筆はもちろん、お尻を拭いてやる以外はなんでもやったわね。ビジネスの細かいリサーチだって、全部わたしがやってきた。彼が取引や社内会議でも優位にたてるのは、すべてわたしのおかげといってもいいほどよ。だけど彼は、わたしの功績をほとんど認めず、自分ひとりで成功をおさめてきたような顔をしている。ライバルたちには目を光らせているのに、わたしには目もくれない。便利なＡＩロボットだとでも思ってるんでしょう。わたしはね、あの男のそういう態度にほとほとうんざりしていたの。だから彼がまた悪事をたくらんでいると知って、考えたわけ。その不正をアーネストにリークして、コールマンの王国が崩壊するのをゆっくり見物しようとね」うわあ、なんてドラマチック。指を送りつけたり、彼女はなんでも派手に演出するのが好きなのだろう。

「どうやってアーネストを知ったんです？」ハントが尋ねた。

「彼が〈アプテック〉で働いていたころから知ってるわ。すごく優秀なのはわかっていたから、辞めたあともずっとチェックしていたの。告発サイトのことも当然知っていたし、それが信頼できることもわかっていた。だからリークするなら、彼しかいないと思ったわ。ところがその十日ほどあと、コールマンに呼び出されてこう言われたの。わたしが〈アプテック〉の経営を担っているのも同然なのはよく承知している、来年度の末に引退するときにはわたしを後継者に選ぶとね。だからリークした情報を、アーネストから取り返さなくてはいけなくなったの」

「〈アプテック〉の企業価値はどれくらいなんです？」ハントが訊いた。

「三億ドルよ」

「殺人の動機としては、充分に思えますが」

「待ってよ。わたしはアーネストを殺す必要はなかったのよ。データを取り返すだけでよかったんだから。それを自分で何重にもチェックし、すべてが真実だと確認しようとしていたわ。だからこそ、彼のサイトは信頼性がどこよりも高いのよ。だけどそのおかげで、〈アプテック〉に関する告発記事はまだ仕上がっていなかったの。つまり、まだ交渉の余地はあった」

「それならなぜ、アーネストを殺すとマッセイを脅したんです？」

「ジェイを脅すには、それが一番だからよ。彼はアーネストを心から愛していた。わたしはとても慎重だから、わたしのデータだけでは満足していなかった。彼はとても慎重だから、いろを使ったところで、親友を裏切るとは思えなかった。たとえ、自分の命をおびやかされてもね。でも大事な親友の命を守るためだったら、ためらうことはないとわかっていたわ」一瞬、静かな間があった。「あら、そんな顔でわたしを見ないでよ。アーネストが殺されると知っていたら、あんな脅しかたはしなかった。だってわたしが疑われてしまうもの。そうでしょ？」

「なぜマッセイに、USBも破壊させなかったんです？」

「あれはもともと、わたしの物なのよ。あのUSBの情報だけは、なにがなんでも公開を食い止めたかった。わたしを直接、名指しするような内容だから。でもだからこそ、ジェイには任せられなかったの。彼なら、中身を見たらすべてを理解してしまうと思ったから。だからUSBを取り戻そうと、アーネストに連絡したわけ。一度会ってくれって。だけど会う前に、彼は死んでしまった」

たぶん、あの電話だわ。ドラマの途中でアーネストが受けていた。そうだ、たしかプリペイド携帯からだった。

「だから彼のアパートメントに忍びこんで、必死で探していたんですね。そこへミズ・エイヴェリーが現れた」

「ええ。あのとき彼女が警察に通報したから、あの家にはもう二度と近づけなくなってしまった。それで彼女に、USBを処分させようと思いついたの。でもわたしのUSBとは違うのを壊したみたいで。まったくおバカなんだから」

お、おバカって。周りに誰もいないので、わたしは思いきり悪態をついた。今すぐ彼女のちっちゃなお尻を蹴飛ばして、〝ブタ箱〟に放りこんでやりたいわ。

「あのUSBには何が入ってるんです？」

「え、知らないの？」その口調には、勝利の響きがあった。「ということは、警察はまだ見つけていないのね？　それはすばらしいニュースだわ。教えてくれてありがとう」

「協力してくれると言いましたよね、ミズ・マッカーシー」

「ええ、するわよ。殺人の捜査に関する限りはね。だってそれこそが知りたいことだったんでしょ？　だからもう帰してほしいわ。今後は弁護士に連絡してちょうだい」

「何か勘違いしていませんか？　今日話したことは何一つ、あなたが殺人犯でないとは証明していませんよ。もうすこし手がかりをください。アーネストを殺害した人物に心当たりはありませんか？」

彼女はまた、不機嫌になった。「ちょっとお。アーネストはすごいお金持ちだったし、以前はドラッグ常用者だった。権力者を破滅させる告発サイトも運営していた。手がかりなんて、いくらでもあるじゃないの」

マッカーシーの言うことは正しかった。手がかりがなくて困っているなんておかしいのだ。だがデータの消去やUSBの件があまりにもタイミングがぴったりだったので、納得がいくまでその線を追いたかった。そしてわかったのは、どちらもアーネストの殺害の原因ではなさそうだということだった。

彼女が言ったように、アーネストは確固たる証拠がなければ、サイトには発表しない。つまりマッカーシーは、緊急に彼を消す必要はなかった、まだ交渉の余地があると思っていたのだ。だったらいったい誰が？

いつのまにか日が沈み、辺りは暗闇に包まれていた。コナーが車に戻ってきたのは、取り調べが終わってずいぶん経ってからだった。わたしと同様、彼の顔も暗く沈んでいる。殺害犯の手がかりがまったくつかめていないからだろう。

彼が運転席に座った直後、誰かが助手席の窓をコンコンと叩いた。車内のライトがついていたので、こちらからは相手が見えない。どうしようかと迷ったが、コナーが無言でうなずいたので、窓を下げた。

男の顔が見えたとたん、背筋が凍りついた。

「ミズ・エイヴェリー」

どうしよう。呼吸の仕方を忘れてしまった。

「たしか、事件には首を突っこむなと言ったはずだが」

「あ、はい。わたしはただ――」

「ぶらぶら歩いていたら、ヘッドホンが見えてね。車から出てもらおうか」

ぶらぶら歩いていた？ コナーをつけてきたんじゃないの？

おとなしく車をおりたが、足がふらついてよろめいてしまった。目の前にはグリズリーのような――それも傷を負って、怒りに震えている――ハントがいる。コナーもおりてきた。「ちょっとおおげさなんじゃないですか。署長――」

「スタイルズ、あんたは引っこんでろ。それにしても、彼女を捜査に引き入れるとはね。そこまで馬鹿だとは思わなかったよ」ハントが手錠をパチンと開いた。どうしよう、いよいよ鉄格子の中に放りこまれるのだ。まさか現実に、そんなことが自分の身に起こるなんて。過去に一度だけ、バッグがぐちゃぐちゃで、駐車違反の切符をなくしたときに危なかったことがあったけど。手首に、冷たい金属が食いこんだ。

コナーはわたしとハントの間に割りこんだが、何の役にも立たなかった。ハントは肩で彼をおしのけ、とげとげしく言った。「あんたも一緒に放りこまれないのをありがたく思うんだな」

なんとかしなければ。わたしは口をぱくぱくさせ、この状況をひっくり返すような言葉を探した。あの非情な闇金モンスター、ハルクでさえ、話せばわかってくれたのだから。だがハントの非情さは、彼の比ではなかった。そもそも、聞く耳を持っていないのだ。

「彼女になんの罪があると言うんです?」コナーが尋ねた。

「今のところはない。だが問い詰めれば、いくらでも出てくるんじゃないかな」

それを聞いて、コナーが口をつぐんだ。

暗闇のなか、ハントは無言でわたしをひきたてていく。煌々と灯りのついた警察署の中へ入ると、何人かがわたしを振り向いた。前回来たときには見向きもしなかった、あるいは笑顔を向けてきた人もいたのに、今はみな一様に、冷たい表情をしている。

屈辱で涙があふれたが、手錠をかけられて引きずられていたので、ぬぐうことさえできない。うつむいて、前髪で顔を隠しながら歩いていく。取調室の前を通り過ぎ、やがて細長い通路に出た。壁のペンキがところどころはげている。

左右に鉄柵のついた小部屋が並んでいたが、なるべく見ないように、汚れた壁を見つめた。

だからといって、小部屋の中から見られないわけではない。

「ヤッホー！」

「あんた、何をやらかしたんだい？」

「カワイ子ちゃんだから、売春婦だろ」

監視の警官が立ち上がった。「もういいから。静かになさい」

それでも声はやまなかった。相変わらず歓迎ムードだ。

「所持品はここでマルティネスに渡すんだ」ハントが言った。「アクセサリーやポケットの中のものも全部だぞ」

マルティネスはやる気がなさそうだった。持ち物を興味津々でチェックされるよりはいいけれど。バッグはコナーの車に残してきたから、たいしたものは持っていない。

携帯とキャンディケイン形のイヤリング、キャラメルの包み紙、綿ぼこり。マルティネスは一つ残らず引換証に書きつけた。

「それは返してもらわなくてもいいけど」包み紙と綿ぼこりを指して言った。

「いいえマダム、あとで誤解が生じると困るので、すべてお返しします」

すばらしい。

ハントがわたしをたたいてボディーチェックをした。わたしのボディーにはまったく興味がなさそうだったが、それでも気色が悪いこと、このうえない。ドクターの診察を受けている、あるいは全身マッサージなのだと自分に言い聞かせる。彼がマルティネスにうなずいた。良かった。テーザー銃も催涙スプレーも身に着けていなくて。リスク管理能力の低い自分に感謝しないと。

「名前や住所などをここに記入してください。そのあと所持品一覧を確認して、一番下に署名をお願いします」

わたしはため息をこらえた。留置場に入るのも、いちいち面倒なのね。

書き終えると、ハントに促されて奥の通路へ向かった。署長さまがやるような仕事とは思えないから、わたしのお尻をけとばして放りこむのが、楽しみでしかたがないのだろう。他の人間なんかにやらせてたまるかと。

ちらちらと横目で小部屋を見ているうち、硬い煉瓦の壁で仕切られてはいるが、それぞれの部屋は二人用だと気づいた。どんな犯罪者と同室になるのだろう。ドラッグ・ディーラー？　殺人犯？　マッカーシー？

マッカーシーが一番まずい。変に恨まれている可能性がある。

ハントは立ち止まると、目の前の小部屋にわたしを入れ、ドアに鍵をかけた。「よく眠れるといいな、エイヴェリー」

寝台が二つ。その一つで、先客が大いびきをかいていた。頭からつま先まで、グレーの毛布で覆われている。ものすごく体格が良さそうだけど、ここは女性用よね？　マッカーシーでないことだけは確信できた。彼女は小柄だし、自己管理能力が高いから、いびきなんてかくわけがない。

とりあえずは、同室者と対面するのが延びたことにほっとし、空いているほうの寝台の上に丸くなった。寝台とは言うものの、硬い金属の台に体育用のマットがのっているだけだ。ひどく無防備に感じ、ストレッチ入りの毛布を胸もとまでひっぱりあげた。

どうしてこんなことになったのだろう。ただ事件の捜査を手伝おうとしただけなのに。それですら骨折り損に終わり、殺害犯を見つけるどころか、ソシオパスを探し出しただけだった。アーネストが何を暴露しようとしたかさえ、わかっていない。

涙があふれ、手の甲で頰をぬぐった。アーネストの葬儀は明日の朝だ。ハントはそれまでに出してくれるだろうか。わたしが現れなかったら、ミセス・ダンストはどう思うだろう。恋人のふりをするのもつらいが、どんな形であれ、彼女のそばにいてあげたかった。こんなわたしでも、すこしは精神的な支えになれるはずだから。

蛍光灯の、冷たい光が目にしみる。煉瓦の壁に向かい、眠りが訪れることを祈りながら、静かに目をつむった。

19

眠ろうとしたが、やはりなかなか眠れなかった。二時間ほど経ったころ、見回りの警官がドアの柵をたたいた。「エイヴェリー？　ミネラルウォーターがあるけど。夕食の時間をのがしたから、喉がかわいたんじゃない？」

わたしは起き上がると、こわばった手足を伸ばして水を受け取った。もし糖尿病だと言ったら、食べ物ももらえるのかしら？　だけどうそだと気づかれたら、かえってまずいし。悩んでいるうちに、警官は立ち去った。

ミネラルウォーターのボトルの底には、メモが貼りついていた。

『心配するな。すぐに出してやる』

コナーだ。彼しかいない。うれしくて涙が出そうになった。希望がわくだけで、どんなことでも乗りこえられるような気がする。どうやってメモ付きのボトルを差し入れたのだろう。いや、できたという結果が大事で、方法はどうでもいい。つまり、〝出してやる〟という言葉が口先だけではないということだ。

そっと寝台に戻り、メモを握りしめて眠りについた。

気持ちが落ち着いたせいか、つぎに目を開けたときには朝になっていた。隣のベッドからは、まだ大きないびきが聞こえてくる。彼女が目が覚めたときに話をしなくてすむよう、しばらく眠ったふりをしていようか。

だがここに来て十時間も経っていたので、トイレに行きたくてたまらなかった。トイレはふたりの寝台の間の壁に取りつけてあり、プライバシーはまったくない。

離婚して以来、誰かの前でお尻をむきだしにしたことはなかったのに。だがわたしの気持ちにはおかまいなく、膀胱は切迫感を伝えてくる。

もはや我慢ができなくなったとき、同室者が声をかけてきた。わたしのもぞもぞした動きを、コミュニケーションを求めているサインだと勘違いしたらしい。「ハァイ。なんでそんなに悲しそうにしているの？」

黒人の彼女は思ったとおり背が高く、またすごい美人だった。身体を起こすと、高級ホテルのソファでもあるかのように、優雅に寝台に座った。

わたしは黙ってトイレをすませ、自分の寝台に戻った。悲しい理由については話したくなかった。

「彼氏に殴られたの？　友だちが銃で撃たれたの？　どうしたのよ」

そんなふうに訊かれ、トイレに行きたかったなんて言えるわけがない。「今日の葬儀に出られないんじゃないかと心配で」これもそうではなかった。

彼女は同情したのだろう、唇をすぼめた。「保釈金を払ってくれる人はいないの？」

コナーが動いているはずだが、確実とは言えない。ハントのことだから、どんな手を使ってでも阻止しようとするかもしれないし。「わからないの」わたしは答えた。

壁の時計を見ると、朝の七時半だった。葬儀まであと二時間半しかない。

朝食を持ってきたのは、ミネラルウォーターを差し入れてくれたのとは違う警官だった。あらびきトウモロコシのグリッツ、リンゴ一個、ボトル入りの水。昨夜は夕食抜きだったので、お腹の虫が歓喜の歌を歌い始めた。

スプーンを手にした瞬間、黒人の彼女は自分のボウルを持ってわたしの隣に座った。横に並んで食事をしたいのかしら。ロス市警の目指す〝フレンドリーさ〟が、こんなところで実践されているとは。大柄な彼女がゆったり座れるよう、わたしはお尻を横にずらした。

とそのとき、先割れスプーンが頸動脈に押しつけられた。

頭のなかを、さまざまな思いがよぎった。監視の警官は見えるところにはいない。アーネストの葬儀には行けないだろう。それどころか、自分の葬儀が必要になるだろう。アデレードの両親は、大事な娘がブタ箱で死んだと知らされるだろう。それも、クリスマスの直前に。

「朝食を渡しな。おやすい御用だろ。あんたみたいなやせっぽちは食べなくても平気だろうからさ」

リンゴとグリッツをおそるおそる差し出す。

「そうそう」スプーンが首に食いこんだ。「もし誰かに訊かれたら、お腹が空いてなかったと言うんだよ」

「わかりました」声をしぼりだしたが、怖くてうなずくこともできない。

首からスプーンが離れ、彼女は自分の寝台に戻った。

うつむいたまま、お腹の虫の悲しげな合唱を鎮めるため、水を飲んだ。ボトルの底にメモはない。こんな毎日が続くのなら、解放される前に飢え死にしてしまう。

とつぜん、野太い声がした。「どうだ？　なかなかタフな夜だっただろ？」顔をあげると、ドアの柵の向こうにハントが立っていた。彼のこんな楽しそうな顔は見たことがない。たとえて言うなら、ずっと狙っていた隣人の牛の首に、投げ縄をがっちり巻きつけたカウボーイみたいだ。

わたしは寝台からおり、ドアへ近づいた。マスカラ入りの黒い涙、起き抜けのゾンビヘアのままだったから、さぞかしひどい顔だっただろう。それでもにっこりと笑って言った。

「すっごく快適でしたよ」だがすぐに、彼をいらつかせて得になることは一つもないと気づいた。

どうせ負け惜しみだと思ったのか、彼は寛大だった。「そうかそうか。そんなに気に入ったんなら、なるべく長くいられるよう、罪状を考えてあげよう」

わたしは両手で柵を握りしめた。「待ってください。充分勉強させてもらいましたから」ちっとも信じていないと、彼の顔が告げている。

「アーネストの葬儀に参列しなくてはいけないんです。ミセス・ダンストが待ってるので」

にやにやしていたハントが真顔になった。「わかっている。そのために来たんだ」そう言って、すぐに鍵をあけた。「感謝するんだな」

「はい。署長」素直な気持ちだった。たとえかかとを三回うちつけ、家に帰りたいと言ってみろと命令されても、おとなしく従っただろう。度胸もない。身体がたくましいわけでもない。わたしは立派な犯罪者になれるような器ではないのだ。

スプーンを突き刺された部分が痛くて、頭をまわすことすらできなかった。血が噴き出していないのがせめてもの救いだ。同室者はやっぱり、フレンドリーなほうだったのかもしれない。

警察署の正面でコナーが待っていた。大股で近づいてきて、がっしりと抱きしめてくれる。「もっと早く出してやれなくてすまなかった。ハントがでっちあげようとした罪状は全部つぶしたけどね。本当によくがんばった。えらいぞ」

あまりにもやさしいので、かえって怖くなった。よほどわたしが憔悴しきって……いや、見るに堪えない姿なのだろうか。

彼は身体を放すと、エスプレッソとデニッシュを車から取り出した。かぐわしい香りに、地獄から生還したことを実感する。ついさっき、トウモロコシのグリッツが喉から手が出るほど欲しかったのに。助手席でがつがつと頰張るわたしを、コナーはそっとしておいてくれた。お腹が満たされるにつれ、身体のなかに勇気が湧いてきた。良かった。これならアーネストの恋人として、葬儀に参列できそうだ。

いつもどおり、ロスの朝の渋滞は半端ではなかった。ハントは恩着せがましく解放してくれたが、これではシャワーを浴びて着替えるだけで精一杯だ。メイクは適当でもいいだろう。どうせ泣いてしまうだろうし、わたしがメイクをしていようがいまいが、アーネストは一度も気にしたことはなかったから。

家に入ったとたん、足が止まった。オリヴァー、エッタ、アリスおばさんとヘンリエッタ、全員が喪服を着てわたしを待っていたからだ。みんなも参列することを、すっかり忘れていた。

「どこに行ってたの？」

「大丈夫かい？」

「またコナーの家に泊まったの？」
「急いで用意しなさいよ。あと二十分で出発しなくちゃ！」
わたしは無言でマフィンをつかみ、バスルームに飛びこんだ。

熱いシャワーを浴びると、首の痛みはかなり良くなった。教会までは、二台の車に分乗して向かうことになり、わたしはエッタの車に乗せてもらった。オリヴァーは未来の妻と姑（しゅうとめ）を乗せ、一足先に出発した。エッタはコナーと同じく、つらそうなわたしを気遣って、ひと言もしゃべらずに運転している。ロスにはめずらしく小雨がふりだしたので、ワイパーが動く音に耳を澄ませた。アーネストの死を悼み、天が涙雨を降らせているのだろうか。

喪服の代わりに、母のお下がりのネイビーのワンピースを選んだ。細身に作られているため心配だったが、留置場で食事にありつけなかったおかげでぴったりだった。

結局殺人犯を捕まえられないまま、葬儀を迎えることになってしまった。それどころか、当たりをつけていた〈アプテック〉が空振りに終わり、振り出しに戻ってしまったのだ。

損得がからんでいないのなら、誰がアーネストを殺（あや）めるというのだろう。あんなにもやさしくて、穏やかで、正義感の強いアーネストを。個人的なうらみはまず考えられない。そもそもここ三年以上、彼と親密な関係を持った人間はほとんどいないのだ。今日はせめて、参列者の顔をしっかりと見ておこう。犯人は必ず、してやったりという顔をして被害者の葬儀に現れるというから。ドラマとは違う？　いや、ちゃんと統計もある。犯人は基本的に被害者の知り合いだから、不審に思われないよう、無理をしてでも参列するらしい。ハントもそれを期待しているようだから、葬儀でわたしが目を光らせていても、とがめることはないはずだ。

だが教会に着いたとたん、その作戦は現実的ではないとわかった。駐車場はすでに満杯で、車は通りまであふれて列をなしている。膨大な数の参列者のせいで、全員の顔をじっくり見ることなどできるわけがない。だがそのいっぽうで、アーネストがこれほどたくさんの人たちに影響力があったということを、ミセス・ダンストにわかってもらえることがうれしかった。

わたしたちの一団は、ぎゅうぎゅう詰めになった教会の後方に立っていた。空気がよどんで、息が詰まるほどだ。同じように息苦しいアーネストの部屋を思い出したが、辺りにたちこめるのは、香水や花、体臭が混じり合ったもので、ジャンクフードのにおいではなかった。ああ、チートスのにおいが懐かしい。彼とふたりで過ごした、リビングの静けさも。

ミセス・ダンストの姿は、見つけようにも見つけられなかった。とはいえ、人混みのなかをかきわけて進むのはどっちにしろ難しく、葬儀もすでに始まっていた。あと数分遅く到着していたら、教会内に入ることさえできなかっただろう。だが、ぎりぎりまでわたしを引きとめたハントを呪ったところでしかたがない。ミセス・ダンストのそばには、きっと友人たちが寄り添っているはずだ。

牧師は祈禱のあと、短い説教を終えると、ジェイにマイクを手渡した。

彼の追悼の辞は、アーネストの人生をあざやかな絵のように描きだし、その場にいるすべての人々の心を打った。大好きなSF映画一色だった気ままな青春時代。社会の不正と闘うようになった経緯。それでもなお純粋さを失わずに生きた、ひきこもりの日々。途中、ジェイは何度も言葉に詰まり、聞いている誰もが涙をぬぐった。会ったこともないアーネストのために、アリスおばさんでさえ、幾筋かの涙を流した（ちなみに、わたしが涙を押さえたティッシュから判断すると、せっかくのウォータープルーフのマスカラも、謳っているほどの効果はなかったようだ）。ジェイの言葉を聞いたあと、わたしの中にあった彼に対するわだかまりは、跡形もなく消えていた。

ミセス・ダンストとわたしは考えぬいた末、彼の葬儀を、棺を閉じたまま（遺体の損傷がひどかったり感染症の疑いがある場合の葬儀）で行うことに決めた。みんなに見つめられると、シャイなアーネストは、居心地が悪く感じるだろうと思ったからだ。葬儀の最後に全員が立ち上がり、『主はわたしの羊飼い』を歌ったあと、棺が通路を運ばれていった。重々しく流れる音楽は、『スター・ウォーズ』の『帝国のマーチ』だ。いつのまにか、わたしは泣き笑いをしていた。アーネストはきっと気に入ってくれただろう。

みんなが一斉に墓地へ移動し、教会はあっという間に人けがなくなった。そこでミセス・ダンストに歩み寄り、ハグをした。「もっと早く見つけられれば良かったんですけど」

「いいのよ、ダーリン。来てくれてありがとう。それで、こちらの皆さんは?」

エッタやオリヴァーら四人は、当然のようにわたしの背後に立っていたので、ひとり一人を紹介し、それから外へ出た。冷たい風が吹きつけ、悲しみがいっそう増してくる。墓地に入ると、小雨のせいで足の下の土はやわらかく、ヒールが土に沈みこんだ。参列者の数だけ穴が開いたら、大変な数になるだろう。

牧師が祈りの言葉を終えると、棺は土のなかへ静かにおろされた。亡くなったのは一週間近くも前だが、いよいよお別れなのだと、あらためて悲しみがこみあげてくる。

ミセス・ダンストの手を握ると、彼女もぎゅっと握り返してきた。

お悔やみの言葉を述べに、たくさんの人がやってきた。ほとんどが知らない人ばかりだ。もちろん、ミセス・ダンストも知らない。どうやら〈ビジリークス〉の大ファンで、熱い支持者だったことを伝えにきたらしい。その顔に、〝殺人犯〟と書かれている人物はひとりもいなかった。

ドクター・ケリーが進み出て、ミセス・ダンストに自己紹介をした。前回は華やかな赤いジャケット姿だったが、今日はシックな黒いスーツを着ている。わたしを見て、軽く会釈をした。

ミセス・ダンストには、アーネストの秘密のレッスンについてはすでに伝えてあったので、この場で多くが語られることはなかった。

「こんな悲しい状況でお目にかかるなんて、本当に残念です。アーネストは人間として、とても強かったと思います。あなたから多くを学んだのだと思いますよ」

心のこもった言葉だった。これまでドクター・ケリーをなんとなくけむたく思っていたが、彼女個人というよりは、単にカウンセラーという職業が苦手だったのだろう。

大家さんのミスター・ブラッドリーや、アパートメントの住人たちもみんな来ていた。オリヴァーたちに先に帰るようにと伝えたとき、ちょうどハンフリーがこちらへやってきた。彼の顔はこわばっていて、広い肩はいつも以上にがっくりと下がっている。忙しいなか、しかもそれほどアーネストと親しかったわけでもないのに、わざわざ来てくれたのだ。彼の腕に、かなり年配の女性がもたれかかっている。

そのとき、彼女がいきなり、ハンフリーを平手でたたいた。歩くのが速すぎると、大声で怒鳴りつけている。ふたりは残りの十メートルを、カメのようにのろのろと歩いてきた。だがわたしたちの前まで来ると、女性はいきなり背筋を伸ばした。ハンフリーにもたれていたとは思えないほど、しっかりと足を踏みしめている。身長は百八十センチ近くあるだろうか。体重もありそうだから、女性としては大柄と言ってもいい。それからわたしを品定めするように、じろじろとながめた。

「やあイソベル。紹介するよ。ぼくの母のミセス・フィエロだ」

えっ、うそ。この女性が、ハンフリーが毎日通って世話をしているという母親なの？　たしかにふたりとも背が高くがっしりとして、同じライトブラウンの瞳をしている。だがそれでも、信じられなかった。この不機嫌そうな女が、ハンフリーの愛する人なの？　長い間、献身的に世話をし続けている？

「じゃあ、あんたが恋人なんだね」ミセス・フィエロが言った。「このつぎはあたしみたいな年寄りがちゃんと座れるよう、墓地にも椅子を用意しときなさいよ。こんな凍えるような場所に立っていたら、膝がもっと悪くなってしまう。わかったかい？」

わたしは顎が落ちないよう、歯を食いしばった。このつぎですって？

ハンフリーが済まなそうに顔をゆがめた。「申し訳ない」身をかがめ、ぼそりと言った。「最近母は葬儀に行くことが多くてね。それでちょっと……こういうのにうんざりしてて」

ミセス・フィエロが息子をにらみつけた。

「今回のことは本当に残念だったね。力を落とさないように」彼は言った。「それと、もしアーネストの物を処分するのに手伝いが必要だったら、遠慮なく言ってくれ。喜んで手伝うよ」

「ありがとう。ご親切に」

ミセス・フィエロはくるりと目を回すと、息子の腕をつかんで去っていった。

もし彼女が自分の母親だったら、あの留置場で過ごした夜でさえ、心安らぐ時間に思えたかもしれない。

20

ミセス・ダンストと駐車場で別れたあと、まっすぐ家に帰った。ミャオを抱きしめ、疲れた身体をベッドに横たえる。三時間後に目が覚めたとき、トラウマになるようなつらいことはすべていったん忘れ、精神的なバランスを取り戻そうと考えた。

わたしの場合、家でのんびりと過ごして美味しいクッキーを作り、それをゆっくり味わうのが一番いい。

ありがたいことに、アパートメントには誰もいなかった。はじめに、大好きなチョコレートチップ&タフィー・クッキーをオーブンで三回分焼いた。おばさんたちにはもちろん、これだけあれば、ミセス・ダンストのぶんも足りるだろう。ジンジャーブレッドマンのクッキーも、二回にわけてたっぷり焼いた。クリスマスはもう四日後に迫っている。クリスマスか……。残念だけど今年は、ひとり寂しく過ごすことになりそうだ。

オリヴァーはイギリスの実家に帰るというし、おばさんとヘンリエッタは、まもなくロスを旅立つはずだ（これは個人的希望）。そしてエッタには当然、セクシーなデートの予定が入っていた。できればわたしもアデレードに帰り、両親や親友のリリーと一緒にクリスマスを過ごしたい。だが、この時期の飛行機のチケットは法外な値段だ。スカイプで我慢するしかない。

それでもミャオだけは、クリスマスもそばにいてくれるだろう。今もずっとキッチンにいて、冷蔵庫の下のゴキブリを追いかけている。

味見という名目で、焼きあがったクッキーを何度もつまみ食いしたせいか、お腹の虫はおとなしかった。図書館に本を返しにいったあと、ミセス・ダンストの家に寄ってクッキーを差し入れよう。

パジャマをスエットパンツに着替え、トレーナーをかぶると、エッタの部屋のドアをノックした。

「クッキーを持ってきたわ」

エッタはクッキーの皿を、しばらく無言で見つめた。「なあに、なんか頼みごと？」

「違うわ。これから散歩に行くから、ダドリーも一緒にどうかなと思って」

ダドリーの目も、クッキーの皿をじっと見つめている。エッタの家に来てからの短いあいだに、食べ物にはいろんな形や大きさがあること、たいていは人間の手からもらうものだと、しっかり学んだようだ。

「そうね。たぶん喜んで行くと思うわ。じゃあ、ダドリー用のバッグとおやつ、リードを取ってくるわね」

「階段はもうおりられるようになった？」

「ええ、大丈夫。月曜から自分でおりてるのよ」

「なんですって？」月曜と言ったら、びしょ濡れで帰ってきた日だ。ダドリーが階段をおりるのをいやがったため、結局はアリスおばさんたちとランチを食べるはめになった。

「覚えるのが速い子なの」エッタは散歩用グッズを差し出した。わたしの驚いた顔を、称賛だと誤解したらしい。

　でもダドリーが自力でおりられるなら、助っ人はいらないのに、なぜハルクはきのうここにいたのだろう。だがエッタに尋ねるつもりはなかった。彼女とハルクの関係については、立ち入らないと決めたのだ。エッタがいつも言っているように、彼女は人生経験がわたしよりずっと豊富だ。過去のことは知らないが、今は少なくとも、すべて自分の意思で決め、その結果も自分で受け止めている。そして傍から見る限りでは、わたしよりずっとすてきな人生を送っている。

　ダドリーは鼻をぴくぴくと動かしながら、わたしの家の前に歩いていき、元気のないサボテンの上で片足をあげた。なんだ、そういうことか。枯れそうだったサボテンが奇跡的に復活したのを、不思議に思っていたのだ。彼の生理的行為が終わると、一緒に階段に向かった。だがダドリーはいきなり、階段の縁で足を止めた。

「ちょっとぉ。そういうのはもうやめてちょうだい。おりるのも問題ないって、エッタから聞いたわよ」

ダドリーは茶色のつぶらな瞳で、わたしを見つめた。抱っこをしてくれと訴えているのだろう。その手にはのらない。犬用のおやつを取り出し、ダドリーの鼻先に突きつけた。「ほら、おりられたらこれをあげるから」ダドリーはクゥンと哀れっぽい泣き声を出し、身体の細胞すべてを使っておやつを見つめている。だが一歩も踏み出そうとはしない。わたしはどうしようかと考えながら、クッキーをかじった。ダドリーは今度は、クッキーに視線を移した。そこで試しにクッキーを割り、チョコレートチップが入っていないことを確認してから、ダドリーにあげてみた。「どう、美味しい？」

ダドリーは気に入ったようだ。

「もっと欲しい？　だったらほら、階段をおりてみようか」

ダドリーは前脚を上げ、階段の縁の上をさまよわせたあと、結局そのままおろした。とりあえずがんばったごほうびとして、もうひとかけらクッキーをあげる。それからまた、階段へとうながした。

ダドリーはふたたび踏み出そうとしたが、やはり脚を戻してしまう。「んもう。アーネストにそっくりねえ」わたしはエッタとは違い、不安を克服できるほど充分には信頼されていないのだろう。

助けを求めると、エッタはすぐに出てきた。彼女にひっぱられながら、ダドリーはゆっくりとおりはじめる。途中、何度も立ち止まっては、クッキーをちょうだいとわたしを見上げた。

下までおりきったとき、ひとかけらずつあげたクッキーは、結果的に丸まる一枚分になった。

エッタは笑いながら、自分の部屋へ戻っていった。「ダドリーは人間を訓練するのが上手だなって思うことがときどきあるわ。自分が訓練されるよりもね」

「ほんと、そうかもね」

ダドリーを連れてようやく散歩をスタートした。早朝の小雨はすっかり上がり、冬の太陽がすこしずつ雲の間から顔を出している。空気は冷たいものの、さわやかで気持ちのいい日だった。ふだんのロスの街のにおい——排ガス、アスファルトから舞いあがる埃、おしっこ、マリファナ、ファストフード、ビール——は洗い流され、ひさしぶりの雨だけがもたらす、フレッシュな香りがたちこめている。

だが頭のなかでは、葬儀で目にしたことと事件の関係性が、堂々巡りをしていた。

わたしの手からはすでに、エッタとハルクの関係のように離れているというのに。そこで深く息を吸いこみ、頭を切り替え、うれしそうなダドリーとのひとときを楽しむことにした。

ダドリーはワルツを踊るように、軽々と歩いている。新しい香りに触れるたびにスキップをしたり、気に入ったポールにおしっこをしたり。ああ、ダドリーがうらやましい。いや、そこらじゅうにおしっこをしたいわけではなく、今このときを、シンプルに楽しみたいという意味だ。知性があるとか道具を使えるとか、人間はつい、自分たちのほうが優れていると思いがちだ。だが生きていることを、どちらが満喫しているだろう。動物は、その瞬間瞬間を生きている。ダドリーにもつらい過去があるかもしれないが、今はそんなことをくよくよ考えはしない。目の前にあることを、心から楽しんでいる。それなのにわたしは、つねにアーネストの事件が頭から離れない。

落ちてきた前髪を吹きはらい、歩く速度を上げた。どうせ今日という日を楽しめないのなら、カロリーを消費することに集中しよう。あるいは、ダドリーに階段をおりるように仕向ける方法を考えるのもいい。クッキーよりも、動機付けになることはあるだろうか。こんなにお尻が重いとなると……。いやだ、またアーネストを思い出してしまった。彼を自宅から出るように促すのも、同じようにとっても難しかったから。だが彼らがいくら似ているとはいっても、ダドリーにコカインやカウンセリングが効果的とは思えないし……。

四十分後、二袋のプープバッグをおみやげに、アパートメントの前に戻ってきた。難敵の階段をながめ、やれやれとため息をつく。とその瞬間、全身が凍りつき、両腕の毛がすべて逆立った。ダドリーが立ち止まり、微動だにわたしを不思議そうに見上げる。

わかったのだ。アーネストを殺した犯人が。

ダドリーをエッタに引き渡してからコナーに電話を入れ、自分の仮説と容疑者へのアプローチの仕方を簡単に説明した。彼はわたしほど乗り気ではなかったが、やってみる価値はあると結論づけた。問題は、物的証拠が何一つないことだった。すべてが状況証拠にすぎない。容疑者の家や車に、アーネストのＤＮＡがいくらか残っているかもしれないが、令状がなくては入手できない。令状を出してもらうには、当然、わたしの勘以上の証拠が必要になる。

コナーがハントに相談してみることになった。

結果を待つあいだ、図書館に行き、帰りにミセス・ダンストの様子を見に立ち寄った。ひと抱えの本と、大型のタッパーを四つ——消費する一団がいることを知られてしまったので——持って帰宅したが、コナーからの連絡はまだなかった。

借りてきた小説を読み始めたが、文章が頭に全然入ってこない。ミャオにごはんをあげ、パソコンを開いてアリスおばさんからのメールを消去したあと、冷蔵庫の整理を始めた。

それでもまだ、連絡はこない。気分転換に、熱いお風呂に入ることにした。バスタブにお湯を満たし、洗面台の下に転がっていた〈デリシャス・バブル〉を落とす。肩までゆっくりとお湯につかったちょうどそのとき、コナーから電話が入った。顔から急いで泡をふきとり、受話器を耳にあてる。

「オーケーが出た」コナーが言った。「ハントははじめ渋い顔をしていたが、ようやく同意してくれたよ。捜査が進まないことでマスコミにつっつかれているようだし、手がかりもまったくつかめていないからな」

どういう流れで進めるか、コナーは簡単に説明した。ロス市警が今夜じゅうに、犯行の裏付けとなる証拠をできるだけ多く集める。そして明日、容疑者のところに踏みこむ。

「わたしの仮説にハントが耳を傾けてくれるなんて、信じられないわ」コナーがわたしの名前を挙げたとたん、何も聞かずに却下するだろうと思っていたからだ。

ふと不安になった。失敗に終わったら、そしてマスコミにそれを嗅ぎつけられたら、ハントはどうするだろう。わたしはまた、鉄格子の中に逆戻りだろうか。

「実を言うと、あれはぼくの考えだとハントには伝えたんだ」コナーが言った。「耳を貸してもらえるようにね」

わたしは顎についている泡を伸ばし、ひげを作った。怒るべきか感謝すべきか、わからなかったのだ。まもなく顎ひげはバスタブのなかにぽちゃんと落ち、感謝するほうに決めた。言いにくいことでも隠さずに伝えるほど、コナーはわたしを信用してくれているのだ。

彼が言った。「きみの勘が当たっていることを祈るしかないな」

ふいに、自分が馬鹿みたいに思えた。そうだ。誰の考えだとか、そんなことはどうでもいい。すべてはアーネストのためなのだから。「ええ、わたしも祈ってるわ」

21

その夜はほとんど眠れず、翌朝は目が充血していたが、そんなことを気にしている余裕もないほど緊張していた。容疑者のもとを訪れるのは、このわたしなのだ。朝の八時にコナーが迎えにきて、サーモスからエスプレッソを注いでくれた。だがほとんど味もわからないまま、一息で飲み干す。やがて目的地に着くと、ハントが覆面パトカーに乗って待っていた。わたしを見て、かた苦しく会釈をする。

警察から支給された盗聴マイクをつけると、男たちをそれぞれの車に残し、容疑者の家へ向かった。足が震えてきたが、ドクター・ケリーの毅然とした態度を思い出し、心を落ち着かせる。まずはステージIだ。思いきって、玄関のベルを鳴らした。だが心の準備ができる前に、ハンフリーが目の前に立っていた。背が高く肉付きもいいので、近くで見ると、案外力がありそうだ。だぶついたお腹まわりや猫背のせいもあって、これまではどことなく頼りない印象だったのに。

それでも、日焼けした顔はいつもどおりくたびれたように見えた。たとえば、絶え間なく打ち寄せる波のせいで、長い年月をかけてすり減った断崖とでも言ったらいいか。ハンフリーの場合、その打ち寄せる波というのは、ひっきりなしにぶつけられる容赦のない要求であり、それにきちんと応えられないせいで、身も心もすり減っているのだ。

「こんにちは、ハンフリー。クッキーを焼いたから持ってきたの。ちょっとお邪魔してもいいかしら？」

彼は困ったような顔で肩越しに振り返った。「今は母さんが来てるんだけど。でもまあ、いいよ」後ろに下がり、わたしを招き入れた。中はアーネストの家とまったく同じ造りだ。ただ廊下の壁は殺風景で、アーネストの家でいたるところに貼られていたポスターは一枚もない。

「紅茶をどうだい？」彼が訊いた。

「ええ、うれしいわ」

「だったらあたしにも、もう一杯おくれ」リビングから彼の母親の声がした。「さっきのは薄すぎて、飲めたもんじゃないからね」

ハンフリーは足を引きずってキッチンへ向かい、わたしは小さなリビングルームで、ミセス・フィエロのそばに座った。葬儀で見たとおり、背が高く、がっちりしている。

だが息子のような、人生に疲れた雰囲気はない。膝にブランケットをかけてリクライニングチェアに座り、その脇に杖を立てかけている。髪はきっちりとひっつめられ、眉は薄く、真っ赤な唇も切りこみを入れたように薄い。真っ黒で角ばったメガネフレームのせいで、威圧的な雰囲気がさらに増している。

「膝はすこしはよくなりましたか？」わたしは尋ねた。

「いいや。歳のせいだからね。何をやっても悪くなるんだ。今朝は痔のせいで出血もひどくてね。そのうちあんたにもわかるだろうよ」

「まあ、お気の毒に」たしかにかわいそうに思ったが、彼女のためなのか、将来の自分のためなのかはわからなかった。「クッキーはいかがですか？」

彼女は皿から一枚ひったくった。

「膝が悪いとおつらいでしょうね。二階まで上がるのも大変でしょう？」緊張しているわりに、さりげなく訊けた。エッタとちがって、ミセス・フィエロから夜の生活について聞かされる心配はないからだ。

「ちぇっ！　わかってないねえ。あたしはね、階段なんて無理なんだ。だから一階でしか暮らせないんだよ。そのうち、ヘビのように腹ばいになって進まなくてはいけないだろうよ」

まあ、わかってないのかしら。自分はもうすでに、ヘビみたいにおどろおどろしいって。

返事に詰まっていると、ハンフリーが紅茶をいれたマグカップを運んできた。感謝のしるしに彼にクッキーを差し出すと、いきなり怒鳴り声が飛んできた。

「食べるんじゃないよ、ハンフリー」ミセス・フィエロの口から、クッキーのかけらが飛んだ。「おまえはだめだ」

ハンフリーは、いったん手に取ったクッキーを皿に戻した。

ひどすぎる。いくら息子とはいえ、これではまるで三歳児みたいな扱いじゃないの。彼はこの女に、誠心誠意尽くしているというのに。

彼がおとなしく言いなりになっているのは、これまでずっと、母親にべったり付きまとわれていたからだろう。そのせいで、自分なりの視野を広げることができなかったのだ。彼女がいつも正しいわけではない、世の中にはさまざまな考え方があると知るチャンスを奪われ、自分は無能だ、価値がないと頭に刷りこまれているのだろう。

この女とほんの数分過ごしただけで、わたしは確信した。彼女はけっして息子を手放すつもりはない。根っからの暴君なのだ。

ハンフリーは物欲しげにクッキーを見つめ、それからわたしにはにかんだ笑みを向けた。「それで、何の用かな。イソベル?」

「ああ、あのね。アーネストの賃貸契約があと八カ月残っているの。誰か借りてくれそうな人に心当たりはないかと思って」

ハンフリーはミセス・フィエロをちらりと見た。彼女は湯気の立つ紅茶をすすり、口をすぼめている。まるで、腐ったものでも飲まされたというような表情だ。「そうだな。実を言うと、ぼくが借りてもいいかなと思ってるんだ。母さんが隣に引っ越してくれれば、手伝いに行くのもずっと楽になるからね。今は母さんの家まで車で四十分ぐらい、渋滞がひどいときはもっとかかるんだよ」

ミセス・フィエロはもう一口紅茶をすすり、また顔をしかめた。「あんたなんてちっとも役に立たないけどね。紅茶ひとつ、美味しく淹れられないんだから」

ハンフリーはしょんぼりとうつむいた。そこでわたしは、紅茶を一口飲んで言った。

「わたしのはすごく美味しいわ、ありがとう」

ミセス・フィエロは、悪魔のような目つきでわたしをにらみつけた。その視線をさけるようにして、部屋全体を見回す。安っぽいベニヤ板の家具、茶色い布製のソファ。清潔で片付いてはいるものの、いかにも男の一人住まいという雰囲気だ。絵や置物も、クリスマスの飾りもない。アーネストの母親とは違い、ミセス・フィエロは季節に応じたしつらいにはまったく興味がないし、息子のために何か飾ってやろうという気持ちもないのだろう。やがて、この殺風景な部屋のなかで、ひときわ目立つカラフルな物体に目がひきつけられた。リビングボードに積まれたＤＶＤの上。チートス・ボリタスの袋だ。

その瞬間、ときが止まった。

いったいどれだけのアメリカ市民が、メキシコ向けに作られたチートス・ボリタスを買うだろう。ハンフリーがその袋を持っている確率は？　殺される直前に、アーネストがコンビニで買ったチートスの袋は、まだ見つかっていなかった。

フィエロ親子が、わたしをじっと見つめている。わたしは紅茶をもう一口飲みながら、今まで何を話していたかを思い出そうとした。「ええっと、もしあなたが賃貸契約を引き継いでくれたら、すごく助かるわ。そうなったら、いつ引っ越してこられるかしら？」

「きみが良ければすぐにでもいいよ。母さんのアパートメントの契約がもうすぐ切れる時期なんだ」

「まあ、そうなの？　それなら、お互い助かるってわけね」わたしはクッキーを一枚手に取った。「でもまずは、壁のペンキを塗り替えたほうがいいわ。ポスターを全部はがしたら、その跡が結構残ると思うから。それにときどき停電になったり、水圧が急に弱くなったりするのよ。そのたびに大家さんに言って、修理を手配してもらっていたの。あ、でもハンフリー、あなたなら原因がわかるかもね。小学校でメンテナンスの仕事をしてるんでしょ？」

「うん。そういうのも仕事の一つだよ」

わたしは彼にほほえんで、辺りを見回すふりをした。「だからきっと、この家はこんなに手入れがゆきとどいているのね」

ミセス・フィエロは今の話を聞いて、むかついたような顔をしている。「そんなガタが来た部屋は、あたしはいやだね。おまえがそっちに移ればいいじゃないか。そうすれば、あたしがこの部屋に越してくるよ」

「ぼくは引っ越せないよ。忘れたのかい、母さん。そうなると家賃があがるんだ。でもペンキを塗るのは許可してもらえるだろうから、母さんの好きな色に塗ればいい」

そろそろ核心に触れなければ。「ところで、あれってチートス・ボリタスかしら?」

コナーが気づいてくれるといいのだが。「アーネストも大好物だったのよね」

ハンフリーがぎくりとした。

その直後、玄関のドアを激しくたたく音がした。

わたしはマグカップをテーブルにおろした。ここからはステージⅡだ。

「ロス市警だ。ドアを開けろ!」

ハンフリーの目が逃げ道を探し、家のなかを素早く見回した。窓をぶち破らない限り、出入り口は玄関しかない。

「大変! とにかく開けたほうがいいわ」わたしは立ち上がり、け破られる前にドアを開けた。ハンフリーは固まったままだ。

コナーとハントが勢いよく飛びこんできた。どちらも銃を構えている。映画に出てくる、刑事のすご腕コンビみたいだ。ここからは、ハンフリーを追い詰めて白状させる作戦だった。証拠をほとんどつかんでいないことは、彼に知られるわけにはいかない。

「手を上げろ！」ハントが叫んだ。「おまえがアーネストを殺したのはわかってるんだ。このアパートメントから追い出したかったんだろう」ハンフリーの顔がくしゃくしゃになった。「母親の近くで暮らしたくても、おまえのほうから引っ越す余裕はない。それにここなら、家賃は二十年前から据え置きだ。だったら、母親をこっちに呼び寄せたほうがいいと考えたんだろう」ハントは一息いれた。「だが、脚の悪い母親は階段のない部屋にしか住めない。それなのに一階の住人はひきこもりで、引っ越す可能性はまったくない。そこでおまえは、アーネストにさまざまな嫌がらせを始めたんだ」

その理論は、わたしのあてずっぽうもいいところだった。だがこれまでずっと、告発サイトが関係ないとしたら、アーネストを殺して得になる人間は誰だろうと考えていた。あんなにやさしいアーネストを恨む人間はいないはずなのに。そんなとき、おっとりしてすごくいい子だけど、階段を上ろうとしないダドリーに頭にきて、ハッと思いついたのだ。家にひきこもっているアーネストにうんざりしているのは誰だろう?

ミセス・ダンストやジェイも心配はしていたが、アーネストがあの家に住むことについては文句はなかった。そうなると、大家さんだろうか。だがアーネストは、間借り人としては優等生だった。水圧やら電気やら、あちこちに問題はあっても、きちんと家賃を払っていたのだから。となると……。ふと、ミスター・ブラッドリーがぶつぶつ文句を言っていたことを思い出した。入居時の安い家賃のまま、長期に居座る間借り人たちに困っていると。彼らが誰一人出ていく可能性がないとすると、ここに引っ越してきたい人間はどうするだろう?

ハンフリーは力なく頭を振った。証拠を突きつけられたわけでもないのに、すでにあきらめているかのようだ。頭の上に上げた両手も震えている。

「このアパートメントは、床下がひと続きになっているようだね。そこでおまえは、アーネストの部屋の床下に動物の死骸を置き、その悪臭が彼の部屋に立ち昇るようにしたんだ。ネズミやゴキブリが出たのもそのせいだろう」ハントは続けた。「床下におまえの指紋を見つけたよ。高圧温水のバルブや、ヒューズボックスにもね。何度直してもすぐに誤動作すると、修理工が言っていたやつだ。だがそれくらいの嫌がらせでは、アーネストに効果はなかった。彼のひきこもりは半端ではなかったからな。だからおまえは、最終手段に出たんだ」

ハンフリーの視線が床に落ちた。おそらく彼は、安全地帯に――窮屈で暗い床下に逃げ込みたいと思っているのだろう。両手を上げたまま、ハントの演説を否定するように、頭を弱々しく振っている。

わたしが最初にハンフリーに不信感を抱いたのは、葬儀のときだった。アーネストの部屋の片付けを手伝うよと言われ、疑問に思ったのだ。二つの仕事をかけもちし、さらに母親の世話にも通う彼にそんな暇があるのかと。もしかして、アーネストに出ていって欲しかったのだろうか。母親が隣に住めば金銭面もふくめ、暮らしはずいぶん楽になるだろう。だがおとなしくてシャイな彼が殺人犯だとは思えなくて、容疑者から除外したのだった。

そしてきのう、気分転換にダドリーを散歩に連れ出したとき、頑として階段を上ろうとしない彼に困り果て、何か効果的な方法はないかと頭をひねった。大げさにほめても、クッキーをあげても今一つ。アメがだめなら、やっぱりムチしかない。たとえばミャオをけしかけたら、あわてて上り始めるかもしれない……。とそこまで考えて、もしやハンフリーも同じように考えたのかもしれないと思ったのだ。アパートメントから逃げ出したくなるようないやなことが起きたら、アーネストは引っ越していくのではないかと。そこでハンフリーは、電気やら水圧やらに手を加え、修理の依頼が必要なほどの不調が起きるようにしたのだ。彼は地元の小学校でメンテナンスの仕事をしていると言っていた。つまり、その方面のスキルはあるわけだ。

残念ながら、彼のそうした努力は一つも実を結ばなかった。自分のためだったら、そこであきらめたかもしれない。だが彼には、母親という暴君がいた。彼女のためなら、あきらめるわけにはいかなかった。

「チートスの袋に、アーネストの指紋がついてるんじゃないか?」ハントがハンフリーに尋ねた。ハンフリーは、さっきよりさらに顔色が悪かった。ぞっとするほど真っ白な顔に、目の下の大きなクマがくっきりとコントラストを描いている。「おまえの車に、アーネストのDNAが見つかるんじゃないか? エクスポジション・パークの廃屋に運ばなくてはいけなかったんだろう?」

それはこの事件全体の、最も重要なポイントだった。ハントは鎌をかけたのだ。今日の作戦はすべて、ハンフリーの自宅と車への令状を手に入れるためだった。アーネストのDNAが見つからなければ、わたしの引っ越し理論は、裁判ではお粗末すぎる。ハンフリーのはにかんだ笑みを見たら、確たる証拠もなく、陪審員は有罪にはできないだろう。

「おまえは事件のあった木曜の深夜、アーネストのあとをつけ、彼の腕に無理やり注射針を突き刺したんだ。だが彼が思いのほか抵抗し、あざや打ち身を残してしまった。

そこで暴漢に襲われたと見せかけようとして、財布と携帯を奪ったんだ。その後、彼を車であの廃屋に運び、ドラッグの過剰摂取に見えるよう、注射器をすぐ脇に落としておいたんだろう」ハントは一呼吸おいた。あまりにも冷酷な犯罪だ。ハンフリー・フィエロ。アーネスト・ダンストを謀殺した罪で、おまえを逮捕する。おまえには――」

「違う！」ハンフリーが叫び、視線をあげた。「彼を殺そうなんて思ったこともない。ただ――」

「黙秘権がある。おまえの供述は、法廷で――」

ハンフリーは激しく頭を振り続けている。「あんたは何にもわかってない。ぼくはただ、彼がヘロインの使用で、賃貸条件に違反すればいいと。まさかあれくらいの量で死ぬなんて思わなかったんだ！」

「おだまり、ハンフリー」ミセス・フィエロがすっくと立ち上がった。顔は怒りで真っ赤になっている。「わかんないのかい？　おまえはたった今、白状してしまったんだよ。この能無しの役立たずめが！　まったく。うまく言い抜けることさえできないのかい？　おまえが刑務所にいる間、誰があたしの面倒をみるんだよ。ええ？」

彼女はティーカップを持ち上げ、息子に向かって投げつけた。中身が飛び散って、ハンフリーとハントにひっかかる。

「彼女にも手錠をかけろ、スタイルズ。警察官への暴行罪だ」ハントが叫び、コナーは命令に従おうと動いたが、どうやらヘビ女を過小評価していたようだ。ミセス・フィエロはすばやく杖をつかむと、コナーの鼻にたたきつけた。

コナーの真っ白なシャツに、真っ赤な血が滴り落ちる。ハントの口ひげからは、ぽたぽたと紅茶が落ちている。

それでもコナーはミセス・フィエロから杖を奪うと、あっという間に手錠をかけた。

わたしはバッグをさぐり、彼に洗い立てのハンカチを差し出した。彼に返そうと思って、持ち歩いていたものだ。それから惨状を見渡した。「ええっと」わたしは言った。「もう充分、令状に必要なものは手に入れたんじゃないかしら」

フィエロ親子を乗せたハントの車を、コナーと並んで見送った。ふと見ると、彼の鼻はまだ出血している。

「レヴィに電話しましょうか？」わたしは訊いた。「直通の番号を知ってるから」

「絶対だめだ」コナーは鋭い目でにらんだが、顔にあてたハンカチのせいで、迫力は半減していた。

「でも骨が折れていたらどうするの？　完璧な美貌がくずれてしまうわ」

「それでもだめだ。だが完璧だというご意見は、ありがたく承っておくよ」いつもの深みのある低音は、鼻声になっている。

「ええ、思ってたわよ。あのヘビ女にたたきのめされるまではね。それにしても、歳がいってるからって油断できないわね」

彼の眼つきはいっそう鋭くなり、わたしは軽口をたたいたのを後悔した。「不意を突かれたんだ。きみがエッタに襲われることはないだろうが」

「そんなことないわ。だからいつも、怒らせないように気を使ってるのよ」

「だったら、ぼくにも気を使ったらどうだい？」

わたしは大きな笑顔を彼に向けた。「だってあなたは、わたしを襲ったりしないでしょ。ジェントルマンだもの」

彼は鼻からハンカチをはずし、顔をそむけた。片方の鼻の穴から、まだすこし血が垂れている。

「本当にわたしが運転しなくていいの？」

彼は新しいハンカチを取り出した。「ああ、結構だ」

車はアーネストのアパートメントの前から、ゆっくりと発進した。ここに来ることも、もうないだろう。ミセス・ダンストは、アーネストの物で何か欲しいものがあれば持っていくようにと、ジェイに伝えていた。残りは業者に頼んで、貸倉庫に保管するという。いつの日か、愛する息子の遺した品々に向き合える、そのときまで。

わたしは、古びた白い煉瓦造りのアパートメントを、視界からすっかり消えるまで見つめていた。この建物で過ごした二カ月半は、本当に幸せな日々だった。離婚のあとに限って言えば、最も幸せな時間だったようにも思う。だが、失って寂しいのはこの建物ではない、アーネストだ。

ハンフリーのことにも思いを巡らせた。ある意味、彼も被害者だった。加害者はもちろん、ミセス・フィエロだ。

ヘロインを使ってアーネストが追い出されるように仕向けたかった――ハンフリーがこう言ったのは、うそではないだろう。そもそも、殺人を犯すような冷酷な人間とは思えない。またヘロインの注入量をまちがえたのも、ドラッグとは縁のない彼なら、充分にありそうなことだ。

悔しいし、あきらめきれないが、彼のことを思えば、犯行が明るみに出て良かったのかもしれない。少なくとも刑務所では、母親の支配から解放される。おそらく罪状は過失致死になるだろうから、あのヘビ女が亡くなるころには戻ってこられるはずだ。

この事件でまだひとつ、心残りがあった。アーネストが告発しようとしていた不正が、そのまま葬られたことだ。

〈アプテック〉のソシオパスたちは、何かをたくらんでいる。その何かは、ジェイに十万ドルを渡し、また人間の指を送りつけ、口を封じようとするほど重大なことだ。

さらに言えば、アーネストがわたしをシェイズとして雇ったほど、深刻なことだ。彼らが何の罰も受けず、まんまと逃げおおせるのを黙って許すわけにはいかない。だがデータはすべて消去され、ＵＳＢも見つからない今、いったい何ができるというのだろう。

22

ミセス・フィエロを知ってしまうと、アリスおばさんでさえそれほどひどい人間ではないように思えた。それでもやはり、おばさんとヘンリエッタには、一刻も早くロスから出ていってほしかった。できれば、太平洋の向こうに。

だが困ったことに、オリヴァーとヘンリエッタの恋の炎は燃え上がるばかりで、片時も離れたくないようだった。こうなると今後、ヘンリエッタだけでなく、おばさんもひんぱんにやってくる可能性が高い。

ミャオとダドリーに関しては、〝同じ部屋にいるのは避ける〟という、互いの妥協点を見出していた。なんてうらやましい。というのも、今夜はオリヴァーとヘンリエッタという熱々の恋人たちと一緒に、借りてきたＤＶＤをリビングで見る予定になっていた。どう考えてもお邪魔虫だというのに、しつこく誘われて、しぶしぶ同意したのだ。だが案の定、わたしがポップコーンを買いに出て帰ってくると、ふたりはいちゃいちゃしはじめていて、戻るに戻れなくなってしまった。ミャオでさえ、ふたりとは別のソファに移動している。

わたしはキッチンに直行し、マットレスで寝そべっているダドリーの前に、ポップコーンを抱えて座りこんだ。エッタが男性を家に招待しているため、ダドリーの面倒を見ていたのだ。それでもかわいいダドリーのためか、エッタの家を男性が訪れる回数はずいぶん減っていた。

「あんたとわたしは似たような境遇だわね。同居人がお楽しみをはじめちゃったら、居場所を失ってしまうんだもの」ダドリーと一緒にポップコーンをぽりぽりとかじる。「こんないかがわしい場所にいてもしかたがない。わたしの部屋に行こうか？」

映画はほぼ終わりに近づいていたが、愛の行為が終わるとは限らない。ダドリー用に大きな寝床を作るため、ベッドルームの床をまず片付けることにした。ダドリーの鼻にキスをして、もうひと摑み、ポップコーンをあげる。「すぐに戻るからね」

散らかっていた服の最後の一枚をクロゼットにかけたとき、リビングから叫び声が聞こえた。な、なにがあったの？　鼓動が激しくなり、バッグに手を突っこんで、テーザー銃をつかんだ。今度は悲鳴が聞こえる。体中にアドレナリンが噴き出し、息を殺してドアをそっと開けた。とその直後、別のドアがバタンと閉まる音が聞こえ、オリヴァーがとつぜん声をあげて笑いだした。

わけがわからないままリビングに走っていくと、ミヤオとダドリーが、ためらいがちに鼻をつきあわせている。ミャオの毛並みはぺったりと寝ているが、ダドリーはすこし震えているだけだ。ヘンリエッタの姿はどこにもない。

「いったい何があったの？」わたしはつぶやきながら、介入する必要がある場合に備え、ダドリーとミャオに駆け寄った。驚いたことに、ミャオはダドリーの脚に身体をこすりつけている。ダドリーはとまどっているようだが、特にいやがっている様子はない。

オリヴァーが笑うのをやめ、大きくため息をついて、ソファに腰をおろした。「ヘンリエッタとぼくはもうおしまいだ」

「なに、どういうこと？」

オリヴァーはつきものが落ちたような顔をしている。「それがさ、映画が終わって、どこの国に旅行に行きたいかっていう話になったんだ。そしたら、彼女がなんて言ったと思う？　きみにも聞かせたかったよ」オリヴァーはヘンリエッタをまねて、ワントーン高い声で言った。「ああオリヴァー、ロンドンに連れてってくれるのが待ちきれないわ。小さいころからずっと女王陛下に会いたいと思っていたの」彼はうんざりした顔で頭を振った。「こんなことってあるかい？　女王のくそったれファンに自分がぞっこんだったなんて。君主制を愛するイギリス人ならまだしも、オージーのくせにどういうことだよ。自分の偉大なる国から排除しようと、王室は囚人たちをあの大陸に流し、そのくせいまだに統治しているような顔をしてるんだぞ。馬鹿にするにもほどがあるじゃないか。それなのにまだ、女王陛下万歳だってさ。どうかしてるだろ。ああいう輩とは、金輪際関わりたくないね！」

「ああ、そういうこと」わたしは唇をかみ、大声で笑いだしそうになるのをこらえた。「それは残念だったわね。でもそれだけで、悲鳴まで？　それにダドリーとミャオの様子もおかしいわ。なんだかいい感じよ」

オリヴァーは彼らに向かって、けだるそうに手を振った。「たしかに、それだけは良かったと思うよ」肩を軽くすくめた。「ヘンリエッタの女王礼賛発言を聞いて、ぼくたち二人はうまくいきそうもないなって彼女に言ったんだよ。そしたら彼女、いきなり逆上して、ぼくを大声でののしりはじめたんだ。もうびっくりしたよ。ぼくは彼女の外見以上に、冷静なところが好きだったのにさ」ため息をついて、首を振った。「ミャオはそれを見て、ひどく怖がって逃げ出したんだ。そこへダドリーが、なんの騒ぎだとキッチンからやってきて、濡れた鼻先をヘンリエッタのスカートの中に入れてまくったんだよ。それがあの悲鳴さ。ヘンリエッタはすぐに真っ赤な顔をして出ていったよ。で、ミャオのほうは、案外いいやつじゃないかって、ダドリーを見直したわけ。もともと、おばさんやヘンリエッタのことは好きじゃなかったからね」

わたしはにやにやしながら、ダドリーのやわらかな毛並みに顔をうずめ、ミャオの顎の下をくすぐってやった。これでおばさんとヘンリエッタは、ロスを再訪することはないだろう。

翌朝、ダドリーの勇敢なスカートめくりの話を思い出しながら、背筋を伸ばし、二十七分署へ向かっていた。何の用だか知らないが、ハントに呼び出されたのだ。

今日もどんよりと曇った日で、警察署のグレーの建物は、ふだんよりいっそう陰鬱に見えた。大丈夫、万一また留置場に入れられたときのため、熱いシャワーを浴び、朝食をたっぷり食べてきたから。

今回は取調室ではなく、ハントのデスクに案内された。だが彼の瞳は相変わらず凍るように冷たいから、安心してはいけない。デスクの上は殺風景で、プライベートな物は何一つなく、家族の写真すら一枚もない。エッタが知ったら喜ぶだろう。

「フィエロの件で手伝ってもらったから、その後の報告をしておこうと思ったんだ」

ひどい味だとでもいうように、ハントは言葉を吐き出した。「ウォン判事が令状を出したので、フィエロの家や車を徹底的に捜索した。思ったとおり、車にはアーネストのDNAが残っていたよ。フィエロの服にも例のチートスの袋にもあった。やつは何もかも白状したが、母親に不利になるようなことはいっさい言わなかったよ。母親のほうは口を閉ざしているが、暴行罪で、二カ月ほどおつとめを果たしてもらうことになるだろう。それとフィエロは、アーネストの携帯と財布を隠した場所も吐いたよ。アパートメントの前庭に埋め、その上に花の苗を植えたそうだ。廃屋周辺のゴミ箱をいくら探しても見つからなかったわけだよ。くそったれが」

まあ。わたしが話しかけたあの朝、彼が植えていた苗の下に。

「マッカーシーが取り戻そうとしたUSBは、その財布に入っていた。彼女があれだけ必死だったのがよくわかったよ。USBの中には、違法なバックドア（セキュリティ保護をすり抜ける秘密の裏口）を〈パール〉に仕込む設計図が含まれていたんだ。もしパールが普及したら、ユーザーの個人情報をまるごと収集できるから、莫大な金が動くことになっただろう。まったくとんでもないやつらだよ。コールマンとマッカーシーは共謀容疑で捕まったが、逮捕者は彼らだけではすまないだろう」

個人情報泥棒。不正送金。マネーロンダリング。セレブのプライベート写真や情報の流出。テロリストへの情報提供。殺人や暴力だけでなく、世の中はそうした不正であふれている。だまされる人間が悪いかのように、罪に問われることもなく、逃げおおせる犯罪者も少なくない。

だから、アーネストは立ち上がった。世の中の不正をただすために。表には出ないスーパーヒーローとして。

アーネストの高い志を知る人は、それなりにいたと思う。だけどそれだけではもったいない。もっとたくさんの人に知ってほしい。アーネストが短いながらも、熱く生きた証を。そうだ、信頼できる記者を探し、相談してみてはどうだろう。

いつのまにか、わたしはほほえんでいた。

だがハントは、しかめ面のままだった。「エイヴェリー、今回の成功でうぬぼれるんじゃないぞ。だいたい、一般市民は警察の仕事に口を出すべきじゃないんだ。本当は〈テイスト・ソサエティ〉も同じなんだがな」彼が立ち上がった。帰れという合図だろう。「できれば、きみとはもう二度と会いたくないもんだな。いつでも遠慮なく、ロスの町を出ていっていいぞ」

わたしも立ち上がった。「はい、署長」と答えるつもりで口を開こうとしたが、なぜかまた口を閉じた。コナーからは、ハントを恐れる必要はないと言われていた。だが手錠のトラウマもあって、彼に対する恐怖心をはねのけることは難しかった。もしかしたら、アーネストも同じだったのかもしれない。家を出ることが怖い、薬物依存症が再発することが怖い、〈ビジリークス〉のために毒殺の標的にされるのが怖いと。

だがそれでも、不正を告発することをやめなかった。

だったらわたしも、ここで引き下がるわけにはいかない。

「署長。お言葉ですが」彼のデスクからえんぴつを一本とり、それで彼の胸を突っついた。「一般市民にえらそうな口をきく前に、事実をきちんと確認したほうがいいですよ。今回の事件を解決したのはこのわたしです。コナーが自分の考えだと言ったのは、そうでないとあなたが耳を貸さないと思ったからです」ハントの首が、真っ赤に染まっていく。わたしは彼の胸ポケットにえんぴつを入れ、その上からポンとたたいた。「もしまたマスコミにせっつかれて困っても、どうかわたしに泣きついてこないでくださいね」

23

二つの事件が解決したお祝いに、紅茶とジンジャーブレッドマン・クッキーを手に、エッタの玄関前のソファでくつろぐことにした。いつでもどうぞとエッタに言われているのだから、遠慮はいらない。それにこのソファのせいで、オリヴァーともども、毎日外廊下をカニ歩きするはめになっているのだから。

太陽が雲の後ろから顔を出し、雨上がりのフレッシュな香りもすっかり消え失せている。だが日々の暮らしから生まれる雑多なにおいも、いかにもロスの街らしく、それはそれで悪くない。

心なしか、サボテンの葉の緑色がすこし鮮やかになったようにも思う。最近つづいた雨のおかげか、あるいは、ダドリーのおしっこのせいか。

しばらくしたら、〈ソサエティ〉から新しい仕事の連絡が入るだろう。だがつぎのクライアントがどんな人物になるかは、まだ考える気になれなかった。アーネストを失った胸の痛みは、当分消えそうにもない。そこで部屋から持ってきた本を開いて、虚構の世界に没頭することにした。選んだのは、美男美女がからみあうロマンスだ。しばらく、推理小説は読みたくない。

どれくらい経っただろう、ソファの座面が揺れたのを感じ、ハッと現実に戻った。コナーが隣に座っている。形のいい鼻に広がる、紫色のあざが痛々しい。でも良かった。彼も生身の人間で、サイボーグではなかったということだ。だがどんなに鼻が変色していても、やっぱり彼は圧倒されるほどハンサムだった。ロマンス小説に出てくるどんなヒーローだってかなわない。

今日はわたしもめずらしく、気おくれしない程度の格好をしていた。それに、ここのところの精神的ストレスで、体重は三ポンドは減っている。あと六ポンド減らしたら、ゴージャスなロスの街でも胸を張って歩けるだろう。

コナーがわたしにサーモスを差し出した。ふたを開けたとたん、エスプレッソの芳香が立ち昇る。「ハントに呼び出されたと聞いたが。問題なかったかい」彼が訊いた。

「ええ、まあそうね」ハントを相手に啖呵を切ったことを思い出し、透明人間に変身できる魔法のマントが欲しくなった。ううん、大丈夫。ロスの街は広い。あの署長とは、ふたたび顔を合わすこともないだろう。

冷たくなった紅茶の残りを飲みほすと、薫り高いエスプレッソをすすった。「CNNがアーネストの特集を組むことになったの。今日の午後、ミセス・ダンストとジェイと一緒にインタビューを受ける予定なのよ。あのふたりにとっては、良かったんじゃないかしら。すこしは喪失感が――」

「きみにとっては?」コナーが尋ねた。「きみは立ち直れそうなのかい?」

わたしはエスプレッソをまた口に含み、そのリッチでダークな美味しさを、舌にしみわたらせた。「大丈夫よ。というか、大丈夫だと思う」

やわらかな陽ざしを背中に受け、しばらく心地よい沈黙を楽しんだ。とりあえず、緊急に片付けるべき問題はない。

「なぜぼくがここにいるのか、不思議だと思わないか?」コナーが言った。

たしかに知りたかったが、理由を尋ねることで、彼が立ち去ってしまうのが心配だった。

また沈黙がつづいた。通りをゆきかう車の音と、二階に住むフラナガン夫妻のかすかな怒鳴り声が聞こえるだけだ。ふたりがまもなく仲直りしてベッドに入るのはまちがいない。エッタが言ったとおり、あの夫婦はいつも喧嘩をしているか、ベッドで過ごしているみたいだから。

コナーがもぞもぞと姿勢を変えた。「ぼくがここに来たのは……。これからきみに会えなくなるのが寂しいからなんだ」

とつぜん、ハッと思い出した。以前も何度か、こんなふうにからかわれたっけ。それでわたしときたら、それを真に受け、馬鹿みたいにぼうっとしちゃって。

彼は大きく息を吐き出して、わたしと目を合わせた。「イソベル。いや、イジー。ぼくはこれまで、きみほど手に負えない女性に会ったことはない。石頭で、意地っ張りで、無鉄砲で。コーヒー中毒だし、ああ、それを言うならクッキーもだな。それに疑うことを知らないのか、悪党に平気で近づいていく残念な傾向がある。まあ、ぼくから見たら、ある意味尊敬に値するとも言えるけどね」一度だけ、咳払いをした。「でもきみの純粋なところや、必死で事件を解決しようとする姿は、一緒にいてとても気持ちがいい。知ってのとおり、このロスの街は、上辺ばかりを気にする人間だけで、結果が何よりも大事とされている。そのせいで、詐欺、背信行為、殺人が横行しているんだ」

「はあ。それが何か、あなたがここにいる理由に関係があるの？」話の方向がまったく見えない。

「頼むから、最後まで言わせてくれないか？　これでも結構がんばって言ってるんだ」

わたしはあわてて口を閉じた。

「ようするにだね。きみともっと頻繁に会いたいんだ。もちろん、仕事の許す範囲でだが」そこでまた、咳払いをした。「今度の日曜日、ぼくの家族と一緒にクリスマスを過ごさないか？」

訳者あとがき

オージー娘のイジーが活躍する、お毒見探偵シリーズの第二作『ジャンクフードは罪の味』（原題 *The Hunger Pains*）をお届けいたします。初めて読んでいただく方のために、まずは簡単に本シリーズのご紹介を。

風光明媚なオーストラリア南部の町アデレードで、念願のベーカリーカフェの開店にこぎつけたイジー。ところがまもなく、ろくでなしの夫のせいで十万ドルの借金を背負うはめとなり、その返済のため、きらっきらの大都会ロサンゼルスに、身一つでやってきます。実は彼女は、人並はずれた味覚や嗅覚を持つ特殊能力者。そこで高額な報酬を得られる、セレブ御用達のお毒見係――通称シェイズ――となって働きはじめます。所属するのは、うさん臭さぷんぷんの秘密組織〈テイスト・ソサエティ〉。ここには、シェイズの派遣されたクライアントが毒殺（未遂を含む）された場合、犯人を捜して事件を解決する調査部門もあります。イジーは第一作で、そのチーフであるイケメン調査員のコナー・スタイルズと力を合わせ、セレブ・シェフの毒殺未遂事件を解決に導きました。

さて、第二作のイジーのクライアントは、アプリ開発で財を成した若きIT長者、アーネスト・ダンストです。現在は、企業の不正を暴く〈ビジリークス〉というサイトを運営していますが、その仕事の性質上、敵が多く、毒見係（表向きは恋人）としてイジーが派遣されました。といっても彼は、オフィスを兼ねる自宅のリビングにひきこもり、ほぼ一日中パソコンに向かっているため、毒殺されるおそれはまずありません。これほど気楽でコスパのいい任務はないと大喜びしていたイジーですが、ある朝アーネストの家に着くと、彼の姿が忽然と消えていました。

今回は、ロス市警の捜査にコナーが協力する形となり、イジーもそれにこっそり加わります。ですが相変わらず無防備なイジーのこと、何者かに襲われたり、脅しを受けたり。家に帰れば、幼いころから苦手なアリスおばさん親子が現れ、心休まるひまもなく……。

前作に引き続き、イジーのルームメイトのオリヴァーや隣人のエッタ、借金取立人のミスター・ブラックも登場します。またオリヴァーのおてんばな飼い猫ミャオに加え、エッタの飼い始めたグレイハウンドのダドリーが、おっとりした魅力をふりまいてくれるのもうれしいところ。事件解決の鍵を彼が握っているので、そのあたりも楽しんでいただければと思います。

ところで、第一作からイジーがこだわっているコーヒーの味ですが、オーストラリアのコーヒー事情を少しだけご紹介します。実はオーストラリアは、世界でも有数のコーヒー大国。ある調査によると、オーストラリア人は一日平均三、四杯のコーヒーを飲むそうです。英国の植民地だった歴史から紅茶党のイメージがありますが、一九八〇年代、イタリア系の移民が開いたエスプレッソ系のコーヒーを出すカフェが大人気となって、今では全国的に、朝に一杯、午後に一杯と、行きつけのカフェに立ち寄るカフェ文化が定着しているということです。

そして、そうしたカフェのほとんどが、個人経営の小さな店。座り心地のいい椅子がゆったりと配置され、オーナーが集めたアート作品が彩る、居心地のいい空間で常連さんたちがくつろいでいます。もちろん、知らない町でふらりと入った店でも、はずれることはめったにないとか。そのため、世界的なコーヒーチェーン〈スターバックス〉でさえ、わずかな店舗を残して撤退しています。

バリスタになるための専門学校も多く、プロとまではいかなくても、一日でエスプレッソマシンの使い方やミルクの泡立て方、ラテ・アートなどが学べるコースもあって、人気を集めているそうです。観光ついでに体験してみるのもいいかもしれませんね。

ここまで知ると、イジーがアメリカンコーヒーを、「泥水を薄めたようなもの」とけなしているのもうなずけるような気がします。また、借金の返済を遅らせてまでも、高額なエスプレッソマシンを買おうと考えた理由も（四十万円を超えると知ったとき、思わず原文を二度見してしまいました）。コーヒーひとつをとっても、お国柄がはっきり表れるのだなと、あらためて感じさせられた次第です。

最後になりましたが、前作に引き続き、原書房の皆さまには大変おせわになりました。この場を借りて心よりお礼申し上げます。

それではどうぞ、心やさしいクライアントのため、イジー（＆ダドリー）が事件の真相に迫っていく本作をお楽しみください。

二〇二〇年七月

箸本すみれ

コージーブックス

お毒見探偵②
ジャンクフードは罪の味

著者　チェルシー・フィールド
訳者　箸本すみれ

2020年9月20日　初版第1刷発行

発行人　成瀬雅人
発行所　株式会社　原書房
〒160-0022 東京都新宿区新宿1-25-13
電話・代表　03-3354-0685
振替・00150-6-151594
http://www.harashobo.co.jp
ブックデザイン　atmosphere ltd.
印刷所　中央精版印刷株式会社

落丁・乱丁本はお取り替えいたします。
定価は、カバーに表示してあります。
 ISBN978-4-562-06109-9 Printed in Japan